Dreifuffzig die Nacht und keine Damenbesuche

Das Buch

Den frischgebackenen Junglehrer Felix Hohndorf verschlägt es aus dem geschäftigen und quirligen Leipzig nach Neustadt in die tiefste Provinz der Republik. Der Philanthrop und Mathematiklehrer Meisner hilft ihm, den pädagogischen Alltag zu bewältigen. Jo, die nach Liebe ausgehungerte Bäckersfrau, weiht ihn in die Geheimnisse des Kamusatras ein, und während Felix am Tage lehrt, lernt er des Nachts Liebe machen. Felix freundet sich mit Edda an, die auf Frauen steht, schnuppert Theaterluft, macht die Bekanntschaft mit den Sicherheitsnadeln des Staates und verliebt sich in Helene.

Als Helene im Gefängnis landet und danach das Land verlässt, fällt Felix in ein tiefes, schwarzes Loch.

Während des Prager Frühlings lehnt er sich zu weit aus dem Fenster und stürzt ab.

Der Autor

Andreas Pietzsch ist gebürtiger Dresdner. Er arbeitete als Chemiearbeiter, Heizer, auf dem Bau und in der Landwirtschaft, studierte Naturwissenschaften und Pädagogik und wurde Lehrer. Sein Roman *„Dreifuffzig die Nacht und keine Damenbesuche"* ist das erste Buch einer Trilogie um Felix Hohndorf.

Andreas Pietzsch

Dreifuffzig die Nacht und keine Damenbesuche

Roman 1

3

Die in diesem Roman agierenden Personen sind vom Autor frei erfunden. Ähnlichkeiten mit lebenden und verstorbenen Personen sind zufällig und nicht beabsichtigt.

Herstellung und Verlag
BoD – Books on Demond, Norderstedt
ISBN 9783739228242

Die Drehtür spuckte mich wie einen alten Kaugummi auf den glühend heißen Bahnhofsvorplatz. Da stand ich und blickte ziemlich debil auf die Karikatur einer Parkanlage. Zwei zum Sterben bereite Birken versuchten einem verdorrten, mit Hundekot verzierten, bräunlichen Rasen einen Hauch von Schatten zu spenden und ein Springbrunnen tat alles, nur nicht springen.

Er tröpfelte. Prostata!

Wie gesagt, da stand ich mit meinem abgewetzten Vulkanfiberkoffer, wollte die Welt aus den Angeln heben, wusste aber nicht, wo ich heute Nacht schlafen würde. Links vom Bahnhof erstreckten sich die tristen Anlagen eines Güterbahnhofs, halb von einem Wasserturm aus rotbraunen Backsteinen verdeckt und rechts gab mir der Anblick eines grauen, herunter gekommenen Gebäudes, das sich als Bahnhofshotel anpries, zu denken.

Kuhkaff.

Ich wuchtete meinen Koffer auf die Schulter, bog nach rechts ab und stand nach wenigen Minuten vor den drei ausgelatschten Treppenstufen, die zu der Schwingtür des Hotels hinauf führten.

Die zerknitterte Dame an der Rezeption warf einen verächtlichen Blick auf meinen Koffer mit den zerkratzten Holzleisten, drehte sich um, griff einen Schlüssel mit Holzei, schob ihn über den Tresen und knurrte: „Dreifuffzig die Nacht und keine Damenbesuche."

„Keine Sorge, Madam, bin schwul."

Ihr Unterkiefer klappte nach unten und landete auf ihrem hoch geschnallten, welken Busen.

Bei dem Anblick konnte schwul keine Schande sein.

Mir war egal, was die Alte jetzt von mir dachte, Hauptsache, ich hatte eine Bleibe für die erste Nacht in dieser Klitsche. Eisernes Bettgestell mit grauer Bettwäsche, wurmstichiger Kleiderschrank, eine dunkle Kommode mit Marmorplatte, Waschschüssel und Wasserkrug.

Purer Luxus. Hatte schon schlimmer gewohnt. Ich stellte meinen Koffer in eine Ecke, riss das Fenster weit auf und schmiss mich aufs Bett. Draußen donnerte ein Güterzug durch den späten Nachmittag und ich spürte, wie das eiserne Bettgestell vibrierte.

Heute war Sonntag und morgen begann die Schule.

Ich hatte verdammtes Pech gehabt und keine Stelle in Leipzig erwischt. Nicht verheiratet, keine kranken, pflegebedürftigen Eltern, keinen guten Bekannten bei der Bezirksleitung der SED in Connewitz, also ab aufs Land.

Dabei hatte ich noch Glück im Unglück.

Ede hatte es richtig erwischt, Dorf irgendwo weit hinter Magdeburg und Werner saß nach seinem missglückten Fluchtversuch kurz nach dem Mauerbau irgendwo im Knast. Roter Ochse oder Gelbes Elend oder sonst wo.

Dumm gelaufen für Werner. Wir hatten uns während des Studiums die letzte Kippe und beinahe sogar

Monika geteilt, hatten Gedichte geschrieben und jetzt saß er im Knast. Wollte durch irgend einen Kanal nach Westberlin schwimmen.

Zu Monika.

Und lässt sich erwischen.

Monika hatte noch vor dem 13. August die Flocke gemacht. Zwei Jahre Knast waren ihm sicher, und genauso sicher war, dass er eine Anstellung als Lehrer in den Wind schreiben konnte.

Das ganze Studium für die Katz.

Schöne Kacke.

Ich musste eingeschlafen sein, denn als ich erwachte, war die Dämmerung hereingebrochen, ich hatte einen mordsmäßigen Hunger und noch an die zwanzig Mark.

Los Alter, mach dich auf die Socken und sieh zu, dass du noch irgendwo eine Bockwurst auftreibst.

Ich klatschte mir das lauwarme Wasser aus der Schüssel ins Gesicht und in die Haare, kämmte mich und zog ein frisches Hemd an.

Als ich das Hotel verließ, war es inzwischen völlig dunkel geworden. Ich schlenderte die Hauptstraße entlang, blickte in die erleuchteten Fenster einiger Wohnungen und ein ziehendes Gefühl von Heimweh machte sich in mir breit. Vor einer Kneipe, über deren Eingang in großen Lettern THÄLMANNHAUS stand, blieb ich stehen, ging dann die Stufen hoch und trat ein.

Bahnhofshalle, Steinfußboden, zerkratzte Holztische, wacklige Metallstühle und Qualm. Musste wohl gerade eine Olympiade im Kettenrauchen stattfinden. Wahrscheinlich F6-Meisterschaft.

Die Kneipe war krachend voll.

Rechts vom Tresen saßen zwei junge Frauen, zwei Stühle waren noch frei.

„Gestatten?" Ich ließ mich auf den Stuhl neben der Rotblonden fallen.

Mann, was hatte die Schnalle für Dinger in der Bluse. Mir war klar, dass ich für eine dieser Megadatteln beide Hände brauchen würde. Die struppige Blonde mit den etwas groben Gesichtszügen sah mich unfreundlich an und knurrte mit geteerten Stimmbändern: „Wenn`s sein muss."

Sie legte ihre Hand der Rotblonden auf den Unterarm und blies mir eine Wolke Tabakqualm vor die Nase.

Achtung, Privatbesitz!

Alte Ziege. Dir werd` ich den Abend versauen, verlass dich drauf.

Auf dem Tisch lag die Miniatur einer Speisekarte. Na immerhin, das Angebot war nicht schlecht. Als die Kellnerin kam, bestellte ich Königsberger Klops.

„Ist aus."

„Sülze mit Bratkartoffeln?"

„Ist aus."

„Hackbraten?"

„Ist aus."

„Scheiße," knurrte ich.

„Führen wir nicht, junger Mann. Was erwarten Sie an einem Sonntagabend?" Die Kellnerin mit dem ausladenden Hinterteil eines Brauereipferdes grinste mich an.

„Bockwurst mit Kartoffelsalat?"

„Salat ja, aber Bockwurst kommt erst Dienstag wieder. Wie wär`s mit Spiegelei und Salat?"

„Klingt gut und ein Bier und einen Pfeffi."

„Wird erledigt, mein Herr."

Die Rothaarige sah mich mitfühlend an, was mir von der Struppigen einen Giftblick einbrachte.

Blöde Weiber, dachte ich. Wobei mir klar war, dass ich die Rothaarige mit ihrer zarten Pergamenthaut nicht von der Bettkante gestoßen hätte.

Wenn ja, dann nach innen.

Ich zog meine zerknautschte Packung F6 aus der Hosentasche und hielt sie der Zarten hin. Sie sah mich aufmerksam an, lächelte kurz und schüttelte den Kopf.

„Ganz recht", sagte ich und starrte dabei ungeniert auf die grobporige Nase der Blonden, „Mädchen kriegen vom Rauchen einen schlechten Teint, hab ich irgendwo gelesen."

Ihre Blicke waren tödlich.

Meine Getränke kamen. Ich kippte den Pfeffi runter und spülte mit einem ordentlichen Schluck Bier nach. Die Brühe war lauwarm und schmeckte abgestanden, aber das war mir egal. Es beruhigte auf jeden Fall meinen knurrenden Magen und ich wurde friedlicher, wie immer nach einem Doppelten und einem Bier.

„Ganz schöner Betrieb in dem Puff hier." Ich lächelte die beiden Damen freundlich an.

„Arschloch", kam es in einer dicken Rauchwolke zurück.

Gut, dass die Kellnerin das Essen brachte, ich hätte

wahrscheinlich noch mehr nette Sprüche von mir gegeben, aber mein Hunger machte mir klar, dass Reden Silber, Essen aber auf jeden Fall Gold war.

„Mannomann", lachte die Rothaarige, „der frisst ja wie ein Scheunendrescher." Ich schob den letzten Bissen in den Mund, schluckte, ohne zu kauen, und sah auf.

Die beiden Frauen blickten mich mit weit aufgerissenen Augen an.

„Dumm frisst, Intelligenz säuft." Der männliche Teil des Paares mir gegenüber grinste, hob das Glas und sagte: "Prost!"

Ich lachte und hob mein Glas. Nicht schlecht, die Alte hatte Charakter.

Ich überschlug in Gedanken meine Barschaft.

Dreifuffzig die Bude, Bier und Pfeffi so bei einsfuffzig und die Eier mit Salat so gegen einssechzig. Drei doppelte Pfeffi dazu machte summa summarum so an die zehn Mäuse. Blieben noch fast zehn Mark für morgen und dann musste eben der Minister für Volksbildung für mich sorgen.

„Trinken die Damen einen Pfeffi?"

Die Blonde sah mich an, grinste schief, nickte und bot mir eine Gold Dollar an.

Klarer Fall von Westverwandtschaft!

Ich inhalierte wie einer, der weiß, dass er seinen letzten Atemzug macht.

„Is` was Anderes als dieser Bahndamm, dritte Ernte", feixte die Blonde und tippte verächtlich auf meine F6.

„Wobei Bahndämme auch ihren Reiz haben können", erwiderte ich und sah dem rothaarigen Schneckchen tief in die grünen Augen.

Das war`s. Die Stimmung kippte wieder, aber meine F6 ließ ich nicht beleidigen, auch wenn die Verpackung Scheiße war und die Westzigaretten eben doch ein anderes Aroma hatten.

Ich hob mein Glas. „Prost auf die Bahndämme dieser Welt."

Schneckchen hob ihr Glas, zwinkerte mir zu und nippte am Pfeffi.

Blondie sagte nichts, kippte den grünen Rachenputzer in einem Zug weg, sah ihre Gespielin an und machte mit dem Kopf eine Bewegung Richtung Tür.

Schneckchen schüttelte sich und lispelte: „Mich ist kalt, ich möchte zu Hause gehn."

Jetzt schüttelt es mich ebenfalls.

***

Oh verdammt, fast hätte ich verschlafen. Ich schabte mir in Windeseile meine Bartstoppeln ab, klatschte mir eine ordentliche Portion Birkenhaarwasser auf den Kopf und fuhr in meine Klamotten. Plötzlich merkte ich, dass es an verschiedenen Körperstellen juckte. Im Halbschlaf hatte ich mich schon gekratzt, aber jetzt, da ich hellwach war, spürte ich den Juckreiz ziemlich heftig.

Schöne, gerötete Quaddeln machten mir klar, dass ich die Nacht nicht allein im Bett verbracht hatte.

Wanzen!

Ich schnappte meinen Koffer, stürmte die Treppen runter und knallte 2,50 Mark auf den Tresen.

„Dreifuffzig, hatte ich gesagt", fuhr mich die alte Vettel wütend an.

„Zweifuffzig und keinen Pfennig mehr. Den Rest brauche ich noch für Wanzensalbe", schob ich nach.

An der Tür hörte ich noch das Gekeife von Polizei und Anzeige, aber ich war sicher, dass sich das alte Reff hüten würde, ihrem Wanzenschuppen in der Öffentlichkeit weitere Minuspunkte zu verschaffen.

Ich trabte vom Hotel die breite Friedensstraße entlang Richtung Thälmannplatz, bog links in die Lindenstraße ein und stand nach einigen hundert Metern auf der Straße der Befreiung. Von da etwa fünfhundert Meter nach rechts Richtung Tierpark, stand auf meinem Zettel. Ich hatte mir in der vergangenen Woche den Stadtplan von Kuhkaff besorgt und eine grobe Skizze gemacht.

Dann stand ich vor meiner neuen Wirkungsstätte. Polytechnische Oberschule, dunkelroter Backstein hinter schmiedeeisernem Zaun. Das große Tor stand weit offen.

Kurz vor halb acht.

Die letzten Schüler tröpfelten in Richtung des rechten Eingangs, über dem in großen Buchstaben KNABEN stand. Der linke Eingang mit den Buchstaben MÄDCHEN war geschlossen.

Lehrer! Himmel, Arsch und Zwirn, worauf hatte ich mich da bloß eingelassen.

Am Eingang traf mich der Schlag. Die struppige Blonde von gestern Abend machte Einlassdienst. Ihre Gesichtszüge bei meinem Anblick entgleisen zu sehen, war mir allerdings ein geistiges Fußbad. Dann sah ich die Angst in ihren Augen flackern. Plötzlich hob sie die rechte Hand und legte den Zeigefinger senkrecht auf ihre schmalen Lippen.

Ich tat das Gleiche.

Sie gab mir die Hand. „Edda Vorhof, Russisch, Geschichte, Geografie."

„Felix Hohndorf, Mathe, Chemie."

Pause.

„Zur Schulleitung?"

„Eine Treppe, dritte Tür links." Sie machte auf dem Absatz kehrt und verschwand.

Ich stieg die Treppe hoch, klopfte an die Tür mit dem Schild SEKRETARIAT und trat ein. Die Frau, deren großer Busen schwer auf dem Schreibtisch lag, musterte mich von Kopf bis Fuß und ließ ihre Augen dann auf meinem Prachtstück von Koffer ruhen.

„Hohndorf, Felix."

„Schneller", erwiderte die Sekretärin.

Ich sah sie verständnislos an.

„Frau Schneller, Schulsekretärin hiesiger sozialistischer Bildungs- und Erziehungseinrichtung." Sie verzog keine Miene und ich war mir nicht sicher, was ich davon halten sollte.

„Übrigens, mit Ihnen haben wir hier nicht mehr gerechnet. Hatten Sie nicht die Stelle abgelehnt?"

In den Augen der Frau sprangen kleine Funken hin und

13

her.

Durchschaut, dachte ich. Was ja auch nicht weiter schwer war. Wer mit so einem Koffer unterwegs ist, pfeift auf dem letzten Loch.

Sie erhob sich und ich stellte fest, dass ich mich hinter der Frau bedenkenlos hätte umziehen können.

Sie öffnete eine Tür, die vom Sekretariat abging.

„Verstärkung, Trude. Mathe und Chemie."

„Hohndorf?"

„Hohndorf!"

„Hat sich`s wohl doch noch überlegt. Schick ihn rein."

Die Sekretärin drehte sich um, sah mich an, dann meinen Koffer, schüttelte kaum merklich den Kopf und gab die Tür frei. Ich stellte mein Prachtstück an die Wand und betrat das Zimmer der Schulleiterin.

Die Frau erhob sich und kam mir entgegen.

Graue Maus, Mittelalter, halblanger Rock und rotweiße Ringelsöckchen. Ich hielt kurz die Luft an, es roch muffig in diesem Kabuff.

„Trude Baginski, Schulleiterin."

Mehr Sockentrude, dachte ich, sagte aber höflich: „Hohndorf, Felix, Mathematik, Chemie."

„Sie kommen wie gerufen, Herr Hohndorf. Mathe und Physik hat seinen Dienst nicht angetreten."

Abgehauen, der Herr Pädagoge, hat die Flocke gen Westen gemacht wie Tausende anderer Pauker auch. Man munkelte von bis zu zwanzigtausend Lehrern in den letzten Jahren. Mir fiel wieder Werner ein. Er hatte bis zuletzt gehofft, dass ich mit rüber gehen würde. Aber ich war noch nie ein Freund schneller und ein-

14

schneidender Veränderungen gewesen und so hatte ich immer wieder gezögert.

Und plötzlich war die Mauer da und es gab laut Buschtrommel den ersten Mauertoten. Die Trapo sollte in der Nähe des Bahnhofs Friedrichstraße einen jungen Mann bei einem Fluchtversuch erschossen haben.

„Pass auf dich auf, Junge", hatte mein Vater gesagt, „die machen ernst."

„Entschuldigung, hören Sie mir überhaupt zu?"

Sockentrude hatte gemerkt, dass ich geistig weggetreten war.

„Wann können Sie anfangen, Herr Hohndorf?"

„Wenn`s sein muss, sofort."

Die Frau sah mich erstaunt an und hielt mir dann ihre Hand entgegen. „Willkommen in unseren Reihen, Herr Hohndorf. Endlich tritt, dank unserer Grenzsicherung, wieder Kontinuität im Schulwesen und auch so ein."

Die weißen Speichelbläschen in den Mundwinkeln und der unverkennbar ostpreußische Dialekt, den ich von meiner letzten Zimmerwirtin kannte, hätten mich um ein Haar dazu verleitet „Tschüss dann bis Morgen, Marjellchen" zu sagen. Aber ich sah noch rechtzeitig das Abzeichen mit den beiden Händen am Revers ihrer Jacke und das NEUE DEUTSCHLAND auf dem Schreibtisch.

***

Wohne nicht im Schulbezirk und saufe nicht im Wohnbezirk. Mach das mal in Kuhkaff. Ich hatte gleich am ersten Abend dagegen verstoßen und zwar heftig.

Nach der Vorstellung bei Sockentrude hatte mir die Sekretärin einen Zettel und einen Schlüssel in die Hand gedrückt.

Straße der Befreiung 47.

Die alte Grundschule, in der nur noch die beiden ersten Klassen unterrichtet wurden. Backsteinbau mit zwei provisorisch ausgebauten Wohnungen unterm Dach.

Himmel, was für eine Bruchbude. Küche mit Büfett aus Urgroßmutters Zeiten, gusseiserne Gosse mit grünem Messinghahn, ein ehemals weißlackierter, wurmstichiger Küchentisch mit Elektrokocher, zwei rote Gartenstühle. Auf der anderen Bodenseite das Wohnzimmer, eine verkeimte, durchgelegene Doppelbettcouch, ein runder, hochglanzlackierter Biedermeiertisch auf drei Füßen und geäderter Marmorplatte und mehrere leere Kartons.

Ich stellte drei der Kartons übereinander, hatte einen Kleiderschrank und stapelte darin Socken, Unterwäsche, Pullover und Hemden. Einen der Kartons stellte ich neben die Couch als Nachttisch und verstaute darin meine ansehnliche Reclambibliothek.

Das erste, was ich mir kaufen würde, war eine ordentliche Leselampe.

Ich schmiss mich auf die Couch, versuchte Zolas „Die Erde" zu lesen, schlief aber ein. Ich erwachte, als es draußen dunkel wurde und fühlte ich mich wie der erste Eiszeitjäger.

Höhlenkoller!

Was dagegen half, war klar.

Thälmannhaus! Bier und Pfeffi!

Für zehn Mark konntest du dir ein hässliches Entlein zu einem geilen Schwan saufen, und auch aus einen alten Hühnerstall wurde ein Adlerhorst. Diese zehn Mark hatte ich noch, als ich im Thälmannhaus einrückte. Beim Verlassen der Kneipe hatte ich noch dreißig Pfennig.

Am Morgen donnerten Güterzüge hinter meinen Augen bis zum Wirbel durch meine verätzten Gehirnwindungen und bremsten mit dem entsetzlichen Kreischen von Stahl auf Stahl, Schaffner trillerten rücksichtslos mit ihren Pfeifen durch meine Gehörgänge und hatten wahrscheinlich statt der Fahrkarte meine Zunge gelocht. Sie fühlte sich dick und geschwollen an. Ich schätzte so an die fünfzehn bis zwanzig F6, plus Bier, plus Pfeffi. Kurz, mir war hundeelend.

Sockentrude hatte mich merkwürdig angesehen und dann in den zweiten Stock gelotst, in die Klasse geschoben, ein paar Worte gesagt und war wieder verschwunden. Ich hatte nicht alles von ihrer feuchten Rede verstanden, aber dass ich der neue Klassenlehrer der 5a sein sollte, hatte ich mitbekommen.

Junge, Junge, das sah verdammt Ernst aus. Der Spaß war vorbei.

Da stand ich nun, ich armer Tor …

„Guten Morgen", krächzte ich mit verkaterter Stimme.

„Immer bereit!" brüllten mich an die dreißig grelle Kinderstimmen an.

Mein Vorgänger musste ein perfekter Heuchler gewesen sein.

„Guten Morgen", wiederholte ich.

Stille.

Ich drehte mich um und schrieb Herr Hohndorf an die Tafel.

„Guten Morgen!"

„G-u-t-e-n M-o-r-g-e-n, Herr H-o-h-n-d-o-r-f."

„Setzen."

Im Klassenbuch lag die Sitzordnung.

„Setzt euch, wie ihr wollt." Ich zerriss das Blatt.

Der Tumult war gigantisch. Nach einigen Minuten steckte ein Lehrer aus dem Nachbarzimmer den Kopf zur Tür herein und rief: „Brauchen Sie Hilfe, Herr Kollege?"

„Alles in bester Ordnung", lachte ich und winkte ab.

Nichts war in Ordnung. Diese verdammte Schleudertruppe nutzte mein Entgegenkommen und mein Bestreben, alles anders und natürlich viel besser zu machen, schamlos aus.

Meine erste Unterrichtsstunde, wenn man das, was da fünfundvierzig Minuten lang abgegangen war, als solche bezeichnen wollte, war ein Schuss in den Ofen.

Wer den Schaden anrichtet, muss sich um den Spott nicht sorgen.

Im Lehrerzimmer wurde es schlagartig still, als ich eintrat. Nur die beiden Tussis, die oben auf dem Dachboden die Wohnung neben meiner Bruchbude bewohnten, kicherten noch eine Weile. Ich hatte in dem benebelten Zustand von gestern Abend die

18

Wohnungstüren verwechselt und die beiden Jungfern zu Tode erschreckt.

Edda Vorhof, meine Kneipenbekanntschaft vom Sonntagabend, hielt mir zögerlich ihre Schachtel F6 hin.

Dienstlunte, dachte ich und sagte: „Bahndamm, dritte Ernte", griff aber zu.

Wir gingen ans Ende des langgestreckten Lehrerzimmers, stellten uns ans Fenster und pafften.

„Muss nicht unbedingt jeder hier wissen."

Kunstpause, dann fiel bei mir der Groschen.

„Klar."

Es klingelte.

Ich drückte meine Zigarette aus, schnappte das Klassenbuch der 8b und marschierte Richtung Chemieraum.

Was mich empfing, war das perfekte Chaos.

Papierflieger segelten durch den Raum, ein Fettkloß schrie mit kreischender Stimme: „Sanitäter, Hilfe, ich verblute!" Er hielt sich mit beiden Händen den Kopf.

Ein Lulatsch neben ihm brüllte: „Schnell, Herr Monddorf, Fetti verblutet."

Ich wühlte mich durch das Gedränge. „Was ist passiert?"

„Ein Flugzeug hat meine Schädeldecke gerammt", feixte Fetti, hob einen Papierflieger vom Boden auf und zerknüllte ihn in der Hand.

Die Klasse schrie und tobte und weitere Flugobjekte segelten durch den Raum.

Ich ging zurück zum Pult, schlug das Klassenbuch auf und griff mir die Sitzordnung.

Es wurde schlagartig still.

Na also, dachte ich.

„Ilona Reifegerste." Ich sah zur ersten Bank links.

„Ja." Ein Junge mit Kürbiskopf grinste mich an und krähte mit Falsettstimme: „Bin operiert worden, abgeschnitten und umgekrempelt, Herr Mondpferd."

Das Gebrüll war garantiert bis in den Keller zu hören. Meine rechte Hand zuckte und ich schob sie vorsichtshalber in die Hosentasche. Die kurze Pause hatte also gereicht, dass sich das mit der Sitzordnung herumgesprochen hatte.

Vielleicht hilft ein Experiment.

Ich mischte eine ordentliche Portion Kupferoxid mit Zinkpulver, schüttete das Gemisch in ein Reagenzglas und zündete den Bunsenbrenner an.

Die Tobsucht ließ sofort nach und dreißig Augenpaare blickten gespannt nach vorn. Ich brachte das Reagenzglas an den Rand der Brennerflamme, und während ich das Gemisch erhitzte, sah ich zur ersten Bank links und sagte: „Ilona, komm doch bitte nach vorn und schreib die Wortgleichung an die Tafel."

Irgendwo im Raum erhob sich ein Mädchen.

„Ilona", wiederholte ich und zeigte auf die erste Bankreihe links. Kürbis stand mit knallrotem Kopf auf. Die Klasse feixte. „Komm an die Tafel, schönes Mädchen, und schreib die Wortgleichung an!"

„Los Ilona!", brüllte die Klasse mit der Schadenfreude, die sich immer einstellt, wenn es den Anderen trifft.

Ich kannte das aus meiner Schulzeit und war sicher, die erste Runde gewonnen zu haben.

Dann platzte das Reagenzglas und das glühende Gemisch fiel aufs Klassenbuch.

Mein anfänglicher pädagogischer Erfolg verpuffte wie die Reagenzglasmischung. Am wildesten gebärdete sich Kürbis.

Die nächsten zwei Stunden verliefen ähnlich. Die Schülertrommeln arbeiteten schnell und gewissenhaft und die Blicke der Kollegen lagen zwischen Schadenfreude und Mitleid.

Scheiße, dachte ich, hast den falschen Beruf erwischt. Noch ein Tag von der Sorte, und du bist reif für die Klapse. Vielleicht wäre es besser gewesen, ich hätte Kürbiskopf für das Mondpferd eine ordentliche geknallt, dann wäre der Spuk vorbei gewesen, ehe er richtig begonnen hatte und ich hätte in irgend einem Chemielabor gearbeitet. Aber aufgeben, ohne richtig begonnen zu haben?

Ich lag auf dem Bett in meiner Bude hoch oben unterm Dach. Notunterkunft für Zugewiesene, von denen man nicht wusste, ob sie bleiben würden. Vom Schulhof weit unten drang der gedämpfte Lärm Fußball spielender Jungen durch das geöffnete Fenster, und aus der Wohnung der beiden Tussis nebenan tönte Peter Alexander: „Ich zähle täglich meine Sorgen …"

Ich brauchte nicht zählen, es gab nur eine Sorge, die eigentlich mehr eine Frage war: Wie kriegst du diese Bande zur Ruhe? Pädagogisches Feingefühl war hier für die Katz. Ich wusste aus meiner eigenen Schulzeit, dass jeder neue Pauker erbarmungslos getestet wurde. Terror der Masse gegen das Individuum.

Die ersten Tage waren entscheidend.

Gegen Morgen, als die Dämmerung einsetzte, war mir klar, dass ich heute Sieg oder Niederlage feiern würde.

Feiern würde ich auf jeden Fall.

Ich hatte die Nacht über Lehrplänen und Lehrbüchern gehockt und mich vorbereitet.

Zwei Minuten vor dem Klingelzeichen zur ersten Stunde machte ich mich auf den Weg zur 5a. Als es klingelte riss ich die Tür auf, schob den Unterkiefer vor, zog die Augenbrauen zusammen und imitierte den Blick eines Mafiakillers. Dann schmiss ich meine Aktentasche auf den Lehrertisch, nahm das vorbereitete Blatt heraus, schrieb Leistungskontrolle an die Tafel und darunter die ersten Aufgaben.

Ich hatte für die Lösungen zehn Minuten angesetzt.

Die Mädchen waren die ersten, die den Ernst der Lage begriffen. Vielleicht spürten sie instinktiv den Zorn, den ich in mir aufgebaut hatte früher als die Jungen, die in diesem Alter im Wesentlichen mit der Festlegung der Rangordnung beschäftigt waren.

Nach fünf Minuten, in denen ich keinen Ton von mir gegeben hatte, saßen die letzten Rabauken auf ihrem Platz und wühlten in ihren Schultaschen.

Genau nach zwölf Minuten sammelte ich die Zettel ein.

Sofort brach Tumult aus. Ich nahm das einen Meter lange, schön breite Lineal und krachte es mit voller Wucht auf den Lehrertisch.

Es klang wie ein Pistolenschuss. Gleichzeitig brüllte ich: „Ruhe, verdammt noch mal."

Eine Herde wilder Paviane erstarrte zu Salzsäulen. Mir war klar, dass ich alle Regeln der sozialistischen Pädagogik verletzte, aber das war mir scheißegal.

Der Schock saß.

Weit aufgerissene Kinderaugen blickten mich verstört an.

Nett sein kommt später, dachte ich.

„Ist das klar?" Hans Albers Blick.

Stummes nicken.

Ich war das Alphatier.

Und auf die Schulhaustrommel war verlass. Die 8b hatte vorsichtshalber mit dem Klingelzeichen ihre Plätze eingenommen, und zwar laut Sitzordnung.

***

Am nächsten Tag, ich hatte gerade eine Freistunde, bat mich die Schulsekretärin zur Schulleitung.

„Herr Hohndorf", Sockentrude hatte bereits Speichelbläschen in den Mundwinkeln, „was sind das für rüde Methoden, die Sie hier einführen. Seit heute Morgen klingelt ununterbrochen mein Telefon und aufgebrachte Eltern fragen an, was für unqualifizierte Lehrkräfte neuerdings an dieser Schule arbeiten. Sind Sie von allen guten Geistern verlassen, die Schüler mit einem Lineal zu bedrohen und wie ein Pferdehändler zu fluchen."

Der Pferdehändler gab mir Kraft und ich musste grinsen. Wie eine Furie fuhr Sockentrude hinter ihrem

Schreibtisch in die Höhe und stemmte die Hände in die Hüften.

„Sie haben nicht den geringsten Grund hier noch überheblich zu grinsen, Herrrr Hohndorrrrf."

Die ersten Spritzer aus ihren Mundwinkeln trafen meine Hosenbeine.

„Nicht den geringsten Grund. Unser aller Aufgabe ist es, die Schüler zu sozialistischen Persönlichkeiten zu erziehen, die die Deutsche Demokratische Republik als ihr sozialistisches Vaterland …"

Sie holte tief Luft und ich dachte, die Sorte hat früher bestimmt schnell den rechten Arm gehoben. Eiferer bleiben Eiferer, egal unter welchem Symbol.

„ … Vaterland lieben und bereit sind, die historische Aufgabe des ersten deutschen Arbeiter-und Bauern-staates zu erfüllen."

Amen, hätte ich beinahe gesagt, aber ich sagte nichts, und das schien Trude anzuspornen, mir die hehren Ziele des Sozialismus und die Rolle der Bedeutung noch einmal ausgiebig vor Augen zu führen.

Armes Marjellchen, dachte ich, während sie ihrem marxistisch- leninistischen Orgasmus entgegen strebte, jetzt hast du endlich was zu sagen, hast was, woran du dich festhalten kannst und kannst nach unten treten und nach oben katzbuckeln.

Sie war jetzt bei den Thälmannpionieren und der FDJ angekommen und in ihren Mundwinkeln klebte dicker Schaum. Ich war erneut versucht, mein Taschentuch zu greifen und ihr den Mund abzuwischen.

„ … friedliebendes und fortschrittliches Land und so

erwarten wir von unseren sozialistischen Pädagogen, dass sie unsere Kinder und Jugendlichen im Geiste des Friedens und des Sozialismus zu allseitig gebildeten und charakterfesten Menschen erziehen."

Trude machte eine Pause, sah mich mit ihren wasserhellen Augen durchdringend an, setzte sich und fuhr sehr leise fort: „Und das geschieht bei uns ohne Bedrohung durch Schläge mit dem Lineal oder vulgäre Schülerbeschimpfungen, Herrrr Hohndorrrrf! Haben wir uns verstanden?"

Ich sagte nichts. Was hätte ich auch sagen sollen? Von wegen bedroht. Den Lehrertisch hatte ich malträtiert, aber ich hätte niemals ein Kind geschlagen.

Mein Abgang war ohne Worte und ich wusste, dass Trude in Zukunft mit Argusaugen meine Arbeit verfolgen würde. Vielleicht hätte ich sagen sollen: „Bitte vielmals um Entschuldigung, kommt nicht wieder vor."

Das hätte ihr Ego gestärkt, aber einer, der nichts sagt, ist ein Renitenter und die musste man im Auge behalten.

Der Rest des Vormittages verlief angespannt. Schüler haben einen unglaublichen Instinkt dafür, wann Vorsicht geboten ist. Wahrscheinlich rochen sie, ähnlich wie Hunde die Angst beim Menschen, die Gefahr, die von einem angeschossenen Lehrer ausgehen konnte.

Mittag bot mir Klaus Meisner an, mit in die Sonne zu kommen, um der Schulspeisung zu entgehen. Dienstag war Tote-Oma-Tag und das war nicht jeder Manns Geschmack, meiner schon gar nicht. Das Problem war nur, dass in meiner Kasse totale Ebbe herrschte.

Edda Vorhof, die neben Meisner stand und, wie es aussah, mit von der Partie sein würde, erfasste mein Zögern auf Anhieb. Sie griff in ihre Tasche und drückte mir einen Zwanziger in die Hand.

„Gepumpt, bis du dein erstes Geld kriegst."

Mein Glück war, dass ich am nächsten Tag erst zur dritten Stunde hatte. Trotzdem war der Vormittag beschissen wie eine Hühnerleiter. Der einzige Trost war, dass es meinen Taufpaten nicht viel besser ging.

Meisner versteckte seine verkaterte Visage hinter einer dunklen Sonnenbrille, Bernd Müller, der später zu uns gestoßen war, hatte eine Stimme, die an grobes Sandpapier erinnerte, das über ein stark verrostetes Eisenrohr gezogen wurde, und Edda sah verdammt grau aus.

Nachdem Meisner und Müller gegangen waren, hatte Edda noch eine Runde Bier und Doppelkorn bestellt.

Das war fast der Gnadenstoß für mich gewesen. Ich hatte sie nach Hause gebracht, zu Fuß bis ans Ende der Welt, jedenfalls kam es mir so vor. Vor ihrem Haus, das zu einem Baubetrieb gehören musste, hatten wir uns auf eine Bank gesetzt und uns noch eine angezündet.

Ich hatte meine Hand vorsichtig unter Eddas Pullover geschoben. Als ich ihre Brust berührte, hatte sie mich angesehen und leise gesagt: „Pfote weg, Felix, steh nicht darauf und das weißt du."

Ich hatte es gewusst, aber gegen Neugier ist noch kein

Kraut gewachsen. Probieren sollte man es immer, sonst halten dich die Weiber für eine taube Nuss..

„Ich mag Männer, aber nur als Kumpels. Das, was da zwischen euren Beinen hängt, hat mich noch nie interessiert."

Edda war aufgestanden und im Haus verschwunden.

***

Die Wochen vergingen und plötzlich standen die Elternabende an. Verdammt, ich hatte keinen Schimmer, was da abgehen sollte. Elternabend klang eigentlich nach Glühwein und Pfefferkuchen. Meisner gab mir einige Tipps, wie ich die Sache angehen sollte. Aber wenn du dann vor gut fünfundzwanzig Eltern stehst, die alle älter sind als du selbst, hilft nur noch Beten und Gottvertrauen. Als dann noch, kurz vor Beginn, Sockentrude mit der blauen Hospitationsmappe den Gang entlang marschiert kam und vor meinem Klassenzimmer halt machte, spürte ich, wie meine Handflächen feucht wurden.

Mann, Felix, reiß dich bloß zusammen!

Die Schulleiterin stellte mich kurz den Eltern vor und setzte sich dann in die letzte Bank. Die erste Viertelstunde war grausam. Ich redete und redete und die Leute sahen mich nur an. Endlich meldete sich ein Vater mit starkem Silberblick und schnitt das leidige Thema Mathe an. Es sah nicht gut aus. Die Klasse hatte echte Probleme, was daran lag, dass sie im vergangenen Schuljahr zu viele Ausfälle hatte und zu wenig gefordert worden war.

Ich hatte mich an den Lehrplan gehalten. Das Ergebnis war haarsträubend. Der Klassendurchschnitt lag nach sechs Unterrichtswochen knapp unter vier und die Schüler hassten Mathe wie die Pest.

Nachdem Silberblick, ich wusste sofort, dass es Rudi Heinzes Erzeuger war, seinem Unmut über die zu strenge Zensierung und die komischen Rechenwege – „wir haben das viel einfacher gerechnet" - , Luft gemacht hatte, setzte ein allgemeines Palaver ein.

Ich stand ziemlich hilflos vor den immer heftiger diskutierenden Eltern, drehte mich dann zur Tafel und schrieb zwei Aufgaben an. Die erste rechnete ich laut vor und allmählich wurde es still.

Silberblick stand auf, kam zur Tafel und rechnete die zweite Aufgabe. Der Rechenweg war anders, aber das Ergebnis stimmte. Er sah zur Tür, aber ich ahnte, dass er mich im Blick hatte.

„Ist doch wohl sonnenklar," sagte er, „dass die Kinder durcheinander kommen, wenn die Eltern zu Hause mit ihnen üben, aber ganz andere Rechenwege benutzen."

Ich schrieb noch einige Aufgaben an und nach wenigen Minuten standen alle in einem Pulk an der Tafel. Nach einer Stunde fragte die rotblonde Elternaktivvorsitzende, ob ich vielleicht hin und wieder eine Stunde Mathe mit den Eltern machen könnte.

Der Vorschlag fand allgemeine Zustimmung.

Mir gefiel er auch und ich hoffte insgeheim, den Satz

des Cavalieri an den fantastischen Halbkugeln der Dame überprüfen zu können.

Sockentrude kam nach vorn und verabschiedete sich mit einem feuchtwarmen Händedruck.

Ich war der Held der nächsten Dienstberatung. Meine Taufpaten grinsten hinterhältig und Meisner murmelte: „Mittags drei Bier und der Tag gehört dir."

Dann kam der Hammer.

Sockentrude hielt eine flammende Rede gegen die imperialistischen Kriegstreiber, den Klassenfeind jenseits des antifaschistischen Schutzwalls und die vom Bundesnachrichtendienst ferngesteuerten Volksverhetzer von Presse und Fernsehen.

Zum Schluss verlas sie das Drei-Punkte-Programm des Rabbinersohns Albert Norden:

Sofortige Beseitigung aller auf den Westen gerichteten Antennen.

Selbstverpflichtung der Elektromonteure, keine Westantennen mehr zu installieren.

Selbstverpflichtung aller Hausgemeinschaften, freiwillig auf Westfernsehen zu verzichten."

Eisiges Schweigen. Dann erhob sich Eichinger, Parteisekretär, Russisch und Werken.

„Höchste Zeit, dass auch hier bei uns diese Feindfahnen von den Dächern verschwinden. Allerhöchste Zeit, muss ich anmerken, kritisch anmerken, denn die Aktion ist in den meisten Gegenden des Landes bereits abgeschlossen. Der Soz ... „

Von Meisner kam ein gemurmeltes: „Blödmann."

Eichinger fuhr wie von der Tarantel gestochen herum.

„Sag das noch mal, Klaus."

Sockentrude bat um Ruhe. „Unsere FDJler treffen sich morgen 15 Uhr mit den FDJlern des Kreises auf dem Marktplatz. Blauhemd, versteht sich, die roten Armbinden werden von den Genossen der Kreisleitung verteilt."

Sie schlug ihre blaue Mappe auf und nannte die Teilnehmer.

Zum Schluss fiel mein Name.

Spinnt die Alte. Ich hatte mein FDJ-Hemd entsorgt, als ich mein Abschlusszeugnis in der Hand hatte.

Meisner grinste mich diabolisch an: „Realität ist eine Illusion, die durch Mangel an Bier hervorgerufen wird."

„Scheiße", murmelte ich und wusste, dass die Knaller mich auf dem Marktplatz vermissen würden.

Aktion Ochsenkopf. Die Frage war, wer hier der Ochse war?

Ich brauchte dringend eine Ausrede. Öffentliches Verweigern erschien mir nicht ratsam.

Lehrer war zwar nicht gerade mein Traumberuf, aber irgendwie musste ich schließlich meine Brötchen verdienen.

Brötchen!

Die Idee!

Mathe für Eltern.

Ich rief die rothaarige Bäckersfrau und Vorsitzende des Elternaktivs an. Sie hatte schließlich den Vorschlag gemacht.

„Morgen? Sehr knapp, Herr Hohndorf. Ich versuch`s

mit dem Elternaktiv."
„17 Uhr in der Schule?"

Es klappte. Rudi Heinze, Brigadier in der Chemiebude, Werner Heumann, Apotheker, Anton Seifert, Autoschlosser und Josefine Walters, die Bäckersfrau, gaben mir die Ehre, beziehungsweise das Alibi, das ich brauchte.
Ich hatte große Schwierigkeiten, meine Augen unter Kontrolle zu halten. Beim Rechnen an der Tafel fiel der Bäckerin mehrfach die Kreide aus der Hand.
„O Täler weit, o Höhen" summte es in meinem Kopf. Ich konnte mir beim besten Willen nicht vorstellen, dass ihr Wald grün sein sollte.
Gegen neunzehn Uhr meinte Silberblick Rudi Heinze, dass er jetzt wisse, warum Mathe so eine verdammt trockene Sache wäre.
Ich sah ihn leicht pikiert an. Hatte mir die größte Mühe gegeben, die Aufgaben so lebensnah wie möglich zu machen und dann so eine blöde Bemerkung.
Silberblick grinste mich hinterhältig an.
„Liegt am Kreidestaub, Herr Hohndorf, und gegen eine Kreidestaublunge hilft nur ein gut gekühltes Bier."
Der Ratskeller war wie immer um diese Zeit ziemlich voll. War eine der wenigen Kneipen, die Radeberger im Ausschank hatten.
Nach dem dritten Bier schlug Silberblick vor, dass wir zum Du übergehen sollten.
„Rudi."
„Werner."

„Anton."

„Josefine, aber Jo genügt."

„Felix."

Gegen zehn Uhr spürte ich das Knie der Bäckersfrau an meinem Oberschenkel. Ich hielt still. War vielleicht nicht so gemeint, wie ich es mir wünschte. Es gab Berührungen, die rein freundschaftlicher Natur waren.

Halb elf streifte ihre Brust meinen Oberarm.

Um elf brachen wir auf.

Rudi, Werner und Anton waren plötzlich weg und Jo hing sich bei mir ein. Wir hatten den gleichen Weg. Vor der Schule blieb ich stehen.

„Bring mich noch ein Stück." Jo drückte meinen Arm. Die Bäckerei lag fast am Ende der Hauptstraße. Wir blieben im Schatten des Hauseingangs stehen.

„Mathe kann ganz interessant sein", sagte Jo.

Deine Pfannkuchen sind viel interessanter, dachte ich und sagte: "Das lass mal meine Schüler hören."

„Ich hab jedenfalls `ne Menge begriffen."

Ich blickte in ihren Ausschnitt.

Sie sah es und grinste.

Verdammt, Felix, leg wenigstens mal die Hand drauf.

Ich hatte lange nichts Weibliches mehr berührt.

Ich tat es.

„Und du meinst, um zu begreifen musst du sie begreifen," lachte Jo, schob meine Hand aber nicht weg.

„Benutze redlich deine Zeit! Willst du begreifen, such`s nicht weit", zitierte ich Goethe und meine Fingerspitzen sendeten Impulse über mein Gehirn in den Unterleib. Oder war das umgekehrt?

Egal, Hauptsache, es wurde wieder gesendet.

„Warum denn in die Ferne schweifen, wenn das Gute liegt so nah", grinste Jo mich an.

„Am schönsten sind immer die Dinge, die andere besitzen." Ich schob meine Hand weiter zwischen Stoff und Haut.

„Na, na, na", flüsterte Jo, aber es klang nicht ungehalten

„Rein mathematisches Interesse, Körperberechnungen, besonders von Kugeln und Halbkugeln, gehören zu meinem Spezialgebiet."

„Benötigt der Herr Mathematiklehrer zur Feststellung des Radius` da nicht ein Messwerkzeug, denn da war doch was mit Pie und r zur Dritten?"

Ich schob meine Hand noch etwas tiefer in ihren BH und murmelte: „Hab ich immer dabei."

Mein Zollstock drückte gegen ihren Schenkel und ich küsste sie auf den Mund. Jo öffnete die Lippen und ließ meine Zunge ins Warme schlüpfen. Dann züngelten wir, bis uns die Luft knapp wurde. Meine Hand hatte sich inzwischen weiter in ihren BH hinein gearbeitet und meine Fingerstpitzen machten sich an ihrer Himbeere zu schaffen. Jo erwiderte den Druck meines Unterleibes und ihre Hitze sprang durch meine Hose direkt auf meine Messlatte über. Ich öffnete die Knöpfe ihrer Bluse, befreite ihre Goldstücke aus diesen steifen Tittentüten, nahm eine der Beeren zwischen meine Lippen und begann daran zu knabbern. Jo stöhnte leise. Das machte mich total verrückt und ich fuhr mit der Hand unter ihren Rock.

„Nicht so hastig, junger Mann. Das Dreieck nehmen wir uns später vor", lachte sie heiser, beförderte meine Hand wieder nach oben und knöpfte ihre Bluse zu.

Sie umarmt mich noch einmal, dann war sie weg.

Ich trabte meiner Behausung zu und verfluchte meine Hast. Du bist ein Trottel, Felix, fällst mit der Tür ins Haus, statt schön langsam und mit Gefühl die Tür aufzuschließen. Aber eins stand fest: Volumenberechnung von Halbkugeln würde das nächste Mal in meinem privaten Lehrplan ganz oben stehen.

In meiner Bude schmiss ich mich aufs Bett, schaltete das Radio ein und suchte Luxemburg. Camillo Felgen sang mit seiner dunklen, melancholischen Stimme: „Sag Warum" und ich wurde trübsinnig. Elvis Presley mit „Are you lonesame tonight" gab mir den Rest. Ich stand auf, ging in die Küche, goss mir ein Wasserglas gut halb voll Wodka, öffnete eine Bierflasche, stellte beides auf den Pappkarton, der meinen Nachttisch ersetzte und schmiss mich wieder in meine Kapsel.

Schnaps ist keine Lösung für Probleme, war einer der Wahlsprüche meines Vaters. Mag sein, Schnaps löst zwar keine Probleme, aber er verändert ihre Wahrnehmung.

Ich starrte an die Decke und träumte von Jos Bett.

Ohne weibliche Wärme war das Leben ein Scheißdreck. Ich fühlte mich leer, einsam, und mir war klar, dass, wenn ich jetzt abkratzte, die Erdrotation davon in keiner Weise beeinträchtigt würde. Was ich brauchte, waren endlich wieder mal ein paar pralle Möpse und ein feuchtes, warmes Futteral für mein Messgerät. Was zum Festhalten und zum Wärmen.

Jo, die Bäckerin!

Ich kippte den Rest Wodka runter, spülte mit Bier nach und drehte mich auf meine Schlafseite.

***

Die Tage vergingen langsam und die Wochen bewegten sich im Schneckentempo auf das nächste Elternseminar zu. Meine Klasse gewöhnte sich langsam an mich. Die Dienstberatungen rauschten an mir vorbei und die meisten Abende verbrachte ich in der „Sonne".

Ich wollte, es hätte einen Knall gegeben und es wäre Anfang November gewesen.

Dann war es Anfang November.

Über zwanzig Eltern saßen erwartungsvoll in den Schulbänken.

Es wurde ein langer Abend.

Jo richtete es so ein, dass wir die Letzten waren, die das Schulhaus verließen.

„Du kannst gern noch ein Glas Wein bei mir trinken", sagte sie, als wir vor ihrem Haus standen.

„Und dein Mann?"

Jo sagte nichts. Sie zog mich zur Haustür, öffnete sie und schob mich in den Flur.

„Dein Mann?" Mir war verdammt mulmig zumute.

„Erzähl ich dir später."

Sie drückte mich an die Wand, griff meinen Kopf und küsste mich. Ich ließ meine Hände vorsichtig über ihre Zwillingsmützen gleiten.

Geh`s langsam an, Felix. Denk an den Schlüssel und fall nicht wieder mit der Tür ins Haus, ermahnte ich mich. Obwohl, die Tür schien bereits offen zu stehen. Trotzdem, verdirb nicht, worauf du dich seit Wochen gefreut hast.

Jo ließ von mir ab, öffnete die Tür zum Wohnzimmer und schob mich hinein. Der Raum war von einer Straßenlaterne in diffuses Licht getaucht.

„Setz dich!" Sie drückte mich in einen Sessel und verschwand.

Ich hörte von draußen ihre Stimme und die eines Mannes.

Dann war es still.

Das Zimmer war groß, hatte in der Mitte einen massiven Tisch mit sechs Stühlen. An der Fensterfront stand eine lange Blumenbank voller Sansevierien, links eine Schrankwand mit Sesselgruppe und Nierentisch und an der rechten Wandseite eine breite Bettcouch. Die Sansevierien warfen lange, spitze, beängstigende Schatten an die gegenüberliegende Wand, die wie Schwerter und Dolche aussahen. Zwischen Tür und Schrankwand über Eck standen drei Regale voller Bücher.

Ich stand auf, ging durchs Zimmer und das flaue Gefühl in meiner Magengegend breitete sich weiter aus. Hau ab, Junge, bevor du hier in was rein gerätst, aus dem du nicht ungeschoren wieder raus kommst.

Ich machte zwei Schritte Richtung Tür. Bevor ich die Klinke fassen konnte, ging die Tür auf.

Jo stand mit einer Flasche Rotwein vor mir und grinste mich an.

Sie hatte sich umgezogen, trug eine leicht durchsichtige Bluse und darunter keinen BH. Wir setzten uns und Jo goss ein.

„Prost, Felix."

„Prost, Jo."

Wir tranken, dann stand Jo noch einmal auf, ging zum Schrank und legte eine Schachtel Marlboro auf den Tisch. Wir zündeten uns eine an und rauchten.

Marlboro! Verdammt, das war `ne Lunte. Ohne Westverwandtschaft ging da nichts. Ich inhalierte so tief, dass der Qualm wahrscheinlich bis in meinen Dickdarm drang.

„Den Eltern hat`s gefallen", sagte Jo.

„Schön", sagte ich.

Was sollte ich dazu sagen. Mein Problem war, wie ich den Anfang machen sollte. Ich war mir ganz sicher, dass Jo genau dasselbe wollte, was ich wollte. Das Problem war nur, dass ich Hemmungen hatte. Frauen waren manchmal äußerst kompliziert. Es gab Signale, die man als Mann für eindeutig hielt und zum Schluss stellte sich dann heraus, dass die Damen nur ihre Chancen testen wollten.

Aufstehen und sie einfach in den Arm nehmen, dachte ich. Wär` doch nicht schlecht, wenn die Frauen eindeutige Zeichen geben würden, zum Beispiel grüne, gelbe oder rote Bänder am Handgelenk.

Bei grün war alles klar.

Bei gelb ist die Sache mit Vorsicht zu genießen.

Bei rot waren die Fronten ebenfalls klar.

„He Felix, sag was!"

Ich machte meine Kippe aus, stand auf, ging um den Tisch herum und zog Jo nach oben. Vorsichtig nahm ich ihren Kopf in meine Hände, küsste sie und drückte dann mein Gesicht in ihre Halsbeuge. Der Duft ihrer rotgoldenen Haare trieb mir das Blut mit einhundert Stundenkilometern durch die Adern. Ich küsste ihre Augen, ihre Nasenspitze und wieder ihren Mund. Meine Zungenspitze tastete ihre Zähne ab und Jo begann schneller zu atmen. Ich ließ meine Hände behutsam über ihren Rücken gleiten, packte dann ihren wundervoll runden Hintern und drückte ihren Unterleib leicht gegen meine Hüften. Ihr Mund öffnete sich und unsere Zungenspitzen berührten sich. Ich schob meine gierige Zunge weiter in Jos Mund hinein, zog sie dann vorsichtig zurück, ließ meine Hände wieder nach oben gleiten und fuhr leicht mit den Fingerspitzen über ihren Rücken.

Jos Zunge schob sich tastend in meinen Mund. Sie fühlte sich samtartig an und meine Erregung war für Jo jetzt deutlich zu spüren. Mein Denkvermögen rutschte eine Etage nach unten. Ich begann sie wie wild zu küssen, schob meine Hände wieder nach unten und drückte sie so gegen mich, dass das von mir ausgesandte Signal eindeutig war.

Jo drückte dagegen. Sie schien genauso ausgehungert wie ich zu sein. Ich ließ eine Hand nach oben gleiten und fuhr damit über den dünnen Stoff ihrer Bluse. Meine Fingerspitzen zeichneten behutsam die Konturen ihrer Brüste nach.

Jo begann mich wild zu küssen.

Sie trägt das grüne Armband, dachte ich und öffnete die ersten Knöpfe ihrer Bluse.

Plötzlich zog sie ihre Zunge zurück, löste sich von meinen Lippen und schob mich weg.

„Setz dich Felix."

Ich war wie vom Donner gerührt. Hatte ich wieder was falsch gemacht?

Jo setzte sich mir gegenüber, nahm meine Hand in ihre und sah mich an.

„Ich bin gut zehn Jahre älter, Felix, und verheiratet." Warum du mich dann mit in deine Wohnung. Aus den Weibern sollte einer schlau werden.

„Warum hast du mich dann mit hierher genommen?"

„Weil ich dich mag Felix, vom ersten Elternabend an."

Ich schüttelte verständnislos den Kopf.

„Du sollst wissen, worauf du dich einlässt, Felix. Für eine schnelle Nummer und dann `machs gut` bin ich nicht der Typ."

„Und dein Mann?" Das war für mich der wunde Punkt.

„Ist eine Sache für sich und braucht dich nicht zu beunruhigen."

Aber genau das beunruhigte mich.

Neu in Kuhkaff und gleich in einen Ehebruchskandal verwickelt, vielleicht mit einer saftigen Schlägerei verbunden, war genau das, was ich nicht gebrauchen konnte.

Jo stand auf, kam zu mir und nahm meinen Kopf in ihre warmen Hände. „Ich halt dich fest, Felix, wenn ich mich auf dich einlasse."

Sie hielt weiter meinen Kopf in ihren Händen, presste ihren festen Körper gegen meinen und begann mich zu küssen. Dann ergriff sie meine Hände und schob sie unter ihre Bluse.

Der grüne Armreif, dachte ich, und drückte ihre Äpfel. Ich war sicher, dass ich sie pflücken durfte.

Wahnsinn, diese Äpfel! Meine Hände machten sich selbständig. Sie strichen über die glatte Apfelhaut und meine Finger streichelten die Blüten, die sich unter dieser Berührung zu entfalten begannen.

Ich nahm eine der Blüten in den Mund und begann mit meinen Lippen daran zu zupfen. Sofort spürte ich, wie der Schlüssel in meiner Hose nach Befreiung aus seinem Gefängnis drängte.

Ich drückte ihn gegen Jo`s Schloss.

Sie hielt dagegen.

Während meine Zungenspitze ihre Knospen zum Blühen brachten, fuhren meine Fingerspitzen an ihrem Rücken nach unten. Der Bund ihres Rockes war zu eng, um tiefer eindringen zu können.

Jo zog mit einem Griff den Reißverschluss auf und der Rock fiel auf den Fußboden. Sie drehte sich dabei so, dass sie mit dem Rücken zum Tisch stand. Ich streifte das zarte Etwas, das ihr Schloss noch verhüllte nach unten und Jo strampelte es ab. Sie löste meinen Gürtel, öffnete zwei Knöpfe, aber die Hose blieb am Schlüssel hängen. Sie streifte sie darüber und ich schleuderte das lästige Ding ebenfalls von den Füßen. Dann trat ich einen Schritt zurück.

Unglaublich!

Die vollen Brüste standen vom Körper ab, der Bauch war glatt und straff, die Hüften schmal und das Dreieck leuchtete mir rotgolden entgegen.

Ich küsste erneut ihre wunderschönen Äpfel, fuhr mit den Lippen über die aufgerichteten Spitzen, ließ mich langsam nach unten gleiten, und presste mein Gesicht in ihr goldenes Dreieck. Ein leichter Duft nach Zimt nahm mir den letzten Rest meines Verstandes.

Jo zog mich nach oben und begann mich wieder zu küssen. Ich legte meine Hand auf ihr Schloss und meine Finger tasteten nach der Öffnung.

Sie fühlte sich heiß an.

Jo griff den Schlüssel und drückte und rieb daran, dass mir Hören und Sehen verging. Plötzlich ließ sie sich nach hinten auf die Tischplatte fallen und schob dabei meinen Schlüssel in ihr Schloss. Ich presste mich mit aller Kraft dagegen und begann mich zu bewegen.

Denk an was Anderes, Felix, sonst ist es vorbei, ehe es richtig begonnen hat.

Ich dachte daran, dass ich die letzte Mathearbeit noch korrigieren musste und dass ich morgen fünf Stunden hatte, aber es nützte nichts.

Die Eruption war nicht nicht mehr aufzuhalten.

„Zu lange im Trockendock gelegen", flüsterte ich.

Jo lachte. „Die Nacht ist noch lang."

Ich sah verstohlen auf die Uhr an der Wand. Kurz nach eins. Ich hatte morgen zur ersten Stunde.

„Geh ins Bad, erste Tür links. Ich mach die Couch."

Ich ging, aber sofort war dieses flaue Gefühl wieder da. Ich hatte Schiss. Wenn der Mann plötzlich kam, was sollte ich machen?

Mich verprügeln lassen?

Abhauen mit heruntergelassener Hose.

Scheiße, bist kaum in Kuhkaff und schon in der Bredouille. Mach die Flocke, Alter, hau ab, kratz die Kurve, bevor der Bäckermeister dir die Eier abreißt und in den Teig knetet. Sozialismus aufbauen ohne Eier, das wird nichts, Felix.

Jo hatte, solange ich im Bad war, die Couch in ein breites, einladendes Bett verwandelt. Den Mosaiktisch hatte sie davor geschoben, zwei Gläser und die Flasche Rotwein standen bereit. Die Schachtel Marlboro lag neben einem Aschenbecher.

Jo schnipste mir eine entgegen.

Als die Lunten brannten, sagte sie: „Gieß ein."

Ich füllte die Gläser.

„Prost!"

„Prost!, auf die Liebe", lachte Jo.

„Und dein Mann? Ich sollte vielleicht lieber gehen?"

Jo erhob sich. „Komm!"

Sie zog mich hoch, schob mich in den Flur, am Bad vorbei in Richtung der hinteren, verglasten Tür.

„Sieh raus!"

Ein gepflasterter Hof und gegenüber ein Flachbau mit hell erleuchteten Fenstern. Maschinen, Regale und dazwischen die Bewegungen eines Mannes.

Jo schob mich zurück durch den Flur ins Wohnzimmer

und ins Bett. Ich nahm mir eine neue Zigarette und sah Jo unsicher an.

Sie goss die Gläser wieder voll. Wir tranken, dann brannte sie sich ebenfalls eine Zigarette an, legte sich neben mich und blies den Rauch zur Decke.

Ich ließ meinen Daumen über ihre Brustwarze gleiten, aber sie schob meine Hand weg.

„Diesen Mann da drüben in der Backstube, der offiziell als mein Ehemann gilt, interessiert schon eine ganze Weile nicht mehr, was ich mache."

Sie nahm einen tiefen Zug aus der Zigarette und sah mich an.

„Hab in der Bäckerei gelernt. Die Meisterin war schon lange krank und ich schmiss den Laden, bis eines Tages der Meister mich schmiss und zwar auf die Mehlsäcke. Aus heutiger Sicht kann ich ihn verstehen. Jahrelang keine Frau, keinen Sex, nur Teig und dann ein junges Blut hinterm Ladentisch mit mehr Holz vor der Hütte als die weiße Bäckerbluse fassen konnte.

War ja klar, dass dem armen Kerl die Hose immer enger wurde, je mehr das Holz wuchs und die Knöpfe an der Bluse abzureißen drohten. Er hielt sich damals öfter im Laden auf, als nötig gewesen wäre. Selma, die alte Verkäuferin, die schon zum Inventar gehörte, sah ihn immer scheeler an und eines Tages warnte sie mich. Aber irgendwie gefiel mir die Aufmerksamkeit des Meisters. Manchmal schenkte er mir eine Tafel Schokolade, dann wieder mal ein Parfüm. Er versuchte immer öfter, meine Brust zu streifen. Eines Tage bat er mich, ihm in der Backstube zu helfen."

Jo sah mich an, aber ich konnte ihren Gesichtsausdruck nicht deuten.

„Weihnachtszeit, Stollenzeit. Als gegen Mitternacht die Arbeit getan war, stellte er eine Flasche Mocca Edel auf den Tisch. Nach dem vierten Glas musste ich mich auf einen Mehlsack legen, die Backstube drehte sich."

„Prost Felix!" Jo hob ihr Glas und wir tranken.

„Ich wurde gleich beim ersten Mal schwanger. Kurz nach Alexanders Geburt starb die Meisterin. Ein Jahr später heirateten wir. Max war zwar bereits über sechzig, stand aber voll im Saft. Er tobte sich auf mir aus, holte nach, was er versäumt hatte.

Dann wurde er ruhiger und vor drei Jahren hörte es ganz auf. Er ging zum Urologen, hatte Probleme beim Wasserlassen. Ein viertel Jahr später Operation. Danach ging bei ihm nichts mehr. Er war zu spät zum Arzt gegangen."

„Scheiß Prostata", sagte ich, obwohl ich keine klare Vorstellung von dem Ding hatte. Das lag für mich weiter weg als Timbuktu, aber man hörte ja so einiges hinter vorgehaltener Hand.

„Er zog sich zurück", fuhr Jo fort, „lebte nur noch in seiner Backstube. Der Altersunterschied machte sich jetzt deutlich bemerkbar."

„Sechzig ist schon verdammt alt", sagte ich. Für mich waren schon Leute um die vierzig so was wie Steinkohle.

Jo nahm einen Schluck aus ihrem Glas und fuhr fort: „Max war es, der die Initiative ergriff. Er zog in den Anbau der Backstube und ließ mir jede Freiheit. Unter einer Bedingung: Keine Skandale und die Bäckerei sollte weiter laufen. Ich war einverstanden."

Sie griff nach den Zigaretten. „Seitdem rauche ich, trinke ab und zu einen und verführe junge Mathematiklehrer."

Ihre freie Hand griff nach meinem Schlüsselchen und siehe da, es wuchs, wurde hart und wollte ins Schloss zurück.

Ich nahm Jo die Zigarette aus der Hand, legte sie in den Aschenbecher und küsste sie. Meine Fingerspitzen strichen wie ein leichter Windhauch über ihre Dünen, umwehten die Spitzen und glitten über die erschauernde Haut ihres Bauchs nach unten. Ich löste mich von Jos Mund, nahm eine ihrer aufgerichteten Spitzen zwischen meine Lippen und begann daran zu saugen.

Jo stöhnte leise, der Griff ihrer Hand um meinen Schlüssel wurde kräftiger und ich schob meine Hand zwischen ihre Schenkel, die sich bereitwillig öffneten. Meine Finger tasteten und suchten, bis sie den im Gebüsch versteckten Diamanten gefunden hatten. Ich begann ihn zu polieren und spürte, wie er mir entgegen strebte.

Jo warf sich stöhnend hin und her. Ich polierte weiter und verstärkte den Druck. Plötzlich schrie Jo, bäumte sich auf und zog mich auf sich. Ich presste ihren wild zuckenden Körper fest auf das Bett und begann mich langsam in ihr zu bewegen, gab den Rhythmus vor und sie passte sich an. Unsere Bewegungen wurden schneller, Jo stieß leise Schreie aus, bäumte sich bei jedem Stoß auf und warf ihren Kopf von einer Seite auf die andere. Nach einer Weile zog ich meinen Schlüssel aus dem Schloss, nahm ihn in die Hand und fuhr mit der Spitze über den Diamanten.

Jo presste sich ein Kissen auf den Mund.

Dann schob ich den Schlüssel wieder ins Schloss und mich erfasste eine Raserei, wie ich sie vorher noch nie erlebt hatte.

Wir lagen danach lange nebeneinander und schwiegen.

Irgendwann stand Jo auf und ging ins Bad.

Ich sah auf die Uhr: Kurz nach drei.

Mannomann! Das sah nicht danach aus, als würde ich noch zum Schlafen kommen. Ich setzte mich auf die Bettkante und fischte nach meinen Socken.

Jo kam zurück und drückte mich in die Kissen. „Ich mach dir was zum Frühstück – zum mitnehmen." Sie goss mir noch ein halbes Glas Wein ein und verschwand.

Nach einer Weile kam Jo zurück, drückte mir eine Tüte in die Hand und schob mich zur Haustür.

„Samstag?"

Ich nickte.

„Grüß Edda von mir."

„Kennst du die?"

„Schon lange." Jo grinste mich an und schloss die Tür hinter mir.

In meiner Bude warf ich mich auf die Liege und stellte den Wecker auf halb sieben.

***

Aufs Rad flechten, Vierteilen oder ab auf den Scheiterhaufen. Der Erfinder des Weckers sollte wenigstens halb so leiden wie ich. So bösartig war das verdammte Ding noch nie gewesen. Ich quälte mich in die Küche, stellte mich vor die Gosse und klatschte mir mehrere Hände voll Wasser ins Gesicht.

Rasieren war nicht.

Tee machte zu viel Arbeit.

Ich goss Essig und Leitungswasser in ein großes Glas, gab einen Esslöffel Zucker dazu, rührte um und trank das Gesöff auf einen Zug aus.

Dann guckte ich in die Tüte.

Himmel, Arsch und Zwirn.

Ein halbes Weißbrot, ein Stück Butter, eine Dose Leberwurst, eine halbe Salami, die angerissene Schachtel Marlboro und eine Miniflasche Rotwein.

Die Liebe ist das einzige Geschäft, für das es sich lohnt zu arbeiten. Hatte ich irgendwo einmal gelesen. War was dran. Die Salami war für einen Hungerkünstler wie mich so etwas wie das Holdermann-Nugget für einen Geologen.

Im Lehrerzimmer quasselte alles durcheinander. In Berlin brannte die Luft. Langsam kriegte ich mit, dass sich am Checkpont Charlie schussbereite Panzer der Russen und der Amis gegenüber standen.

DDRGrenzer hatten den Amis den Zugang zum Ostsektor versperrt.

Eichinger ereiferte sich: „Ostberlin ist Teil der DDR und damit ..."

„Quatsch doch nicht so einen Mist," fuhr Meisner

dazwischen, „Ostberlin gehört genau so wenig zur DDR wie Westberlin zur Bundesrepublik. Du solltest ..."

In der Lehrerzimmertür stand plötzlich die Sekretärin. Sie sah sich suchend um, bis ihr Blick an mir hängen blieb.

„Herr Hohndorf bitte sofort zur Chefin."

Funkstille.

Ochsenkopf, dachte ich und musste grinsen. Auch die scheinbar linientreuen Genossen guckten Westfernsehen, sonst wüssten die niemals, was in Berlin los ist.

Ich ging hinter der Sekretärin her in Richtung Schulleiterzimmer.

„Vorsicht ist die Mutter der Porzellankiste, junger Mann." Die Sekretärin drehte sich zu mir um, sah mich ausdruckslos an und öffnete die Tür.

Sockentrude blätterte in einer handgeschriebenen Liste und sah dann ganz langsam auf. Sie hatte bereits rote Flecken am Hals, die langsam nach oben krochen.

„Wo, Herrrrrrrrr Hohndorrrrrrf, wenn man fragen darf, wo waren Sie während die von der Kreisleitung organisierte Aktion Ochsenkopf lief? Leider hat mir der Genosse Sekretär für Agitation und Propaganda die Namensliste erst jetzt durchgegeben. Und wie ich zu meinem Erstaunen feststelle, sind Sie dem Einsatz unentschuldigt fern geblieben?"

Ochsenkopf! Waren nicht die schnellsten, die Ochsenkopfgenossen.

Sockentrude sah mich mit vorgeschobenem Kinn an.

„In der Schule, Frau Baginski, hatte das erste Elternseminar."

Elternseminar klang richtig gut, dachte ich.

„Dann hätten Sie das absagen müssen. Die Erfüllung des Auftrages unseres hoch verehrten Genossen Albert Norden hat höchste Priorität. Unser Kreis gehört zu den Nachzüglern. Überall diese Westantennen, das ist ein Skandal … „

Dann sieh mal bei deinem Parteisekretär auf dem Dachboden nach, dachte ich.

„ … wollen unsere Jungpioniere und FDJler zu sozialistischen Persönlichkeiten erziehen und gehen selber mit schlechtem Beispiel voran."

Stundenklingeln.

„Sie hätten das Elternseminar unter allen Umständen absagen müssen, so großartig diese Idee auch ist. Bei der nächsten Kreiskonferenz wird unsere Schule mit Sicherheit negative Erwähnung finden."

„Das Seminar war langfristig anberaumt."

„Lernen Sie Prioritäten setzen, junger Mann, und jetzt ab in den Unterricht."

Als ich an der Tür war, murmelte Sockentrude: „Ich werde einen Vermerk in ihre Personalakte machen. Sie haben bis Schuljahresende Zeit, sich zu bewähren."

***

Anfang Dezember. Ich bezweifelte, ob ich das Schuljahresende hier in Kuhkaff erleben würde. Mich plagte eine immer heftiger werdende Unruhe. Das konnte doch weiß Gott nicht das wahre Leben sein. Aufstehen, zur Schule marschieren, sechs Stunden halten, abends in meiner trostlosen Bude oder in der Kneipe hocken, am Morgen das ganze wieder von vorn.

Über vierzig Jahre bis zur totalen Verblödung.

Mit 65 dann in Rente.

Mit 85 in die Grube.

Einziger Lichtblick in dieser salzlosen Lebenssuppe war der Samstag bei Jo. Doch dann sorgte Edda für eine kleine Abwechslung.

Nabucco.

Premiere mit anschließender Premierenfeier im Stadttheater.

An Premierenkarten zu kommen, war nicht ganz einfach. Edda hatte Beziehungen zum Ballett und zum Chor.

Ein Schelm, wer Böses dabei dachte.

Wir waren ziemlich vertraut miteinander geworden. Die Regeln hatte sie festgelegt und ich hielt mich daran. Für Edda war ich die ideale Tarnung. Es funktionierte, obwohl die Kollegen diese besondere Liaison durchschauten.

Einmal hatte Edda, nicht ganz nüchtern, den Versuch gemacht, mich zu küssen, und ich hatte ihren Hintern fest an mich gepresst. Nach einer Minute hatte sie sich geschüttelt und mich weggeschoben.

„Geht nicht, Felix, hätt`s gern mal probiert, aber es geht nicht."

Sie hatte Gänsehaut auf den Armen und mich danach mit ihrer Schwester bekannt gemacht.

Peter, ihr Neffe, dritte Klasse, hatte Probleme in Mathematik.

Hatte der Junge aber nicht.

Die Probleme hatte die Mutter. Ihr Mann war auf Auslandsmontage, sehr selten zu Hause und die Frau war im heißen Alter, so Anfang dreißig.

Ich übte mit dem Jungen.

Dann mit der Mutter.

Sie war ziemlich groß, gertenschlank und biegsam und sie stellte sich am Tisch oft ganz dicht an mich und berührte mein Knie. Oder sie beugte sich von der anderen Seite über den Tisch, um die Fortschritte ihres Sprösslings zu bewundern. Dabei trug sie keinen BH und ich hatte freie Sicht. Ihre Glocken waren mehr Glöckchen, spitz, hatten aber große Spitzen.

Während der dritten oder vierten Mathestunde stand Ilona wieder dicht bei mir. Ich gab Peter einige schwierige Aufgaben und schob meine Hand unter ihren Rock auf die Innenseite ihres Schenkels.

Sie rührte sich nicht.

Keine Abwehr.

Ich ließ meine Hand auf Wanderschaft gehen.

Sie hielt still, nur ihr Atem beschleunigte sich.

Dann war ich oben.

Sie trug keine Unterwäsche.

„Peter, du kannst raus, nimm dein Rad." Ihre Stimme war stark belegt.

Der Junge verschwand wie ein geölter Blitz.

Ich blieb sitzen.

Ilona zog mich hoch und schob mich in die Küche. Sie öffnete die Knöpfe meiner Hose, zog ihn aus der Unterhose heraus und begann ihn zu reiben. Ich drängte mich an sie, schob ihr Kleid nach oben und versuchte ihn dort zu platzieren, wo er hingehörte.

Ilona schob ihn zur Seite, nahm meine Hand und presste sie zwischen ihre Beine. Ich begann sie zu massieren.

Plötzlich wurde alles an ihr weich wie schmelzende Butter und sie glitt zu Boden. Ich konnte sie einfach nicht halten. Sie hatte die Augen geschlossen und ihr Atem war kaum noch zu spüren.

Ich nahm einen Lappen aus der Spüle, machte ihn nass und rieb ihr Gesicht ab. Sie schlug die Augen auf, sah mich eine Weile verwundert an, schlang dann die Arme um meinen Hals, streckte sich und zog mich auf sich.

„Du musst aufpassen", flüsterte sie mir ins Ohr.

Der Fußboden war hart und glatt, aber ich konnte mich gut am Küchenschrank mit den Füßen abstoßen.

Als ich so weit war, wollte ich mich zurück ziehen, aber sie packte meinen Kopf und hielt mich fest.

Als ich mich verabschiedete, drückte sie mir zwei zwanzig Markscheine in die Hand. Das war doppeltes Honorar

„Für die Hilfe", lächelte sie und schloss die Tür.

Fragt sich nur, für welche, dachte ich.

Aber das Geld kam gerade recht.

War mal wieder blank. Normalzustand bei mir.

Und jetzt saß ich zwischen den beiden Schwestern in

der dritten Reihe.

Ilona hatte, als es dunkel wurde, ihre Jacke über unsere Oberschenkel gelegt und ihre Hand steckte in meiner Hosentasche.

Die Verdioper war beeindruckend und verdammt zeitnah inszeniert. Weit im Hintergrund des Bühnenbildes stand ein graues, unscheinbares Straßenschild. Stalinstraße war durchgestrichen und klein, kaum erkennbar stand darunter: Straße der Befreiung. Das Publikum stieß sich mit den Ellenbogen an.

Als der Freiheitschor erklang, wurde mitgesungen: „Fliege, Gedanke, getragen von Sehnsucht."

Nabuccu befahl, das Götzenbild zu stürzen. Auf einer Säule saß eine weiße Kugel mit Schnauzbart und typischer Schirmmütze. Als sie vom Sockel fiel, gab es stehende Ovationen und Edda flüsterte mir ins Ohr: „Bin gespannt, ob das zur ersten Vorstellung am Samstag so belassen wird?"

„Eher nicht", flüsterte ich zurück.

Der Vorhang fiel.

Der Applaus war überwältigend.

Im kleinen Saal war ein Minibüfett aufgebaut: Bockwurst, Kartoffelsalat, Weißbrot, Wurst, Käse, Radeberger und diese einheimische Gewürznelkenbrühe, die wir Sterblichen im Alltag als Bier konsumierten.

Ich saß neben Ilona und einer jungen, festen Frau, die sich ihre Gage als Choristin und als Mitglied des Ballettkorps verdiente. Einige Wochen später wusste ich, dass die Fersen der Ballettmädchen mehr den

Hufen eines Mulis glichen denn einer leichtfüßig über die Bühne schwebenden Elfe.

Hart und rissig.

Alles Andere an ihr war fest und glatt.

Mir gegenüber saßen zwei junge Männer, die sich unter dem Tisch an den Händen hielten. Edda kam mit dem Inspizienten. Gottfried Fischer war sehr groß, sehr dick und sehr schwabblig.

Die beiden Tänzer erhoben sich und verschwanden Richtung Toilette.

Edda setzte sich zu ihrer Schwester und der Inspizient ließ sich schwer neben mir auf einen Stuhl fallen.

„Holst du uns zwei Radeberger, junger Mann?"

Das Du gefiel mir. Ich holte das Bier und brachte für die Damen eine Flasche Wein mit.

„Gottfried." Er hob sein Glas und hielt es mir entgegen.

„Felix,"

Wir stießen an. Gottfried holte aus seiner Tasche eine Flasche armenischen Weinbrand und goss zwei Gläser voll.

Edda trank ihren Wein aus und schob ihr Glas zu uns herüber. Gottfried grinste, goss es halb voll und sah fragend in die Runde.

„Kein weiterer Bedarf?"

Die Damen schüttelten den Kopf.

„Haben wir ein Glück, Felix", lachte er und kippte den Kognak mit einem Zug hinter.

Das Gespräch begann sich um das Götzenbild zu drehen. Man war einhellig der Meinung, dass es von

einer bestimmter Stelle Einwände und Veränderungs-
vorschläge geben würde.

„Immerhin wurde aus Stalinstadt bereits Eisenhütten-
stadt", warf Ilona ein. „Ist doch ein Anfang."

„Wenn der Sturz eines Diktators zu öffentlichen Freu-
denkundgebungen führt, besteht die Gefahr, dass es
dem nächsten Diktator ähnlich ergehen könnte", hielt
ich dagegen.

Die Debatte ging von Chruschtschows Besuch bei den
Amerikanern, über den Flugzeugabschuss des amerika-
nischen Spionageflugzeugs bis zu Nikitas legendärem
Schuhklopfer.

Dann kamen wie immer und überall die Witze. „Kennt
ihr den Unterschied zwischen einem Schwulen und
einem Kamel?", legte ich los.

Eddas Schuhspitze traf mein Schienbein und sie sah
wie zufällig Gottfried an.

Ich Blödmann!

Ilona hob mir ihr Glas entgegen.

„Prost, Felix."

„Prost, Ilona."

Ich merkte, dass ich bereits ganz schön einen sitzen
hatte.

„Dein Witz?" Gottfried sah mich herausfordernd an.

„Glatt vergessen."

Gottfried lachte und schlug mir auf den Schenkel.
Seine Hand ließ er liegen.

Ich schob sie nach einer Weile von meinem Bein,
erhob mich und ging zur Toilette.

Mit einem Seitenblick sah ich, dass die beiden Tänzer

sich in einer Ecke fest umschlungen hielten.

Als ich pinkelte, kam Gottfried. Er stellte sich hinter mich und fasste mir an den Hintern. Ich verstaute mein Ding in der Hose, drehte mich gelassen um und sagte: „Tut mir leid für dich, Gottfried, aber ich stehe nur auf Weiber."

Er sah mich eine Weile an, sagte: „Schade, solltest du eines Tages von den Geschlitzten die Nase voll haben, kannst du dich gerne bei mir melden." Er klopfte mir auf die Schulter. „Nichts für ungut, Felix."

Wir gingen wieder raus. Inzwischen war Mizzi an unseren Tisch gekommen. Mizzi war die Sekretärin Gottfrieds und Mädchen für alles.

„Wenn ihr Lust habt, könnt ihr noch mit zu mir kommen. Hier ist sowieso gleich Feierabend."

Wir hatten Lust.

„Wenn du willst, Felix, kannst du im Chor oder bei den Statisten mitmachen. Paar Märker nebenbei sind nie zu verachten", bot mir Gottfried auf dem Weg zu Mizzi an. „Ohne Hintergedanken, das heißt, vielleicht nicht ganz."

Er grinste und schlug mir auf die Schulter.

***

„Lasst mich in Ruhe, verdammt noch mal", knurrte ich. Das Geruckle an meiner Schulter machte mich verrückt.

„Mach dich hoch, Felix, kurz vor sieben, du hast zur ersten Stunde." Edda stand neben dem Sofa, auf dem ich die Nacht, oder was nach der Feier davon übrig geblieben war, verbracht hatte.

Ich setzte mich ruckartig auf und sah mich irritiert um.

Filmriss!

Edda grinste mich schief an. „Wir sind so gut wie verlobt Felix, du hast bei mir geschlafen. Meine Mutter wird dich an ihr Herz drücken."

Mein Kinn landete in der Nähe des Schlüsselbeins.

„Du warst so besoffen, dass wir dich nicht bis zu deiner Bude gebracht hätten. Wir hatten große Mühe, dich die Treppe zu mir hoch zu bringen. Trink die Tasse Kaffee, die auf dem Tisch steht und nimm mein Rad, lehnt am Gartentor. Ich bring dir Frühstück mit."

Das Leben ist grausam, dachte ich, als ich mit Eddas Rad in Richtung Schule strampelte. Samstags mit Ölschädel sechs Stunden Unterricht hat was von Folter.

Im Lehrerzimmer herrschte eine merkwürdig angespannte Stimmung. Das sonstige, manchmal nervtötende Morgenpalaver in der großen Pause hatte eine gedämpfte Note. Die Blicke der Kollegen gingen häufiger als sonst Richtung Straße.

Ich sah Meisner fragend an.

„Zwei dunkle Autos."

Ich sah aus dem Fenster. Dreißig Meter vor dem Eingang zum Schulhof parkte ein dunkler Wagen auf der anderen Straßenseite. Nach einer Weile fuhr ein zweites, ebenfalls dunkles Auto die Straße entlang.

Ich sah wieder Meisner an.

Meisner sagte nichts, sah nur auf den Platz am Tisch, wo sonst Berger saß. Der Platz des Werklehrers war frei, die Kaffeetasse unbenutzt. In mir machte sich ein mulmiges Gefühl breit. Ich mochte Berger, war ein ruhiger Typ, mit dem ich mich gern über Astronomie unterhielt. Es war erstaunlich, was der Mann über unser Weltall wusste.

Komisch, ich hatte nichts verbrochen, aber diese Autos erzeugten automatisch ein ungutes Gefühl in mir. Ich vermutete, dass es den anderen genau so ging. Schließlich ahnte jeder, wer da im Auto saß.

Ich stand auf, ging zum Schrank, schnappte das Klassenbuch meiner Klasse und ging raus. Meine 5a hatte die nächsten zwei Stunden Werken. Ich ging in den Keller und machte die Tür zum Werkraum auf.

Kurt Berger ging mit Trippelschritten zwischen den Werkbänken auf und ab. Sein Gesicht war fahl und an den Schläfen perlte Schweiß.

„Das Klassenbuch, Kurt." Ich hielt es ihm hin.

Kurt griff danach, konnte es aber nicht fassen.

Es fiel auf den Boden.

Ich hob es auf.

„Leg`s auf den Tisch." Seine Stimme war stockheiser.

Ich spürte seine Angst und hielt ihm meine Schachtel F6 hin, obwohl das Rauchen im Werkraum untersagt war. Kurt versuchte die heraus geschnipste Lunte zu greifen, aber es ging nicht. Seine Hände zitterten.

„Hau ab, Felix, kriegst sonst noch Ärger."

Als ich an der Tür war, drehte ich mich um.

„Kann ich irgendwas für dich tun, Kurt."

„Grüß meine Frau, wenn ich nicht nach Hause kommen sollte."

Ich ging zurück ins Lehrerzimmer. Die Stimmung hatte sich noch mehr eingetrübt. Sockentrude, die sonst kurz vor dem Stundeklingeln ihren Kopf durch die Tür steckte, ließ sich heute nicht blicken.

Nach der sechsten Stunde waren alle noch im Lehrerzimmer versammelt, selbst die, die schon nach der fünften Schluss hatten. Wir standen so weit vom Fenster weg, dass wir gerade noch die Straße wahrnehmen konnten. Nach zehn Minuten erschien Kurt auf dem Schulhof. Er ging durchs Tor und bog nach links ab. Ich hatte das Gefühl, dass seine Beine jeden Moment einknicken würden.

Das auf der anderen Straßenseite parkende Auto stand noch auf seinem Platz. Das zweite Auto kam langsam von rechts und hielt, als es mit Kurt auf gleicher Höhe war. Zwei Herren in Lederjacken stiegen aus, nahmen Kurt in die Mitte und schoben ihn auf den Rücksitz. Beide Wagen fuhren Richtung Stadt.

„Armes Schwein", murmelte Meisner.

„Sei vorsichtig mit deinen Äußerungen", sagte Grabbe, Geografie, Deutsch und Organist in der Jacobskirche.

Meisner sah ihn nur an, nickte und sagte: "Scheiße, das mit der Angst."

„Angst bewahrt dich vor Dummheiten, Klaus."

„Es ist nicht die Angst, die uns in die Knie zwingt, sondern unsere Fantasie", grinste Meisner schief.

Den Nachmittag lag ich auf dem Bett. Draußen war der

Dezember dabei, das Leben zu erwürgen. Ich las „Nana" von Zola und aus Nana wurde Jo, und meine Fantasie blühte und lenkte von dem ab, was heute am Vormittag diese scheußliche Unruhe in mir erzeugt hatte.

Ich stand auf, holte mir ein Bier aus der Küche und las, bis mir das Buch aus der Hand fiel. Im Halbschlaf hatte ich eine schmerzhafte Erektion. Ich lag auf Nana, aber es war Sockentrude mit Jos Möpsen.

Ich schüttelte mich, stand auf und ging runter zur nächsten Telefonzelle um die Ecke.

Jo war am Apparat.

„Gegen zehn?"

„Gegen zehn", sagte ich.

„Hab was Besonderes für dich", sagte Jo.

„Hab das, was ich immer hab für dich," sagte ich.

Jo lachte ihr glucksendes tiefes Lachen und ich hatte das Gefühl, als hätte sie mir die Eier gestreichelt.

In meiner Bude kramte ich mein Manuskript aus dem Koffer. Ich musste endlich wieder schreiben. Mein Lebenstraum. Kam nicht davon los.

Ich hatte einen Roman angefangen.

Landleben.

Zurück zur Natur.

Mein Held war ein junger Bauer, der den Hof seines Vaters übernommen hatte und sich mit allen Mitteln gegen die Zwangskollektivierung wehrt. Er verliebt sich in eins der Mädchen im Blauhemd, das mit einer Agit-Prop-Gruppe durch die Dörfer zieht und die Bauern von dem herrlichen Leben in einer LPG überzeugen will. Zum Schluss heiratet er sie und wird Vorsitzender der ersten Landwirtschaftlichen Produktionsgenossenschaft im Kreis und damit Vorbild und Vorzeigebauer.

Ich las den Mist noch einmal.

So ein Scheiß.

Ich schmiss das Manuskript in den alten Kohleneimer.

Worüber willst du schreiben, Felix? Der Krieg war Gott sei Dank vorbei, die schlimmsten Hungerjahre waren überstanden, Arbeit gab es in Hülle und Fülle. Hunger und heulendes Elend wie in Zolas Paris gab es nicht.

Klar, irgendwas war immer Mangelware, aber daran hatte man sich inzwischen gewöhnt.

Außer der Mauer gab es einfach zu wenig Elend im Lande. Wer für den Frieden ist, ist für die Mauer, wer gegen die Mauer ist, ist für den Krieg.

Ich war für den Frieden und gegen die Mauer. Das war schizophren.

Scheiß der Hund drauf, dachte ich, erst muss das Leben gelebt werden, dann kannst du ein Buch schreiben.

Ich schnappte meine Jacke, ging runter und marschierte Richtung Grüner Heinrich, meine neue Stammkneipe.

Plötzlich fiel mir Kurt ein. Ich machte kehrt, ging zurück und bog dann in die Straße des Friedens ein.

Kleines Einfamilienhaus mit Vorgarten.

Ich klingelte.

Nichts.

Ich klingelte erneut und stellte mich direkt vor das Gartentor. Hinter dem Fenster sah ich eine schattenhafte Bewegung.

Die Haustür ging auf.

Frau Berger, Kittelschürze und rotgeweinte Augen, kam durch den Garten auf mich zu.

„Möchten Sie reinkommen, Herr Hohndorf?"

„Hab`s eilig, Frau Berger. Soll Sie von ihrem Mann grüßen."

Hatte ich Angst, warum log ich die verzweifelte Frau an? Von wegen eilig. Die Kneipe hatte noch lange auf. VerdammterFeigling!

Die Frau sah mich an, während ihre Augen in Tränen schwammen.

„Hat er sonst noch was gesagt?"

„Nein."

„Vielleicht doch eine Tasse Kaffee oder ein Bier, Herr Hohndorf?"

Pure Verzweiflung.

Ich gab dem Schweinehund in mir einen Tritt in den Hintern.

„Gern, Frau Berger. Ein Bier wäre nicht schlecht."

Sie dirigiert mich in die Küche, deren Fenster zum Garten hinaus lag. An der linken Wand ein weißes Schleiflackküchenbüfett, vor dem Fenster ein weißer Tisch mit drei passenden Stühlen. Rechts ein Küchentuch mit violetten Lavendelähren und über dem weiß emaillierten Kohleküchenherd mit Backröhre ein Regal mit Töpfen.

Frau Berger stellte das Bier auf den Tisch.

„Ein Glas?"

„Danke, Frau Berger, bin mit der Flasche groß geworden."

Dämlicher Spruch, aber mir fiel nichts Besseres ein.

„Wie ging es Kurt?"

„Nicht so sehr gut, Frau Berger." Warum sollte ich lügen? Hätte sie sowieso nicht geglaubt.

„Was hat er gesagt?"

„Ich soll sie von ihm grüßen."

„Nichts sonst?"

„Nichts sonst!"

„Was hätte er auch sagen sollen", murmelte sie leise vor sich hin und die Tränen rollten aus ihren Augen über ein vor Elend maskenhaft starres Gesicht.

Sie stand auf, ging zum Büfett, nahm das Bild eines jungen Mannes in die Hand, sah es eine Weile an und stellte es dann zurück.

„Ein Glück, dass der Junge rechtzeitig nach Köln ist."

Ich wusste nicht, was ich dazu sagen sollte.

Plötzlich begann sie zu erzählen.

Kurt war in den letzten Monaten des Krieges in englische Gefangenschaft geraten, zwei Jahre in Kanada interniert gewesen und dann nach Köln, zu seiner Schwester, entlassen worden. Sie sollte rüber kommen, hatte sich aber geweigert, hatte sich vor der fremden Welt gefürchtet.

„Wäre ich bloß gegangen!"

Kurt war nach einigem Hin und Her zurück gekommen. Bis vor drei Monaten war alles gut gewesen. Dann hatte er Besuch bekommen. Der Mann war nur kurz geblieben. Von da an hatte bei Kurt eine hektische Umtriebigkeit eingesetzt, die sie an ihrem Mann nicht kannte. Er war mit dem Fahrrad und einem Minizelt an mehreren Wochenenden über Land gefahren.

Sie war sich sicher gewesen, dass eine andere Frau Spiel war, bis, ja bis sie vor einer Woche dieses verdammte Gerät entdeckte. Sie hatte Wäsche auf dem Boden aufgehängt weil es regnete und gemerkt, dass die Bodenkammer, die Kurt immer verschlossen hielt, einen Spalt offenstand.

Seine angebliche Dunkelkammer.

Kurt entwickelte die Filme, die er auf seinen Ausflügen machte, selbst.

Von wegen Dunkelkammer.

In einer Kiste lag ein Gerät, dass sie auf Anhieb als Funkgerät identifizierte. Es gab einen fürchterlichen Krach. Kurt versprach, das Ding im Müllersee zu versenken.

Die Anderen waren schneller.

Ich trank mein Bier aus und erhob mich.

Frau Berger erhob sich ebenfalls.

Ich konnte nicht anders. Ich nahm die verweinte Frau in den Arm und drückte sie an mein Herz. Dann dachte ich, nur raus hier, mir war nicht gut.

Im Grünen Heinrich nahm ich zwei Bier, quatschte eine Weile dummes Zeug mit Herbert, dem Wirt, und drehte dann noch eine Runde durch die Stadt.

Gegen neun machte ich mich fein, rasierte mich noch einmal und beschmierte mich unten und oben mit Rasierwasser. Um zehn schlüpfte ich durch die Büsche des seitlich am Haus angelegten Gartens.

Bis jetzt gab es noch kein Gerede oder besser gesagt, ich hatte noch nichts gehört.

Jo stand in der Tür.

Dunkler Rock und weiße Bluse, schmale Hüften und diese Oberweite, bei deren Anblick ein Klappmesser von allein aufging.

Junge, Junge, was ist dir da in den Schoß gefallen.

Sie zog mich in den Flur, drückte mich wieder an die Wand und küsste mich.

Wird das zum Ritual, dachte ich.

Sie roch nach Lavendel.

Ich legte meine Hand auf den oberen Teil ihrer Bluse.

Sie zog mich ins Wohnzimmer.

Kerzen.

Rotwein.

Belegte Brötchen.

Marlborro.

Ein Buch. Das Kamasutra.

Jo goss Wein ein.

„Iss, Felix."

Ich hatte einen Bärenhunger.

Jo sah mir fasziniert zu. „Iss langsam Felix, du kannst auch kauen, musst nicht alles im Ganzen runter schlingen. Ist alles für dich."

Nach dem fünften Brötchen stand Jo auf, öffnete ihre Bluse, legte eine dicke Eischeibe auf ihre Brust und sah mich an.

Ich stand ebenfalls auf, ging zu ihr, nahm die Scheibe Ei mit den Lippen auf, zerdrückte sie dann mit der

Zunge auf ihrer Brustwarze und saugte den Eibrei von ihr ab.

Jo steckte den Finger ins Weinglas, betupfte ihre Knospe und ich trank von ihrer Brust. Sie streifte ihre Bluse ganz ab und ich nahm ihre beiden Goldstücke in meine Hände, presste mein Gesicht dazwischen, drückte sie zusammen, und sog ihren Lavendelduft ein. Ich löste meinen Gürtel und schob Hose und Slip nach unten.

Jo legte ein Stück Schokolade auf meine Spitze und holte es sich mit ihren vollen Lippen zurück. Dann kam sie wieder hoch und goss Wein nach.

„Prost, Felix!"

Ich trank den Wein in einem Zug hinter und machte mich wieder über die belegten Brötchen her – im Hemd und ohne Hose.

Salami, Käse, Leberwurst und dick Butter darunter. So üppig lebte ich sonst nicht. Meine Butterration, die mir laut Kundenausweis zustand, war längst verbraucht.

Jo schlug das Kamasutra auf, blätterte darin und sah mir beim Essen zu.

„Sag irgendwann, halt!"

„Halt!"

Sie schlug die Seite des Buches auf: „Die Rossantilope."

Ich sah mir die Abbildung an, zog Jo vom Stuhl, lehnte mich gegen die Wand, legte meine Hände an ihre Pobacken und hob sie leicht an. Sie schlang ihre Schenkel um meine Hüften und drückte ihre Blüte gegen meinen Stängel, der sofort in ihrem Kelch verschwand. War verdammt anstrengend, ich fing an zu keuchen. Jo verstand das falsch und entzog sich mir.

Wir küssten uns und sie schob mich zum Tisch zurück.

Ich nahm einen weiteren Schluck Wein und fing wieder an zu essen.

Jo blätterte weiter und sah mich auffordernd an.

Ich schob meinen Zeigefinger zwischen die Seiten des Buches.

„Die Indra-Stellung", sagte Jo.

Sie zog mich zur Doppelbettcouch, legte sich auf den Rücken und zog die geschlossenen Beine bis zur Brust. Ich betrachtete ihre feuchte Blüte und wurde allmählich wild. Mit einem von Hand geführten Stoß verschwand mein Stängel in ihrer Glockenblume. Als ich in ihr war, begann ihre innere Muskulatur sich zusammen zu ziehen und zu entspannen, so dass ich das Gefühl hatte, gemolken zu werden.

Ich konnte mich kaum noch zurück halten.

Jo ließ kurz vor meinem Höhepunkt ihre Beine wieder nach unten gleiten und ich rutschte aus ihr heraus. Sie dirigierte mich zum Tisch zurück, goss Wein nach und wir tranken.

Ich sah sie leicht verstimmt an.

„Probieren geht über studieren", lachte sie und begann wieder zu blättern.

„Halt!"

Wir gingen zum Bett und probierten die „Hängenden Gärten", „Den Schaukelstuhl", „Die Unterwerfung unter den Nagel", „Die Brücke" und immer, wenn ich es nicht mehr aushielt, brach Jo ab.

Sie genoss es.

Sie war im besten Alter.

Ich hatte das Gefühl, dass sie wusste, was sie wollte und mit wem sie es wollte und ich war sicher, dass sie auch wusste, dass es so nicht bleiben würde und dass sie es darum doppelt und ohne Hemmungen genoss. Irgendwann würde es vorbei sein und mit einem Mann, den man nicht heiratete, konnte man alles machen. Er würde es einem später nicht vorhalten.

Jo griff zum Weinglas. Wir tranken, dann drehte sie mich auf den Rücken und setzte sich auf mich. Ihre Lieblingsstellung, wie sie mir später verriet.

Sie wurde so wild, dass die Rückenlehne der Couch gegen die Wand knallte. Jo warf sich hin und und her, presste mich dann mit aller Kraft in sich hinein, warf sich über mich und saugte sich an meinem Mund fest.

Dann ich sah Sterne.

Wir blieben lange liegen und rührten uns nicht. Die Unruhe, die ich den ganzen Tag mit mir herum geschleppt hatte, war weg.

Ich erzählte ihr, was heute Morgen passiert war und dass ich Bergers Frau besucht hatte.

„Sei bloß vorsichtig, Felix, die verstehen keinen Spaß." Jo hatte sich halb aufgerichtet und sah mich an. „Ich wüsste im Moment nicht, wie ich ohne dich zurecht kommen sollte." Ihre Augen wurden ganz dunkel. Sie beugte sich über mich und küsste mich mit einer Leidenschaft, in der ein Hauch von Verzweiflung schwang.

Ich dachte an Ricarda, eine junge Frau vom Theater. Sie hatte mich nach einer Probe zu den Räubern einfach gefragt, ob ich sie nach Haus bringen würde.

Ich hatte das Angebot dankend angenommen.

Wir waren schnell im Bett gelandet. In einer Ecke des Zimmers schlief ein kleines Kind. Nach einer kurzen, heftigen Nummer hatte sie erzählt, dass ihr Freund und Vater des Kindes vor dem Mauerbau rüber gegangen war und dass sie, sobald er sich eingerichtet hatte, nachkommen sollte.

Über Nacht kam die Mauer!

Aus der Traum.

Lange, graue Tage und einsame Nächte.

„Felix, wo bist du?"

„Hab nur an was gedacht."

„Wenn du bei mir bist, sollst du nicht denken."

Ich presste Jo fest an mich, nahm ihre Knospe in den Mund und ließ meine Zunge kreisen.

„Komm mit unter die Dusche!"

Wir gingen ins Bad. Eine Dusche war schon etwas Besonderes für mich. Ich hatte eine gusseiserne Gosse und eine Waschschüssel in der Küche.

„Seif mich ein!" Jo drehte mir den Rücken zu. Ich griff ihr unter den Armen durch und seifte sie ein. Meine Hände glitten nach unten. Die nach Lavendel duftende Seife schäumte in ihrem Dreieck. Ich drehte sie zu mir um, ging auf die Knie und drückte mein Gesicht in den Schaum. Jo zog mich wieder nach oben und begann die Prozedur bei mir.

Die Feinwäsche machte sie mit dem Mund. Beim Abtrocknen kam ich in volle Fahrt. Ich zog Jo ins Wohnzimmer und warf sie aufs Bett.

Sie bremste mich. „Machen wir die 69?"

„Was?"

„Die 69."

Jo erhob sich, holte ein Blatt Papier und einen Stift und malte lachend eine liegende Sechs und darüber eine Neun.

„Mann, bin ich blöd." Ich hatte schon eine Menge bei Jo gelernt, aber es kam immer noch was hinzu.

Sie machte die Sechs, ich die Neun.

Sie roch intensiv nach Lavendel.

Plötzlich sah ich die Küche vor mir, die verweinte Frau, das leinene Tuch über dem Küchentuchhalter und darauf den leuchtend blauen Lavendel.

Schlagartig war es vorbei.

„Hab ich dir weh getan?" Jos Stimme klang besorgt.

„Musste plötzlich an was denken."

„An was?"

„Lavendel. Hing bei Bergers an der Wand."

„Die Seife schmeiß ich weg."

„Tut mir leid, Jo."

„Bin gleich zurück." Sie stand auf und verschwand im Bad.

Verdammte Bilder. Diese Schweißperlen bei Kurt, das Flackern der Angst in seinen Augen und die Verzweiflung der Frau würde ich so schnell nicht los werden. Andererseits hatte er gewusst, was er tat, war kein kleiner Junge mehr. Enttarnte Agenten wurden überall auf der Welt hochgenommen. War normal, nüchtern betrachtet.

Nüchtern!

Mir fehlte ein Bier und ein eiskalter Doppelkorn. Wein war nicht so sehr mein Ding.

Jo kam zurück und das Zimmer füllte sich mit dem Duft von Jasmin.

Sie goss Wein in die Gläser.

„Wenn du ein Bier hättest?"

„Hab ich, noch einen Wunsch der Herr?"

„Ein Korn oder ein Wodka täte mir gut."

„Dein Wunsch ist mir Befehl."

Sie verschwand und kam gleich darauf mit einem Radeberger und einer Flasche Doppelkorn zurück. Der Korn lief wie Öl über meine Zunge und wärmte meinen Bauch. Als er ganz unten war, spülte ich mit einem großen Schluck Bier nach. Ich wollte mir noch einen Korn eingießen, aber Jo entzog mir die Flasche.

„Alkohol stärkt zwar das Wollen, reduziert aber das Können", lachte sie, nahm einen kräftigen Schluck aus der Kornflasche, wischte sich über den Mund und ergänzte: „Beim Mann."

Sie kam wieder ins Bett.

„Vertreiben wir die Geister?"

„Vertreiben wir sie!" Ich griff mit beiden Händen ihre Apfeltaschen und drückte meinen Kopf dazwischen. Es roch nach Jasmin und es rauschte in meinen Ohren.

Jo griff nach unten. Es gab keine Beanstandung.

„Hündchen oder nochmal die 69?"

„Hündchen wäre mir lieber", flüsterte ich.

Sie drehte sich auf den Bauch und ging in die Hocke.

Wahnsinn!

Mein Atem wurde zu einem metallischen Rasseln.

Liebesasthma!

„Nimm das Kissen", flüsterte Jo, als ich mich immer wilder gebärdete. Ich nahm es im letzten Moment und erstickte meinen Urschrei damit.

Nach einer Weile, als sich mein Atem beruhigt hatte, hielt mir Jo das Bier vor die Augen. Ich griff zu und trank die Flasche aus.

Die Geister waren vertrieben.

„Wie läuft`s in der Schule?"

„Geht so", sagte ich. So richtig wusste ich es nicht. Ich hatte mich eingewöhnt und es fing an, mir Spaß zu machen. Trotzdem war ich mir nicht sicher, ob es die Berufung für mich war.

„Die Klasse mag dich, Felix, hat eine Weile gedauert, ehe sie sich an dich gewöhnt hat, aber jetzt würden sie für dich durchs Feuer gehen."

„Hm."

„Ist so und die Eltern mögen dich auch, vor allem eine gewisse Bäckersfrau."

„Ist trotzdem nicht mein Traumberuf."

„Verrat ihn mir." Sie knabberte an meinem Ohrläppchen.

„Am liebsten würde ich schreiben," sagte ich.

Jo richtete sich auf, sah mich an und sagte: „Dann tu es doch."

„So einfach ist das nicht."

„Mann, Felix, du bist Lehrer, schreib ein Kinderbuch."

„Über den letzten Pioniernachmittag vielleicht?"

Jo lachte. „Voriges Jahr hatten wir einen kleinen Zirkus hier, du kannst dir nicht vorstellen, wie begeistert die

Kinder waren, vor allem, als eine Elefantendame sich kurz selbständig machte und von einem nahen Schrebergarten die schön zarten Spitzen der Apfelbäume abfraß und der Gärtner ihr aus sicherer Entfernung mit einer Zaunlatte drohte. Es war kurz vor der Vorstellung und der Platz voller Kinder. Die waren alle auf der Seite des Elefanten und haben den Gartenbesitzer ausgepfiffen. Und das Schönste war, dass der Elefant dann friedlich zurückkam und seine Vorstellung machte. Alexander hat behauptet, der Elefant hätte gelacht, als die Kinder den Gärtner ausgebuht hatten."

„Eigentlich solltest du schreiben", lachte ich.

Jo ging nicht auf meinen Einwand ein. „Oder schreib einen Liebesroman, der den Leuten beim Lesen die Schamröte ins Gesicht und die Hormone in den Unterleib treibt. Schreib so, dass sich die Frauen nur hinter vorgehaltener Hand darüber unterhalten. Nicht diesen trostlosen Ärzte-oder Alpenmist. Mir würde da schon so einiges einfallen."

Sie ließ ihre Hand nach unten gleiten, aber ich hielt sie zurück.

„Du glaubst doch nicht im Ernst, dass irgendein Verlag so etwas drucken würde?"

„Ist das wichtig? Tu`s doch einfach für dich."

Ich sah Jo unsicher an. Sie hatte recht.

„Ich brauch ein Bier", sagte ich und ließ meine Zunge weit aus dem Mund hängen.

***

Der Sonntag war trostlos. Eiskalter Nieselregen. Ich

73

hätte sonst was dafür gegeben, mit Jo im warmen Bett zu frühstücken. Ich blieb liegen und las „Die Blechtrommel", die erst vor kurzem im Westen verlegt worden war. Meisner hatte mir das Buch geliehen. Er hatte jede Menge Westverwandtschaft und war der Einzige unter den Kollegen, der meinen Traum kannte. Oskar faszinierte mich. Beschließt mit drei Jahren, nicht mehr zu wachsen, hat aber den Verstand des Erwachsenen. Die Spiele mit Maria und dem Brausepulver erinnerten mich an meine Kinderzeit, nur dass wir das schäumende Zeug aus unserer meist dreckigen Hand leckten, statt von der zarten Haut eines jungfräulichen Mädchenkörpers.

Ich schlief noch eine Runde. Die Nacht war verdammt kurz gewesen. Am frühen Nachmittag machte ich Feuer. Der alte Kachelofen brauchte Stunden, bevor er richtig warm wurde. Die belegten Brötchen, die mir Jo mitgegeben hatte, waren mein spätes Mittagessen.

Gegen halb fünf ging ich runter und in den Grünen Heinrich und gab mir die Kante.

Der Montag begann wie der Sonntag geendet hatte. Nieselregen, Wind und kahle Bäume.

Kopfschusswetter.

Als ich das Schulhaus betrat, wartete bereits die Schulsekretärin auf mich.

„Sofort zur Chefin, Herr Hohndorf."

Das wird ja allmählich zur Gewohnheit, dachte ich.

„Zwei sonderbare Herren sind bei der Chefin," sagte sie leise hinter mir.

Sie war der gute Geist der Schule.

Sockentrude saß wie immer mit verkniffenem Gesicht hinter ihrem alten Schreibtisch. Einer der Herren in schwarzer Lederjacke stand am Fenster, der andere, ein Glatzkopf, lehnte am Bücherregal.

„Was haben Sie sich eigentlich dabei gedacht, Herr Hohndorf, so einfach ... „

Sockentrude war aufgesprungen und versuchte ihren kurzen Hals zu strecken.

Truthahngehabe, dachte ich.

„Würden Sie uns bitte mit Herrn Hohndorf allein lassen?" Glatzkopf sagte das in einem Ton, der keinen Widerspruch zuließ.

„Aber selbstverständlich, meine Herren, selbstverständlich."

Sockentrude verbeugte sich und verließ ihr Zimmer wie ein Hund, der sich den ersten Schlag seines Herrn eingefangen hatte.

Glatze setzte sich in den Chefsessel. Lederjacke blieb am Fenster stehen.

Der Kloß in meinem Magen begann sich zu entwickeln.

„Sie haben Herrn Berger am Samstag im Werkraum aufgesucht?" Die Glatzenstimme war Wodkarau, aber nicht unangenehm.

„Ja."

„Gab es einen besonderen Grund dafür?"

„Nein." Ich wusste ja selbst nicht, welcher Teufel mich da geritten hatte.

„Was hat Ihnen Herr Berger gegeben?"

Ich sah den Mann völlig verblüfft an.

„Was er Ihnen gegeben hat, will ich wissen?" Die Stimme wurde härter.

„Nichts."

„Was also wollten Sie bei Herrn Berger?"

„Ich habe ihm das Klassenbuch gebracht."

„War das üblich?"

„Nein, geschah nur hin und wider.

„Der Grund?"

„Herr Berger vergaß des öfteren die Einträge ins Klassenbuch zu machen."

„Störte Sie das?"

„Nein, aber die Mahnungen durch die Schulleitung sind lästig." Meine Handflächen wurden allmählich feucht.

„Womit hat er Sie beauftragt?"

„Grüße an seine Frau zu bestellen, falls es bei ihm spät werden sollte."

„Die genaue Formulierung bitte," schnarrte Lederjacke vom Fenster.

„Grüß meine Frau, wenn ich nicht nach Haus kommen sollte."

„Das war alles?"

Glatze machte Notizen.

„Das war alles!" Mir begann Schweiß aus dem Haaransatz über die Schläfen zu sickern.

„Hat Ihnen Herr Berger etwas zugesteckt, vielleicht einen Zettel mit einer Telefonnummer?", knurrte mich Glatze an.

„Nein."

„Gibt es sonst noch irgendwas, was Sie uns mitteilen sollten?" .

„Nicht dass ich wüsste."

„Sie können gehen, Herr Hohndorf." Glatze macht mit der Hand eine Bewegung Richtung Tür.

Als ich im Türrahmen stand, traf mich die letzte Frage wie ein Schuss in den Rücken: „Welchen Auftrag hatten Sie beim Besuch von Frau Berger?"

Der Kloß füllte meinen Magen jetzt ganz aus und der Schweiß perlte auf meiner Stirn.

„Ich habe ihr Grüße von ihrem Manne bestellt."

„Das war alles?"

„Ja." Meine Stimme war jetzt unangenehm krächzend.

„Hat Frau Berger Ihnen erzählt, warum ihr Mann von uns abgeholt wurde?"

„Nein. Sie hat nur geweint."

Die wussten ganz genau, dass ich log, aber ich begann die Kerle zu hassen. So hatte mich noch nie jemand gedemütigt. Ich nahm mein Taschentuch und fuhr mir über die Stirn. Sollten die Arschlöcher doch denken, was sie wollten. Von mir kriegt ihr nichts mehr, ihr Affen.

„Hat Sie Ihren Sohn erwähnt?"

„Nein." Meine Stimme gewann wieder an Ausdruck.

Lederjacke: „Sie sollten besser kooperativ sein, Herr Hohndorf."

Glatze: „Wir wissen sowieso alles."

Einen Scheißdreck wisst ihr Affenärsche, sonst würdet ihr nicht so dämliche Fragen stellen.

Pause.

Die beiden Sicherheitsnadeln sahen sich an und Lederjacke schüttelt ganz leicht den Kopf.

„Sie können gehen, Herr Hohndorf." „Wir hoffen in Ihrem Interesse, dass Sie uns nichts verschwiegen haben. Wir behalten Sie im Auge."

Ich ging zurück ins Lehrerzimmer. Die erste Stunde war gerade zu Ende und die Kollegen strömten ins Lehrerzimmer, um schnell eine zu qualmen.

Keiner sprach mich an.

Nach der sechsten Stunde passte ich Meisner ab. „Hast du eine Ahnung, woher diese Schweinebacken wissen, dass ich bei Berger unten im Keller war, Klaus?"

„Hab schon nachgedacht, wer nach dir das Lehrerzimmer verlassen hat, aber ich komm nicht drauf. Die Aufregung. Aber du kannst ganz sicher sein, dass die Brüder einen von ihrer Gilde längst hier stationiert haben und garantiert auch einen Zweiten, der auf den Ersten aufpasst."

„Und woher wissen die, dass ich bei Bergers Frau war?"

„Dass die das Haus überwacht haben, hättest du dir aber denken können, Felix. Bist noch verdammt naiv, solltest wirklich vorsichtiger sein."

***

Weihnachten stand vor der Tür.

Jo hatte seit längerem immer wieder Andeutungen gemacht.

Man müsste mal raus aus Kuhkaff.

Ich hielt mich zurück. Meine Urlaubskasse gab nicht viel her oder besser gesagt, ich hatte keine. Kam gerade so über die Runden. Außerdem hatte ich nicht vor, die Sache mit Jo publik zu machen. Wir hatten unseren Spaß miteinander und dabei sollte es bleiben. Aber Jo gab nicht auf. Sie ließ mich 14 Tage hungern.

Ilona, deren Sohn ich immer noch Nachhilfe in Mathe gab und auch ihr manchmal aus der Not half, war ein schwacher Ersatz.

Die beiden jungen Damen, die neben mir wohnten, hatten sich getrennt. Die Hübschere war zu irgend einem Kerl gezogen und die mit der Hakennase hatte kurz darauf bei mir angeklopft. Ich gab mir die redlichste Mühe, ersetzte Leidenschaft durch Gymnastik, aber der Ofen blieb nur lauwarm

Jo war und blieb das Nonplusultra.

Hätte ich mehr Erfahrung mit Frauen gehabt, wäre ich auf Jos Wünsche sicher schneller eingegangen und hätte meine sexuelle Hungersnot verkürzt.

Es kam so, wie sie es geplant hatte.

Gegen die Honigfrau hatte der Fliegenmann nun einmal keine Chance.

Aber erst fuhr ich über Weihnachten zu meinen Eltern.

Heilig Abend.

Bockwurst und Kartoffelsalat.

Radeberger und Nordhäuser Doppelkorn.

Ich hatte keine Ahnung, wie lange meine Mutter

unterwegs gewesen war, um allein an das Wernesgrüner zu kommen.

Vater schenkte mir eine ziemlich teure Uhr.

Ich schenkte ihm wie immer zwei Paar Socken.

Gegen zwölf nahm uns Mutter den Doppelkorn weg.

Wir hatten ordentlich einen sitzen. Ich legte mich aufs
Bett, starrte an die Zimmerdecke, dachte an Jo und die
Gerüchte, dass eine allgemeine Wehrpflicht eingeführt
werden sollte.

Felix Hohndorf in Uniform in irgend einer Kaserne
oder an der Grenze. Felix Hohndorf wird gezwungen,
auf Menschen zu schießen, die er nicht kennt. Felix
Hohndorf kennt niemand, mit dem er so verfeindet
wäre, dass er ihn erschießen müsste.

Ich wusste, dass ich so einen Schießbefehl verweigern
würde. Oder ich würde einfach in die Luft schießen.

Dann gehst du in den Knast, Junge, nach Schwedt.

***

Am zweiten Feiertag stieg ich in den Zug nach Erfurt.
Ich hatte in der Nacht davon geträumt, mit einem
Gewehr an der Berliner Mauer auf und ab zu marschie-
ren.

„Die wollen die allgemeine Wehrpflicht einführen,
wird gemunkelt", hatte Meisner kurz vor Weihnachten
erzählt erzählt.

Der Dienst in der NVA war bisher freiwillig.

Deutschland hatte Millionen Tote auf dem Gewissen. Trotzdem schossen die ersten Idioten schon wieder auf Menschen als wären es tollwütige Füchse oder Wildkarnickel. Die Trapo hatte einen 24jährigen bei der Flucht im Berlin-Spandauer- Schifffahrtskanal erschossen. Ich fragte mich, was das für Menschen waren, die auf ihresgleichen schossen, nur weil es irgendein Arschloch befahl.

Mir war klar, dass ich alles daran setzen würde, kein Gewehr anfassen zu müssen. Ich wusste außerdem, dass ich nicht schießen würde. Also würden die wahrscheinlich auf mich schießen. War denn dieses Volk unfähig, aus der Vergangenheit zu lernen.

Klar, der Westen hatte angefangen. 1955 war die Bundeswehr gegründet worden und der Osten hatte 1956 nachgezogen. Endlich konnte man wieder offiziell Hauen und Stechen üben, Mord und Massenmord wurden wieder legalisiert und die Siegermächte besaßen die Möglichkeit, einen Stellvertreterkrieg zu inszenieren, falls es gelang, die zwei deutschen Horden aufeinander zu hetzen.

Dass Jahrzehnte später der Ostteil des Landes den Siegermächten vor die Haustür schiss, gefiel natürlich nicht allen Siegern.

Im Moment sah es allerdings so aus, als würden in absehbarer Zeit die Kriegsbeile wieder ausgegraben und Felix Hohndorf sollte eine Uniform tragen, ein Gewehr schultern und notfalls Menschen erschießen.

Gedanken wie Rattengift.

Ich war froh, als Jo in Erfurt ihre Arme um meinen

Hals schlang. Das Rattengift verwandelte sich augenblicklich in Testosteron. Wir rieben uns aneinander, bis wir das Hotel erreichten und stellten einen neuen Weltrekord auf.

Im Ausziehen.

Gegen Abend machten wir einen Stadtrundgang. Es war kalt und unfreundlich. Jo wollte in den Dom, aber Kirchen und Dome hatten in mir noch nie einen Orgasmus ausgelöst.

„In der Kneipe ist es wärmer", sagte ich.

Jo ließ sich überzeugen.

Wir tranken zwei Grog, die sehr wässrig schmeckten, und marschierten zurück zum Hotel. Ich hatte ein Zimmer für mich, wie sich das damals so gehörte, aber nicht vor, es außer zur Körperpflege zu benutzen.

Ich rasierte mich, zog ein frisches Hemd an und ging rüber zu Jo. Der Tisch war gedeckt. Sie hatte so ziemlich alles mitgebracht, was man für einige Tage an Verpflegung und Getränken brauchen konnte. Hier in Erfurt sah es mit der Versorgung genau so beschissen aus wie in Kuhkaff und Leipzig. Irgendwas war immer Mangelware, meistens alles.

Wer nichts zu bieten hatte, war ein armer Hund.

Lehrer hatten nichts zu bieten.

Ich war einer von der Sorte.

Aber ich hatte Jo.

Und Bäcker, das war schon was.

Manchmal haben eben auch arme Hunde Glück.

Kerzen brannten, der unter Leitungswasser gekühlte Tokajer funkelte in den Gläsern, Leberwurstbrote verbreiteten ihren Duft nach Majoran, das Doppelbett war aufgedeckt und Jo war nur noch dürftig bekleidet.

Ich musste mich entscheiden. Ich entschied mich für die Leberwurst.

Vorerst.

„Wie war der 24.", fragte Jo.

„Ging so", sagte ich kauend. „Und bei dir?"

„Das Übliche. War mit Alexander bei meinen Eltern. Die waren glücklich, dass der Junge für einige Tage bei ihnen bleibt."

Jo puderte den Tokajer mit einem hellbraunen Pulver.

„Prost Felix, auf den Wein und die Liebe."

„Prost Jo, war das brauner Puderzucker?"

„Muskatpulver, schöner, junger Mann."

„Und wozu soll das gut sein?"

„Es soll Männer leichter und schneller verführbar machen." Jo grinste mich schräg an.

Ich stand auf, ging um den Tisch herum und blieb vor ihr stehen: „Verführ mich!"

Sie stand ebenfalls auf, legte ihre Arme um meinen Nacken und küsste mich. Ich nahm beide Hände und griff mir ihre reifen Muskatellertrauben. Sie trug keinen BH und sie hatte auch keinen nötig.

Ich öffnete ihre Bluse, löste meinen Mund von ihrem und nahm die Weinbeere, die die Spitze ihrer Traube krönte, in den Mund. Die Beere wurde hart und steif und ich fuhr mit der Zunge darüber.

Jo entzog sich mir, schob mich zum Bett und löste dabei den Gürtel meiner Hose.

Ich half ihr aus der Bluse.

Vor dem Bett flogen die Reste unserer Kleidung auf den Boden.

„Leg dich auf den Rücken, Felix."

Ich legte mich auf das kühle Laken und sah Jo an. Sie legte sich zu mir, küsste mich erneut, jetzt aber heftig, ließ dann von mir ab, griff zum Nachttisch und steckte ihre Finger in ein Glas mit goldfarbenem Honig.

„Was wird das denn?" Ich sah Jo leicht irritiert an.

„Bienensex, junger Herr."

„Bienensex?"

„Lass dich überraschen."

Jo fuhr mit ihren klebrigen Fingern über meinen Mund und über meine Brust, holte sich dann den Honig mit saugenden Lippen von mir zurück und ich spürte, wie mein Stachel wuchs.

„Ich nehme an, du bist die Königin."

„Wie könnte es anders sein?", lachte Jo.

„Dann bleibt für mich Drohne oder Arbeitsbiene?"

„Du bist eine Neuzüchtung, die Arbeitsdrohne." Sie tröpfelte Honig in meinen Bauchnabel und leckte ihn wieder heraus.

„Mir gefällt bloß nicht, dass mir dann beim Bienensexorgasmus der Penis einschließlich der inneren Organe aus dem Leib gerissen wird."

„Kann es für einen Mann einen schöneren Tod geben?", lachte Jo.

„Wenn ich recht informiert bin, braucht es die Königin bis zu zehn Mal hintereinander."

„So etwas ist mir auch schon zu Ohren gekommen."

Jo knabberte an meinem Ohrläppchen.

84

„Dann müssen also mehrere Männchen dran glauben?"

„Soll den nächtlichen Träumen einsamer Frauen sehr nahe kommen."

„Für einmal Liebe machen gleich sterben, halte ich für ungerecht."

„Meine Neuzüchtung setzt diese Regel außer Kraft."

Ihr Zeigefinger beschmierte meine Ohrmuschel mit Honig und ihre Zungenspitze fuhr hinein. Ich wurde schnell zur Arbeitsdrohne, denn mein gesamtes Blut schien sich zwischen meinen Beinen zu sammeln und das Drohnenfortpflanzungsorgan war so weit ausgefahren, dass es heftig gegen Jos Schenkel drückte.

„Funktioniert doch", lachte sie, „typisch Drohne, sehr kleines Gehirn aber ein überdimensionales Geschlechtsorgan."

Sie drückte das harte Ding mit ihrer freien Hand gegen ihren warmen, festen Bauch, ließ ihn dann los, schob mich wieder in Rückenlage, fuhr erneut in den Honigtopf und bestrich das Organ.

Ich hielt die Luft an und hoffte, dass jetzt das passieren würde, wovon ich oft geträumt hatte.

Es passierte.

Dann musste der Honig alle sein, denn Jo kam nach oben, schob sich unter mich, griff mit der Honighand ins Glas und rieb ihre beiden Waben ein. Ich wollte mir mit dem Mund meine Portion Honig holen, aber Jo dirigierte mich nach oben, schob meinen Stachel zwischen ihre süßen Datteln und flüsterte: „Mach die `Spanische Massage`."

Ich hatte zwar keine Ahnung, was das war, aber ich

machte es wahrscheinlich richtig.

Meine Atmung wurde immer heftiger und ich konnte mich kaum noch zurückhalten. Jo schob mich nach unten.

„Die Königin ist bereit", flüsterte sie.

Mein letzter Gedanke als Drohne war, dass ich jetzt Selbstmord beging. Die Bewegungen der Königin unter mir wurden immer heftiger, unser Atem ging in ein Fauchen über. Dann kam der erste spitze Schrei der Königin, der mich so rasend machte, dass ich jeden Rest von Verstand verlor. Die Königin bekam ihr Gelee Royale und ich lag im Sterben.

Ich lag ziemlich lange im Sterben und ich konnte mir nichts Schöneres vorstellen, als so den letzten Atemzug zu tun.

„Es klebt", war das erste, was ich sagte, als ich feststellte, dass sich meine inneren Organe noch an ihrem Platz befanden.

„Was klebt?", fragte Jo mit schwacher Stimme.

„Das Bettlagen an meiner Haut."

„Macht nichts, ich hab noch eins mit."

„Ich überlege gerade", sagte ich, „was mit uns passieren würde, wenn wir uns, mit Honig eingeschmiert, aufeinander legten und eine ganze Nacht so liegen blieben?"

„Vielleicht würde der Honig hart und wir könnten nicht mehr auseinander." Jo stupste mit dem Zeigefinger meine Nase an. „Würde dir das gefallen?"

„Bloß nicht, immer die gleiche Stellung."

„Ich mein das anders."

Ich wusste, wie sie es meinte, sagte aber vorsichtshalber nichts.

Ein leichter Schatten überzog ihr Gesicht für den Bruchteil einer Sekunde. Jo ahnte sicher, dass es mit uns nicht von Dauer sein würde. Sie war gute zehn Jahre älter als ich und ich dachte manchmal an Veronika, eine Schwester meiner Mutter, die trotz aller Warnungen mit fünfunddreißig einen neunzehnjährigen Fußballer geheiratet hatte, der nach knapp drei Jahren auf Nimmerwiedersehen mit ihrem Sparbuch verschwand.

Veronika hatte den Gashahn aufgedreht.

„Vielleicht muss ich zur NVA", sagte ich.

Jo setzte sich ruckartig auf.

„Wie kommst du auf diese Schnapsidee?"

„Man munkelt, die wollen die Wehrpflicht einführen."

„Felix Hohndorf in Uniform! Würdest bestimmt ganz gut aussehen."

„Und du stehst als Lilli Marleen vor der Kaserne, bei dem großen Tor. Kann ich gern drauf verzichten."

„Gibst bestimmt einen flotten Soldaten ab", grinst Jo.

„Mir ist nicht nach Scherzen, wenn ich mir vorstelle, die hängen mir ein Gewehr über die Schulter."

„Dann hast du nur die Wahl zwischen Felix Krull oder Schwejk, wobei Felix schon einmal passt."

„Krull würde gehen." Ich sah mich mit Krämpfen und Zuckungen am Boden liegen.

„Kannst du das nicht am Theater üben?" Jo grinste mich schief an.

Davon hatte ich ihr bisher nichts erzählt. Konnte sie

nur von Edda haben. Außer Edda und Meisner wusste niemand von meinen Freizeitaktionen als Statist im Stadttheater.

Von Meisner hatte sie es garantiert nicht. Und von den Abenden, die mit der Niederlage des Ballettmädchens geendet hatten, wusste keiner was.

Hoffte ich.

Ich hatte die junge Frau noch einige Male nach den Proben nach Hause gebracht und war jedes Mal in ihrem Bett gelandet. Das letzte Mal hatte sie Andeutungen gemacht, die ich nicht verstand. Bis ich dann von Mizzi erfuhr, dass sie geschnappt worden war.

Versuchte Republikflucht.

Mit Rucksack und Kind.

Zwei Jahre und drei Monate.

Das Kind war in einem Heim gelandet.

Was mich sehr gewundert hatte, war, dass ich daraufhin weder von Lederjacke noch von Glatze etwas hörte. Entweder wussten die Brüder tatsächlich nicht alles oder sie hoben es für eine besondere Gelegenheit auf.

„Woran denkst du?" Jo sah mich aufmerksam an.

„Dass wir uns waschen sollten, es klebt überall."

„Ich zuerst." Jo stieg aus dem Bett und stellte den Teller mit den Brötchen auf den Nachttisch. Ich merkte plötzlich, dass ich immer noch hungrig war hatte. Ich verschlang drei halbe Semmeln und spülte mit einer ganzen Flasche Bier nach.

„Geh dich waschen, Felix, ich leg eine neues Laken

auf."

Als wir wieder nebeneinander lagen, brannte ich zwei Marlboro an und wir rauchten, jeder hing seinen Gedanken nach.

Irgendwann spürte ich, das mir die Zigarette aus den Fingern genommen wurde, dann fiel mein Kopf zur Seite und der Traum erwischte mich. Ein dunkler Keller und plötzlich tauchte Lederjacke mit einem langen Messer auf. Ich rannten um mein Leben einen endlosen Kellergang entlang, kam aber kaum vorwärts. Es war, als bewegte ich mich in zähem Morast. Mit einem klickenden Geräusch ging das Licht aus und ich hörte Lederjacke hinter mir keuchen. Plötzlich ging das Licht wieder an, ich drehte den Kopf und sah, dass der Kerl mit dem Messer immer näher kam. Das Licht ging jetzt in immer kürzeren Abständen an und aus. Dann war Lederjacke ran, packte mich, riss mich zu Boden, zog mir die Hose runter und setzte das Messer an.

„Nicht die Eier!", schrie ich.

Plötzlich wurde es wieder hell und Jo beugte sich über mich.

„He, Felix, komm zu dir."

Ich schüttelte mich, drückte mich ganz fest an Jo und küsste sie.

„Was hast du?"

„Ein Albtraum. Ich lag in einem finsteren Kellergang und man wollte mir mein Glockenspiel abschneiden."

Jo stand auf, goss einen doppelten Korn ein und reichte mir das Glas. Ich kippte ihn hinter und nahm noch einen großen Schluck Bier dazu.

Langsam verblasste der Traum.

Mein Kopf dröhnte. Ich stand auf, ging ans Fenster und riss es auf. Atmete die kalte Luft, in die sich die ersten Schneeflocken mischten, tief ein. Als ich das Fenster wieder schloss, spürte ich, dass es im Zimmer nach Liebe roch. Frühlingsblütenduft gemischt mit dem schwachen Geruch keimender Kartoffeln.

Ich hielt Jo noch einmal das Glas hin.

Sie schüttelte energisch den Kopf. „Es gibt viel bessere Mittel gegen Albträume. Achtung, was dich jetzt berührt ist kein Messer." Jos warme Hand begann mein Glockenspiel zu läuten und mein Klöppel nahm sofort Form an. Ich schob ihr ganz langsam meine Zunge in den Mund, tastete mit der Hand ihren Glockenrand ab bis ich das Knuppelchen fand, das sich beim Glocken-guss ganz vorn gebildet hatte. Ich begann es sanft zu polieren, fuhr vorsichtig darüber hin, drückte es leicht und rieb es dann immer schneller.

Die ersten Glockenschläge kamen aus Jos Kehle.

„Langsam, Felix, ich will es genießen."

Ich fuhr nur noch ganz leicht mit der Fingerspitze darüber. Als ich spürte, dass bei ihr gleich der erste kräftige Glockenschlag erklingen würde, schob ich meinen Klöppel so tief es ging in ihre Glocke und begann heftig zu läuten.

Jo packte mit beiden Händen meine Pobacken und drückte mich fest an sich.

„Langsam, Felix, langsam."

Ich ließ den Klöppel ruhen und knabberte abwechselnd

an den erregten Spitzen ihrer Zwillinge.

Wir lagen lange still aufeinander. Dann spürte ich, wie sich Jos Innenmuskulatur bewegte. Es war wieder wie Melken, das ich schon kannte und das mir die Besinnung raubte. Es war so, als würde mich eine weiche warme und feuchte Hand massieren. Ich spürte, wie sie sich verengte und wieder entspannte. Die Intervalle zwischen Verengung und Entspannung wurden immer kürzer. Lange konnte es nicht mehr dauern, bis das Glockenspiel erklingen würde. Mein Klöppel wurde so rebellisch, dass er nicht nur in der Glocke wie wild hin und her schwang, sondern in sie hinein stieß, als müsste er die Krone durchbohren.

Jo bäumte sich unter mir auf, warf mich fast ab, stieß einen dumpfen Schrei aus und ihr Kopf flog von einer Seite auf die andere. Mein Klöppel rutschte durch ihre wilden Bewegungen heraus, fuhr aber sofort wieder durch ihren Glockenmund ins Innere der Glocke und gleich darauf hörte ich den ersten dumpfen Glockenschlag.

Ich presste mich so fest auf Jo, als müsste ich sie durch die Matratze stoßen und hatte dabei das Gefühl, als würden wir uns verflüssigen.

Ich hielt die Luft an, drückte mein Gesicht ins Kopfkissen und schrie wie der Delinquent auf dem Schafott, kurz bevor der Kopf vom Rumpf getrennt wurde.

Wir lagen lange nebeneinander, ohne uns zu regen.

Dann flüsterte Jo: „Tot?"

„Tot!", sagte ich. „Mausetot! Wahrscheinlich ist mein Gehirn mit durchgerutscht."

Jo stand auf und holte eine zweite Flasche Wein ans Bett.

Wir tranken aus der Flasche.

„Hast ne Menge Erfahrung", sagte ich.

„Angelesen", lachte sie.

„Und womit hast du geübt?"

„Eifersüchtig?"

„Und wie", lachte ich, aber es war eine Lüge. Jo war verheiratet, aber das war es nicht. Ich wusste, dass ich Jo sehr gern hatte, aber genau so gut wusste ich, dass es nicht für immer sein würde. Ich hätte es nicht erklären können, aber ich wusste es einfach. Und ich wusste auch, dass es für sie ein Schock werden würde, wenn es irgendwann zu Ende gehen sollte.

Und sie wusste es sicherlich auch.

Und genoss es deshalb doppelt.

„Woran denkst du?" Jo stupste meine Nase an, was sie immer tat, wenn ich geistig austreten war.

„An dich."

Jo lachte, goss mir noch einen Doppelkorn und ein Bier ein.

„Wie hast du das überhaupt mit dem Geschäft geregelt? Habt ihr über vorübergehend zugemacht?"

„Im Geschäft ist eine Aushilfe und …"

Jos Stimme entfernte sich immer weiter, bis ich nur noch ein leises Murmeln hörte.

„Hallo Felix!"

Ich schlug die Augen auf. Es war hell und eine weiße Wintersonne schien durchs Fenster. Meine Weihnachtsuhr zeigte halb eins.

Wir standen auf, gingen runter ins Restaurant, aßen Hackbraten mit Mischgemüse, tranken dieses Tannenbräu, das nach Latschenkieferöl und Spülwasser schmeckte und dessen üblen Geschmack man nur mit einem doppelten Weinbrand wieder los wurde.

Draußen war es inzwischen grau geworden. Wir schlenderten durch die Stadt. Jo liebte Kirchen.

Ägidienkirche.

Allerheiligenkirche.

Andreaskirche.

Andreasviertel.

Anger.

Am Anger stand noch eine Glühweinbude. Der Glühwein war heiß, aber ziemlich sauer. Zwei Männer standen an einem runden Stehtisch und wir stellten uns dazu.

Lehrer. Die Unterhaltung war eindeutig. „Das Geld sollten die Brüder lieber in die Schulen stecken“, sagte der Dicke.

„Grundsteinlegung, möchte wissen, was die da verbuddelt haben?“, sagte der mit dem Vollbart. "Haus des Lehrers, braucht das jemand? Wir brauchen ein Klavier. Scheiß-Berlin.“

„Was die verbuddelt haben, kann ich dir sagen“, feixte der Dicke. „Sind die Zeugnisse dieser Honeckerjule.“

„Du meinst also, die haben gar nichts vergraben?“

„Denk ich mal so.“

Der Dicke sah mich an und verstummte. Ich hatte über seinen Witz nicht gelacht.

„Entschuldigung, war nicht so gemeint."

Die Männer tranken schnell aus und verabschiedeten sich.

„Ich finde es schon bedenklich, wenn Menschen sich für das, was sie sagen, anschließend entschuldigen", sagte Jo.

„Angst verhindert, in Ungnade zu fallen," erwiderte ich.

„Mit Angst zu leben ist, wie auf allen Vieren zu kriechen," sagte Jo.

„Menschen, die kriechen und nach unten sehen, lassen sich leichter regieren."

„Also auf die Knie", lachte Jo.

„Sei froh, dass es deine Vorfahren geschafft haben, auf zwei Beinen zu gehen und ihre Pfoten als Werkzeuge zu benutzen."

„Wie wahr, wie wahr," lachte Jo und schob meine Hand unter ihre Jacke.

„Und dass die Benutzung der vorderen Gliedmaßen zur Verrichtung von Arbeit und damit letzten Endes zur Vergrößerung des Gehirns führten."

Jo schob ihre Hand in meine Hosentasche und bewegte sie. „Komisch, wie schnell bei euch Männern das Gehirn wächst."

„Und zur Entwicklung der Sprache."

Jo schob sich an mein Ohr und flüstert: „Ich liebe dein Gehirn."

„Und zum Denken."

„Das allerdings kann gefährlich werden", sagte Jo, „besonders dann, wenn die regierenden Vordenker

Wert darauf legen, dass ihre Untertanen das Vorgedachte unter allen Umständen mitdenken und nicht darüber nachdenken."

„Noch zwei Glühwein bitte."

Auf dem Weg ins Hotel ließ Jo ihre Hand in meiner Hosentasche und mein Gehirn war ziemlich angeschwollen, als wir unser Zimmer erreichten. Wir gingen sofort ins Bett und Jo bemühte sich intensiv um die Verringerung meines Gehirndrucks.

Am Silvestermorgen standen wir auf dem Bahnhof. Mein Zug fuhr später. Ich half Jo, den Koffer zu verstauen. Der Schaffner pfiff. Wir küssten uns, dann stieg ich aus. Als der Zug anfuhr, ließ Jo das Fenster runter. Sie sah nicht gut aus. Würde kein schöner Jahreswechsel für sie werden. Ich wusste, dass ich ihr fehlen würde, aber ich hatte ihren Vorschlag, die Silvesternacht bei ihr zu verbringen, abgelehnt. Die Sache war so schon heiß genug.

Schließlich war sie verheiratet.

Ich konnte mir gut vorstellen, was passieren würde, wenn der Mann starb. Es sollte ziemlich schlecht um ihn stehen. Lehrer war zwar nicht mein Traumberuf, aber Bäcker in Kuhkaff war das Letzte, was ich mir vorstellen konnte.

***

Der erste Schultag im neuen Jahr gehörte zu den

Tagen, auf die ich gern verzichtet hätte. Ich war noch nicht richtig im Schulhaus, da winkte mich Sockentrude in ihr Zimmer.

„Es ist etwas Schreckliches passiert, Herr Hohndorf. Die Eltern von Elena aus Ihrer Klasse sind tot."

„Oh", entfuhr es mir. Elena war ein höchst sensibles Mädchen. Sie hatte die schwarzen Haare und die dunklen Augen der Mutter und war körperlich ein wenig zurück.

„Was ist passiert und was ist mit den Kindern?" Ich wusste, dass die Zilinskis einen ziemlich alten Wagen hatten. Verkehrsunfall, dachte ich im ersten Moment.

„Die sechs Geschwister sind vorübergehend in einem Heim untergebracht. Ist eine scheußliche Geschichte, Herr Hohndorf. Gehen Sie jetzt in Ihre Klasse und sehen Sie zu, dass keine sinnlosen Gerüchte verbreitet werden. Es handelt sich auf alle Fälle um ein Familiendrama."

Womit sie recht hatte.

Meisner, der in der Nachbarschaft der Familie wohnte, wusste, was passiert war. Die Frau war zur Kur gefahren, hatte gemerkt, dass es, außer einen Mann und sechs Kinder zu versorgen, noch andere Dinge im Leben gab, die Spaß machten.

Sie hatte wahrscheinlich während der Kur sehr viel Spaß gehabt und nicht im Geringsten daran gedacht, nach der Kur auf diesen Spaß zu verzichten. Der Spaßmacher hatte ihr heiße Liebesbriefe geschrieben und einer davon war dem armen Schwein von Ehemann in die Hände gefallen.

Es hatte Krach gegeben. Richtigen Krach. Die ganze Straße hatte davon profitiert. Kurz vor Weihnachten hatten sie sich versöhnt, aber nach den Feiertagen hatte die Frau ihren Koffer gepackt. Die Hitze in ihr hatte alle moralischen Bedenken über den Haufen gefegt. Sie wollte Silvester bei ihrem neuen Stecher verbringen. Der Ehemann, von wahnsinniger Eifersucht zerfressen, hatte so etwas vermutet. Er war vorzeitig von der Arbeit gekommen, hatte den Koffer im Flur und den Brief auf dem Küchentisch gesehen, hatte das Erstbeste, was ihm in die Hand fiel – einen Fleischklopfer – genommen, war ins Schlafzimmer gestürmt und hatte einmal zugeschlagen. Die Frau war sofort tot gewesen.

Zilinski war auf den Boden gegangen und hatte sich aufgehangen.

„Eifersucht ist eine Leidenschaft, die mit Eifer sucht, was Leiden schafft", sagte Meisner. „Der Große aus der Neunten hat seine tote Mutter im Schlafzimmer gefunden."

Das Leben ging trotzdem weiter. Meine 5a hatte am Mittwoch ihre alte Form wieder gefunden. Ich war direkt beruhigt, als die Kollegen mir wieder in den Ohren lagen: „Die 5a ist frech, faul, lernunwillig und unerzogen."

Verdammte Rasselbande. Die Noten in einigen Fächern waren unter aller Sau. Mir war klar, dass diese Zensuren nicht die Intelligenz oder Dummheit der Klasse widerspiegelten, sondern das Resultat sehr schlechter Disziplin waren.

Ich musste mir unbedingt etwas einfallen lassen. Das Gemecker der Kollegen begann ich allmählich persönlich zu nehmen.

Ich dachte an meine Schulzeit.

Deutsch und Kunsterziehung. Zuckerbrot und Peitsche, wobei die Peitschenhiebe darin bestanden, dass dieses Fräulein Rathenow ganz einfach das Lob wegließ.

Wir gierten nach ihrem Lob.

Sie war mit ihren goldenen Locken und ihrer seidenweichen Stimme der Engel, der uns in den Schlaf begleitete. Ein Lob für das Aufsagen eines Gedichtes oder eine gelungene Zeichnung war ein Weihnacht geschenk.

Ich hatte bisher vor allem bestraft und es hatte nichts gebracht. Ermahnungen, Vermerke im Klassenbuch, Tadel, Briefe an die Eltern. Null Punkte. Sobald das Hühnervolk aus meinem Gesichtsfeld verschwand, ging der Affenzirkus von Neuem los.

Ich beschloss, ab sofort mehr auf Lob zu setzen.

Gleichzeitig nahm ich mir vor, die ganze Problematik mit Silberblick Rudi Heinze zu besprechen. War der Brigadier der Patenbrigade und ein Mann, der mit beiden Beinen im Leben stand, auch wenn er gleichzeitig in verschiedene Richtungen blickte.

Das reicht aber jetzt, Alter.

Ich rief Jo an: „Kann man aus einem Samstag einen Mittwoch machen?"

„Wenn du meinst?" Ihre Stimme klang eigenartig.

Ich machte mich schön und freute mich auf Jo.

Silvester war trostlos gewesen. Hatte mit meinen alten

Kumpels so gesoffen, dass alles, was Röcke trug, uns links liegen ließ.

Jo stand wie immer um zehn Uhr an der Tür, aber ich hatte den Eindruck, dass sie heute anders stand. Sie schob mich durch den Flur, ohne wie sonst mich an die Wand zu drücken und heftig zu küssen.

Sie stellte sich mit dem Rücken an den Tisch und sah mich an. Ich ging auf sie zu und wollte sie in die Arme nehmen. Sie schob mich zurück.

„Probleme?" Ich sah ihr in die Augen.

„Da fragst du noch?" Ihre Augen funkelten.

„Bist du sauer, weil ich Silvester nicht mitgekommen bin?"

„Scheißsilvester!"

Das war neu an Jo. Ich hatte sie noch nie fluchen gehört.

„Red!", sagte ich.

„Ist dir eine gewisse Ilona bekannt?"

Ich erstarrte zur Salzsäule. Woher konnte sie das wissen?

„Ist dir eine Ilona bekannt?" Die Frage zischte erneut in mein Ohr wie ein von der Sehne geschnellter Pfeil. So hatte ich Jo noch nie erlebt.

„Ja, kenne ich." Lügen hatte hier keinen Zweck. Sie wusste es.

„Hast du sie gevögelt?"

Ich blieb stumm.

„Hast du sie gefickt?"

„Oh!", entfuhr es mir. Jo wurde vulgär.

Ich sagte immer noch nichts. Was hätte ich auch sagen

99

sollen?

Jo hob die Hand, richtete den Zeigefinger auf meine Brust und sagte leise: „Du bist ein Schwein, Felix und ich will dich nie wieder sehen."

„Aber Jo", sagte ich. Mehr fiel mir nicht ein.

„Raus!" Ihre Stimme war leise, fuhr mir aber durch die Knochen wie ein heißes Messer durch ein Stück Butter.

„Jo", wiederholte ich, „ich kann dir das erkl … „

„Raus und zwar sofort!" Sie wurde laut.

Ich ging, und zwar schnurstracks in den Grünen Heinrich und besoff mich.

Wegen Ilona. So ein Scheiß. Lag mir überhaupt nichts dran. Ich hatte einfach, ohne nachzudenken, mitgemacht. War nie aufregend gewesen. Ich kam mir dabei oft vor wie ein Ehemann, der seine Pflicht erfüllte.

Woher wusste Jo von der Sache?

Später erfuhr ich es von Edda. Sie hatte, bevor ich in Jos Leben eingebrochen war, eine Beziehung mit Jo gehabt. Jo hatte aus der Not heraus gehandelt. Sie war nicht lesbisch, aber Edda hatte sie so weit gebracht, dass es ihr halbwegs Spaß machte und ihr vorübergehend die Hitze aus dem Schoß trieb. Edda allerdings hatte die Sache ziemlich ernst genommen. Sie hatte sich regelrecht in Jo verliebt. Und dann hatte ich ihr dazwischen gefunkt. Jo war zu ihrer natürlichen Bestimmung zurück gekehrt und Edda saß auf dem Trockenen.

Mir war klar, warum mich Edda ständig zu Saufgelagen aller Art mitschleppte und Ilona war für den

Notfall gedacht. Und den hatte sie herbeigeführt, als all ihre Bestrebungen, wenigstens ein Stückchen Jo für sich zu behalten, gescheitert waren.

Mich hätte die Sache zu dritt wahrscheinlich nicht gestört, aber Jo hatte den dahin gehenden Vorschlag Eddas abgelehnt.

Edda gestand mir das Drama nach einigen Wochen, als all ihre erneuten Annäherungsversuche bei Jo gescheitert waren.

Jo wollte weder Edda noch mich sehen. Sie leidet, hatte Edda mit betrübter Miene gesagt. Ich litt auch, aber eben so wie Männer leiden. Meist im Grünen Heinrich.

***

Das Halbjahr ging zu Ende. Letzte Dienstberatung vor der Ausgabe der Halbjahreszeugnisse. Sechs meiner Schüler wären nicht versetzt worden, wenn es das Schuljahresende gewesen wäre. Der Klassendurchschnitt war erbärmlich. Klagen über Klagen der Kollegen. Bei den Altstoffsammlungen Letzter, viel zu wenig Pioniernachmittage und viel zu wenig Elternbesuche. Gegen Ende der Dienstberatung erhob sich Eichinger, der in seiner Funktion als stellvertretender Direktor vorn neben Sockentrude saß und kam zu uns nach hinten.

Er kam direkt auf mich zu. In der Hand hielt er etwas

Rotes. Das stellte er vor mir auf die Bank.

Eine rote Laterne.

Einige Kollegen lachten, einige grinsten. Knochentussi klatschte Beifall.

Das hast du davon, Felix, wenn du aus reiner Höflichkeit bei so einer vertrockneten Lattentür das Scharnier ölst und dann plötzlich die Ölumg aussetzt.

Eins wusste ich genau, Eichinger würde ich das heimzahlen, denn das war garantiert seine Idee gewesen. Affenarsch! Der Idiot war doch nur sauer, weil die Idee mit dem Elternseminaren nicht von ihm stammte.

Trotzdem war mir klar, dass ich mich mehr um meine Klasse kümmern musste. Das mit dem Lob hatte ich bisher nur halbherzig praktiziert und meine Aktivitäten im Stadttheater musste ich einschränken.

Dazu diese verdammten Saufereien mit Meisner, Edda, Müller und dem Pilei! Das kann auf die Dauer nicht gut gehen. Neumann war zur gleichen Zeit wie ich an die Schule gekommen, als Pionierleiter. Neumann hatte immer Durst und im Schreibtisch einen grenzenlosen Vorrat an Medizin gegen Austrocknung.

Gegen Abend rief ich Jo an. Ich hatte beschlossen, meine geplanten Erziehungsmethoden vorher mit dem Elternaktiv abzustimmen. In diesem Fall war der Hintergedanke mehr ein Vordergedanke. Ich hatte zwar nicht ganz abstinent gelebt, dafür waren die Mädels vom Chor und vom Ballett zu hübsch und zu aktiv, aber es war keine dabei, die mit Jo hätte konkurrieren können.

„Bäckerei Walters?"

„Jo."

Klick.

Aufgelegt.

Verdammt und zugenäht.

Ich verbrachte die erste Woche der Winterferien damit, ein Matheprogramm zu entwickeln. Dieses ewige „Lehrer redet – Schüler hört zu", oder auch nicht, war mir noch aus dem Studium in übler Erinnerung. Wenn ich an die meist älteren Damen dachte, die uns mit Methodik traktierten und nichts Anderes taten, als über unsere Köpfe hinweg zu quasseln, wurde mir heute noch schlecht.

Diese Klugscheißerinnen hatten mit größter Wahrscheinlichkeit selbst nie vor einer Klasse gestanden. Der ganze didaktische Mist flog in dem Moment über Bord, wo du der Meute vorgeworfen wirst. Entweder du packst es, egal wie, oder du wirst zum Pisspfahl der Schule. Schüler kennen kein Mitleid mit der geschundenen Lehrerkreatur.

Mathevogt hatte uns zu meiner Schulzeit gezeigt, dass der Lehrer sich hin und wieder zurückziehen sollte. Er schmiss in bestimmten Abständen einen Haufen mit Maschine geschriebener A4-Blätter auf die Tische, setzte sich auf seinen Stuhl und sagte: „Nu macht mal!"

Er trug dann meistens eine sehr dunkle Sonnenbrille und sah ziemlich schlecht aus.

Und er roch.

Wir konnten uns Blätter aussuchen, allein arbeiten oder

zu zweit oder zu dritt, das war ihm egal. Er sammelte das Zeug am Ende der Stunde ein und irgendwann, das konnte Wochen später sein, hörte man wieder was davon: „Na Manfred, das war wohl nicht dein Tag heute (Manfred hatte an der Tafel ziemlichen Bockmist gerechnet), aber ihr Blatt von vor 14 Tagen war nicht das schlechteste."

Vogt hatte sich zu den Lösungen auf den Arbeitsblättern immer nur lobend geäußert. Was nichts taugte hatte er wahrscheinlich weggeschmissen. Das Ergebnis war, dass wir ganz wild auf seine Arbeitsblätter waren. Ein Lob von Vogt hatte was von einem Ritterschlag.

Das war`s.

Ich würde meine 5a eine Woche oder länger sich selbst überlassen. Die sollten sehen, wie sie zurecht kamen. Waren sowieso viel zu unselbständig. Ich erinnerte mich daran, dass das, was ich mir mühselig selbst erarbeitet hatte, für lange Zeit in meiner Birne haften blieb und ich konnte es anderen sogar gut erklären.

Wir kauten doch nur vor und Hänsel und Gretel mussten das Vorgekaute schlucken. Was sie davon verdauen konnten, zeigte sich dann in den Klassenarbeiten.

Und da war es für viele zu spät. Die 4 oder 5 stand im Klassenbuch. Da fing für meine Begriffe die Ungerechtigkeit schon an. Gretel schreibt in der Mathearbeit eine 5, beherrscht die Rechenoperation aber nach 8 Wochen komplett. Die 5 hat sie trotzdem.

Das war doch nicht in Ordnung.

Ich würde mir was einfallen lassen müssen. Eins stand

für mich fest: Die 5a musste Laufen lernen. Ohne Papas Hand. Ich würde maximal das Geländer an schwierigen Strecken sein. Und ich würde nur mit Lob arbeiten.

Ich steigerte mich so in das Programm hinein, dass ich mehrere Einladungen von Edda und Meisner ausschlug.

In der zweiten Ferienwoche fuhr ich zu meinen Eltern, soff wie immer sinnlos mit den alten Kumpels und dachte die meiste Zeit an Jo.

Ich machte mich bereits Freitag wieder auf den Weg nach Kuhkaff. Wollte noch an meiner neuen Idee werkeln, aber in Wirklichkeit war es die Hoffnung, irgendwo auf Jo zu treffen.

Natürlich traf ich sie nicht.

Am ersten Schultag nach den Winterferien besorgte ich mir einfache Mappen, lieh mir von Meisner die Schreibmaschine und tippte mein Programm.

Ich würde am Freitag damit beginnen.

Das Einzige was noch fehlte, war ein spektakulärer Aufhänger. Aber da würde mir schon noch was einfallen.

Am Dienstag, als ich in meinen Briefkasten sah, lag ein verschlossenes Kuvert ohne Absender und ohne Briefmarke drin.

Auf der Vorderseite stand FELIX.

Mir wurde kochend heiß.

Ich riss den Umschlag auf.

MITTWOCH. Nur dieses Wort.

Mein Herzschlag setzte für mehrere Stunden aus. Ich

ließ mich auf die erste Treppenstufe fallen und brannte mir eine an. Jo musste hier gewesen sein. Sie hatte das Kuvert selbst in den Briefkasten gesteckt.

Wie ich die 5 Unterrichtsstunden am Mittwochvormittag hinter mich gebracht hatte, wusste ich am Nachmittag nicht mehr. Meisners Einladung in die Sonne schlug ich aus.

Meisner sah mich sonderbar an. „Hast du Probleme, Felix?"

„Ich hoffe, jetzt nicht mehr", lachte ich.

Punkt 22 Uhr stand ich am Gartentor. Jo öffnete die Haustür, kam mir zwei Schritte entgegen und fiel mir um den Hals. Ich legte meine Arme um sie und wir küssten uns, bis uns die Luft weg blieb. Jo schob mich durch den Hausflur ins Wohnzimmer.

Wir setzten uns.

Ich wusste nicht, was ich sagen sollte. Jo sah mich nur an und in ihren Augenwinkeln schimmerte es feucht.

„Die Sache mit Ilo …", fing ich an.

„Sei still", unterbrach mich Jo sofort. „Ich will nichts davon wissen. Mach`s mit Frieda oder Hertha oder mit wem du willst, aber der Mittwoch gehört mir. Ich werd` ohne dich verrückt, Felix."

Ich schob meine Hand über den Tisch und legte sie auf ihre Hand, die sich eiskalt anfühlte.

„Ich weiß, dass es nicht für immer sein wird, mit uns, Felix, aber ich will es so lange genießen, wie es geht. Mach du, was dir gefällt, aber ich will nichts davon wissen."

Ich sagte nichts.

Was hätte ich auch sagen sollen.

Ich sah sie nur an.

Jo war schön. Eine reife, voll erblühte Frau. Die hohen Wangenknochen verliehen ihr ein leicht exotisches Aussehen und ihr rotblondes, üppiges Haar kontrastierte mit den leicht schräg geschnittenen, graugrünen Augen.

Ja, Jo war eine schöne Frau und ich fragte mich, wieso gerade mir diese reife Frucht in den Schoß gefallen war. Wahrscheinlich wieder mal die Sache mit den dümmsten Bauern und den größten Kartoffeln.

Jo sah mich an. „Was macht die Schule? Die Klasse läuft schlecht, hört man so."

„Kann man sagen", sagte ich.

Ich erzählte ihr die Geschichte mit der roten Laterne.

Sie sah mich eine Weile an, dann sagte sie: „Idiot, dein Parteisekretär. Mit so was wird er sich keine Freunde machen. Wenn der so in seiner Klasse arbeitet, erzieht er die Sorte von Menschen, die später nach oben katzbuckeln und nach unten treten. Nur, mit denen kann er seinen Sozialismus garantiert nicht aufbauen."

Ich sah Jo verblüfft an. So betrachtet hatte sie recht und Eichinger schien in seinem Unterricht tatsächlich so zu arbeiten.

„Was willst du machen?", fragte Jo.

Ich erzählte ihr von meinem Projekt. „Und ich werde nur mit Lob arbeiten."

„Da bin ich gespannt, wie das funktioniert?"

Das war ich ebenfalls. Vielleicht würde das Ganze ein Reinfall, aber wenn man es nicht ausprobierte, würde man es nie erfahren. Das eigentliche Problem für mich war, sollte ich die Schulleitung von meinem Projekt in Kenntnis setzen oder lieber nicht? Aber so wie ich Sockentrude kannte, war sie derzeit nicht an Experimenten interessiert. Experimente konnten schief gehen und unsere karrieregeile Schulleiterin wollte in die Abteilung einrücken und da war jeder pädagogische Fehltritt schädlich.

Aber was ging Hänsel und Gretel das an. Die sollten sich einfach mal frei entfalten können und …

„Woran denkst du, Felix?"

„An Hänsel und Gretel."

„Bin ich die Hexe?"

„Wenn die Hexe so ausgesehen hätte wie du, wäre Hänsel garantiert freiwillig in den Ofen gekrochen", lachte ich und sah zur Doppelbettcouch hinüber.

Jo erhob sich. „Die Hexe prüft jetzt erst einmal das Fingerchen von Hänsel." Sie kam um den Tisch herum, zog mich hoch und legte ihre Hand auf meinen Schritt.

„Mager, mager, das Fingerchen."

„Und wie sieht`s mit den Pfefferkuchen aus?" Ich öffnete ihre Bluse, nahm ihre Lebkuchen in beide Hände und kostete.

„Das Fingerchen setzt an", kicherte die Hexe und öffnete meine Hose. Ich streifte ihre Bluse ab, drückte ihre Pfefferkuchen zusammen und schob gleichzeitig mein Gesicht dazwischen. Es roch nach Zimt, Nelken, Anis, Muskat und eben nach allem, wonach ein guter Pfefferkuchen riechen muss. Der Duft wurde von meinen Riechzellen über das Limbische System zur

Hypophyse transportiert und bewirkte einen solchen Blutstau im Fingerchen, dass es schmerzte.

„Das Fingerchen wird aber dick", flüsterte Jo.

Komisch dachte ich, dass man bei der Liebe immer im Flüsterton kommuniziert, obwohl ja garantiert keiner zuhört.

Das war dann allerdings so ziemlich das Letzte, was ich dachte, denn Jo sagte: „Ich prüfe mal, ob das Fingerchen darauf hin weist, dass Hänsel für den Backofen taugt."

Sie ließ sich nach unten gleiten. Das Fingerchen war jetzt ein dicker Daumen. Mir wurde so schwindlig, dass ich mich an der Tischkante festhalten musste. Jo prüfte lange, dann gab sie den Finger frei.

„Ist ziemlich fett, das Fingerchen, ab in den Backofen mit ihm."

Sie schob mich zur Couch und wir schmissen unsere restlichen Kleidungsstücke auf den Fußboden. Die Hexe schwang sich mit dem Rücken zu mir auf meinen Schoß und schob den geprüften und für dick genug befundenen Finger in den Ofen.

Ich umklammerte ihre Pfefferkuchen, strich über die Schokoladenverzierungen an den Spitzen und spürte, wie der Ofen immer heißer wurde. Die Hexe griff mit einer Hand meine Zuckergusskugeln und begann sie zu rollen. Der unter Teil meines Körpers machte sich selbständig und presste alles, was ich zu bieten hatte, in den Ofen.

„Ich liebe dich, Jo", flüsterte ich ihr ins Ohr und in diesem Moment glaubte ich, was ich sagte.

Jo erhob sich, sah mich an, warf mich rücklings aufs Bett und machte die Reiterstellung. Sie sah mich dabei unverwandt an und der geschwollene Finger rutschte ohne Führung in den Backofen. Jo gab mir die Sporen, und ich flog mit ihr hinauf in den nachtblauen Himmel. Als die Sterne explodierten, ergoss sich die Milch der Milchstraße wie flüssiger Zuckerguss in den heißen Ofen. Und genau in diesem Moment explodierte auch der Backofen. Jo warf sich auf mich und bewegte sich so heftig nach rechts und links, dass ich befürchtete, das Fingerchen könnte abbrechen. Ein dumpfer Schrei brachte die Erlösung. Die Hexe fiel auf mir zusammen, presste ihr Gesicht an meinen Hals und ich spürte, wie wellenartige Schauer über die heiße Haut ihres Rückens liefen.

Wir blieben so lange liegen, bis mir die Luft knapp wurde. Ich begann mich zu bewegen und murmelte: „Hunger und Durst mindern die Lust."

„Oh", sagte Jo und hob den Kopf. „Dem Manne muss geholfen werden, denn die Nacht ist noch lang und es gibt so einiges nachzuholen."

Sie schwang ihre langen, schlanken Beine aus dem Bett, warf die Steppdecke über mich und verschwand.

Ich dämmerte in einem Zustand von debiler Seligkeit in einen leichten Schlaf hinüber, den eine Hand an meiner Schulter jäh unterbrach.

„Ab ins Bad mit dir." Jo zog mich aus dem Bett und schob mich durch die Tür. Ich stellte mich unter die Dusche und genoss den heißen Wasserstrahl. Die Dusche war für mich der Inbegriff von Luxus. In meiner Bude hatte ich eine Gosse und eine Wasch-schüssel.

Als ich aus dem Bad kam, war der Tisch gedeckt. Der Duft von heißen Wienern kitzelte meine Nase und ich merkte, dass ich lange nichts gegessen hatte. Ich verschlang in zehn Sekunden vier Würste, drei Semmeln und zwei warme Beefsteaks. Jo goss Bier in die Gläser. Wir tranken, sahen uns an, lachten und wussten nicht warum.

Möglich, dass man, wenn der Körper von Glückshormonen überschwemmt wird, in eine leichte Idiotie verfällt. Jedenfalls lachten wir und wenn wir damit aufhörten, genügte ein Blick und es ging wieder los.

Ich stand auf, holte die Zigaretten aus meiner Jacke und brannte zwei an. Jo rauchte ab und zu mit.

„Ich brauch noch einen spektakulären Anfang", sagte ich.

„Schon wieder", lachte Jo.

„Für mein Projekt, verehrte Dame."

Ich erläuterte ihr mein Vorhaben. Mit Jo konnte ich das. Sie hörte zu und stellte an den richtigen Stellen die richtigen Fragen.

„Wie kriege ich die jungen und die Mädchen in Zweiergruppen, ohne das sich nur die guten Schüler zusammen tun ? Ich will auf keinen Fall die Gruppen selber zusammen stellen."

„Ich hätte da eine Idee", sagte Jo.

Und die hatte sie wirklich, eine Superidee.

„Hätte nie gedacht, dass das Bäckerhandwerk so perfekt zur Pädagogik passt."

„Was eine gute Bäckerin in die Hand nimmt, geht", lachte Jo, stand auf und legte ihre Hand auf meinen Teigzipfel. Ich nahm ihre Quarktaschen in beide Hände und küsste sie.

„Der Teig geht." Jo knetete behutsam weiter und das Zipfelchen blähte sich zu einer ansehnlichen Teigstange auf.

„Ich leg mein Glück in deine Hände", lachte ich.

Jo ließ los und schob mich in Richtung Bett. „Bin gleich wieder da."

Nach wenigen Minuten kam sie mit einer kleinen Schale zurück. Sie stellte das Schälchen auf den Nachttisch, legte sich zu mir, tauchte ihre Finger in das Gefäß und umfasste mit der Hand meine Teigstange.

Öl.

Warmes Öl. Eine Massage mit warmen Öl. Von zarter Frauenhand.

Ich sah Jo an. „Soll ich bei dir?"

Sie schüttelte den Kopf. „Ist nur für dich."

Ihre Hand fuhr weich und gleitend über mein Hörnchen.

Von weitem hörte ich die ersten sanften Töne einer Äolsharfe erklingen. Die Töne wurden immer lauter, schlugen um in das helle Brausen einer Orgel und verwandelten sich in die dumpfen Schläge einer Urwaldtrommel. Meine Füße nahmen den Rhythmus auf, meine Beine begannen den Takt zu schlagen und mein Körper begann wild zu vibrieren.

Plötzlich ließ Jo von mir ab, legte sich neben mich und zog mich auf sich. Sie streckte die Beine nach oben und wir machten die Wiener Muschel.

Ich gab Gas wie auf einem schweren Motorrad, das immer schneller wird und auf eine Wand zu rast. Ich gab trotzdem weiter Gas, obwohl ich wusste, dass es gleich krachen würde.

Als ich gegen die Wand flog, stieß ich dumpfe wimmernde Laute aus und versuchte mit letzter Kraft, die Muschel endgültig zu durchbohren.

***

Am Donnerstag morgen lag auf meinem Lehrertisch ein umfangreiches Paket und im Klassenzimmer roch es nach frischem Kuchen.

Schmidt, der alte, leicht krumme Hausmeister, steckte den Kopf zur Tür herein, zeigte auf das Paket und knurrte: „Hat die Bäckersfrau für sie abgegeben."

Ich machte den Karton auf und las den Zettel, der auf dem Kuchen lag.

„Sehr geehrter Herr Hohndorf,

wie vereinbart die 28 Stück Kuchen. Es sind von jeder Sorte zwei.

Viel Erfolg!

Im Auftrag des Elternaktivs

Frau J. Walters

Das Geschnatter vor Unterrichtsbeginn verstummte schnell, als die ersten Schüler den Karton und den Geruch nach frischem Kuchen wahrnahmen.

„Rechte Bankreihe nach vorn."

Stühlescharren.

„Jeder kann sich ein Stück Kuchen aussuchen und geht damit auf seinen Platz. Noch nicht essen."

Zögerliches Zugreifen.

„Mittlere Reihe."

„Linke Reihe."

Die Unruhe wurde größer und die Spannung wuchs.

„Platzwechsel!", sagte ich. „Zuckerkuchen zu Zuckerkuchen, Streuselkuchen zu Streuselkuchen und so weiter. Jeder sucht sich seinen Kuchenpartner!"

Der Lärmpegel schwoll an, aber das war mir egal.

„Ihr könnt den Kuchen jetzt essen!"

Es wurde still.

In das Kauen hinein sagte ich: „Wir werden ab heute 14 Tage an einem Mathematikprojekt arbeiten. Und zwar in Zweiergruppen."

Die Unruhe kehrte zurück. „Kirschkuchen arbeitet mit Kirschkuchen, Pflaumenkuchen mit Pflaumenkuchen und so weiter."

Explosion!

Tobsucht!

Das Gebrüll war sicher bis Acapulco zu hören.

Nach drei Minuten steckte Eichinger seinen Kopf zur Tür herein.

„Brauchst du Hilfe?"

„Deine bestimmt nicht", fuhr ich ihn an. „Wir feiern Fasching! Kratz die Kurve!"

Ich knallte ihm die Tür vor der Nase zu.

Was sich jetzt abspielte, war Klassenkrieg.

„... mit dir Idiot nie und nimmer"

„... Blödmann."

„... mit dir geh ich nicht Mal auf's Scheißhaus."

Ich wartete, bis sich der erste Sturm gelegt hatte.

„Wer ist mit seinem Partner unzufrieden?"

4 Jungen und ein Mädchen hoben die Hand.

„Klaus, was hast du an Yvonne auszusetzen?"

„Die hat ..." Pause.

„Christine?"

„Mit dem Fettsack arbeite ich nicht, der stinkt."

„Dann wird er sich eben waschen müssen", sagte ich.

Mit gutem zureden war hier nichts zu machen.

„Peter?"

„Der ist doof." Er zeigte mit ausgestrecktem Zeigefinger auf seinen Nachbarn.

„Hat aber eine 2 in Mathe", sagte ich. „Erklär mir mal,
wieso Rolf doof ist?"

Schweigen.

Das wars. Den Rest der Stunde konnte ich trotzdem
abschreiben

***

„Herr Hohndorf zur Schulleiterin. Die Sekretärin fing
mich noch vor dem Lehrerzimmer ab.

Sockentrude saß hinter ihrem Schreibtisch und ich
hatte das Gefühl, dass sie dort eines Tages festwachsen
würde, so wie manchmal im Wald ein Schild von

einem Baum integriert wurde.

„Wie kommen Sie dazu mit ihrer Klasse jetzt Fasching zu machen, obwohl es eine zentrale Faschingsfeier für die Pioniere und die FDJler unter der organisatorischen Leitung des Kollegen Eichinger gegeben hat?"

„Das war Mathematikfasching, Frau Baginski."

„Mathematikfasching? Können Sie mir das näher erklären?"

„Nein."

Speichelbildung in den Mundwinkeln.

„Herrrrrr Hohndorrrrf, sie werden mir suspekt. Ich verlange ein Erklärung von Ihnen!"

„Wir haben Kuchen gegessen, den das Elternaktiv gespendet hat."

Sockentrudes Mund blieb offen.

Nach einer Weile murmelte sie fassungslos: „Kuchen gegessen im Unterricht? Sind Sie von allen guten Geistern verlassen?"

„Die guten Geister waren in diesem Fall die Eltern."

„Das hat ein Nachspiel, Herrrrrrr Hohndorrrrrf. Die Aufgabe unserer sozialistischen Lehrer besteht darin, unsere Schüler zu allseitig gebildeten, selbständig denkenden und bewusst handelnden sozialistischen Persönlichkeiten zu erziehen, die ihr sozialistisches Vaterland lieben und gute Taten für den Sozialismus vollbringen."

Amen, hätte ich um ein Haar gesagt.

„Kuchen essen im Unterricht?", murmelte Trude und schüttelte den Kopf. „Sie könne gehen!"

Im Lehrerzimmer wurde es still, als ich eintrat. Ich

ging ans Fenster und brannte mir eine an. Edda kam, klopfte mir auf die Schulter, lachte und sagte: „Wenn es dich nicht gäbe, Felix, müsste man dich erfinden."

Meisner, der in der Nähe stand, sagte: „Seltsam, manchmal sagen sogar Frauen was vernünftiges."

Eichinger mischte sich ein: „Du mit deinem frauen-feindlichem Gehabe, Klaus, …"

„Halts Maul, du Arschkriecher", fuhr ich ihn an. Ich musste mich entladen. „Pass du lieber auf, dass die FDJler zu Fasching im Blauhemd kommen und mach dir Notizen, wer keins anhat und renn damit zur Chefin."

Meisner stieß mich an. „Wenn man ab und zu was trinkt, hat man nie so großen Durst, Felix." Er zog mich am Ärmel fort. Wir gingen raus und runter zum Pilei. Der machte seinen Schreibtisch auf, stellte drei Wassergläser hin, goss Wodka rein und rote Limo nach.

„Wenn ihr Lust habt, könnt ihr heute Nachmittag zu uns raus kommen. Schlachtfest." Horst wohnte auf dem Dorf und betrieb nebenbei mit Frau und Eltern eine kleine Landwirtschaft. Der Rest des Vormittags verging und gegen 15 Uhr trafen wir uns an der Bushaltestelle. Edda hatte an Blumen gedacht, Meisner und ich hatten eine Flasche Weinbrand gekauft. Als wir ankamen, ging die Schlachterei ihrem Ende zu, dafür nahm das Trinkgelage seinen Anfang. Horsts Vater war bereits voll wie eine Regentonne nach einem Wolkenbruch und seine Frau versuchte, ihn aus dem Verkehr zu ziehen, aber der Alte war scharf wie ein

Pavian in der Paarungszeit.

Auf Edda.

O je, dachte ich, armer alter Sack. Möchte gern noch mal, obwohl er mit Sicherheit in dem Zustand, in dem er war, höchstens noch den Finger in ein Astloch stecken konnte.

Viel mehr dachte ich an dem Abend nicht mehr. Ab und zu musste man seinem Affen Zucker geben. Den Mist, der sich im Verlauf von Wochen auf dem Boden der menschlichen Seele abgelagert hatte, musste man hin und wieder weg ätzen. War wie Kalk im Wasserkessel, und gegen den half Essig. Für die Seele war natürlich Doppelkorn geeigneter.

Ich hatte am nächsten Morgen nur noch eine leise Erinnerung daran, dass ich mit Meisner versuchte hatte, Traktor zu fahren.

***

Der Vormittag war ein faules Ei, er stank zum Himmel. Meine Schädeldecke wurde von innen und außen mit stumpfen Bohrern durchlöchert. Meisner lief mit Sonnenbrille herum, Edda hatte ihre Migräne genommen und ließ sich die letzten drei Stunden vertreten. Neumann ging es gut, er hatte gleich in seinem Zimmer ein Glas rote Limonade zu sich genommen und alles, was er zu tun hatte, und das legten Pileis bekanntlich selbst fest, auf den nächsten Tag verschoben.

Mein Glück war, dass ich die ersten zwei Stunden Mathe in meiner Klasse hatte. Die Zweiergruppen arbeiteten konzentriert an ihren Aufgaben.

Als es klingelte brach kein Tumult aus. Drei gingen zur Toilette, der Rest machte weiter.

Mir ging es allmählich besser. Ich ging zum Pilei runter. Er griff unter den Schreibtisch. Ich wehrte ab. Er sah mich verwundert an, legte dann ein Paket Frühstücksbrote auf den Schreibtisch.

Ich griff zu.

Hausschlachtene Leberwurst. Noch ein Schluck Limo ohne Schuss und der Tag war gerettet.

Dachte ich.

Wäre besser gewesen, er hätte am Mittag geendet.

Nachmittag war Pädagogischer Rat.

Es ging um die herausragenden Erfahrungen sowjetischer Pädagogen, besonders von Pädagogen aus dem fernen Lipezk. Sockentrude konnte perfekt Russisch und las sowjetische Zeitschriften. War also immer auf dem Laufenden und vorneweg.

„... Formalismus und Schematismus überwinden ...“

„... immanente Wiederholung des alten Stoffes...“

„... Differenzierung ...“

„... schrittweise Einführung eines ganztägigen

Unter ....“

Ich döste.

Edda, die am frühen Nachmittag wieder eingetrudelt war, machte Kreuzworträtsel. Meisner malte Kästchen auf einem karierten Blatt aus.

„Am ersten Mai Treffpunkt Ernst-Schneller-Straße Ecke Friedensstraße", drang die Stimme Eichingers in meine Gehirnwindungen.

Dann platzte die Bombe.

„Kollege Hohndorf und Kollegin Altmann tragen zur Ehre unserer Einrichtung das Schulplakat zur Maikundgebung."

Um ein Haar wäre ich vom Stuhl gefallen. Ich wollte den Arm heben und protestieren. Meisner legte seine Hand auf meinen Unterarm.

„Du hast ab morgen Sehnenscheidenentzündung", flüsterte Meisner mir zu.

„Ich brauch ein Bier," gab ich zurück.

„Erst gehst du zu Doktor Engel!"

***

Ich ging am nächsten Tag in die Poliklinik. Blödes Gefühl, wenn dir nichts fehlt und du das letzte Mal als Kind beim Arzt warst. Ich hatte nach dem Pädagogischen Rat mit Meisner in dessen Garten gesessen, Bier getrunken und zwei Medizinbücher gewälzt. Sehnenscheidenentzündung kann durch chronische Überlastung – Kreidehalten, feixte Meisner – oder durch Stöße oder sogar durch Rheuma hervorgerufen werden.

Die Schwester am Empfang lächelte mich an: „Ah, der Herr Hohndorf."

„Wieso `Ah`?", fragte ich und sah die junge Schwester leicht konsterniert an.

„Sagen wir, man spricht über den Herrn", grinste sie weiter.

Ich holte tief Luft.

Die Schwester sah in meinen SV-Ausweis und sagte: „Lange nicht beim Arzt gewesen, der Herr Lehrer."

Ich sah in ihren Ausschnitt, den der weiße Kittel freigab.

Mannomann, was für Glocken. Wenn die richtig geläutet werden, wackelt der Unterbau, dachte ich.

„Wo fehlt es uns denn?"

Sie hatte meinen Blick gesehen und beugte sich noch etwas tiefer über meinen SV-Ausweis.„Von fehlen kann nicht unbedingt die Rede sein", sagte ich.

Sie sah mich mit ihren haselnussbraunen Augen groß an.

„Hab eher etwas zu viel."

„Wie bitte?"

„Bei mir muss irgendwie etwas reingekrochen sein."

„Aber Herr Hohndorf, sie werden doch hoffentlich nicht schwanger sein?" Ihr Dekolletee bewegte sich im Rhythmus ihres Lachens.

„In den Arm, Schwester, in den Arm."

Ich setzte mich ins Wartezimmer, nahm `Im Westen nichts Neues` aus der Tasche und begann zu lesen. Ich war gerade dort, wo Traden wissen will, wie eigentlich überhaupt ein Krieg entsteht, als ich aufgerufen wurde.

Doktor Lange musste die 65 garantiert überschritten haben. Glatze mit weißem Haarkranz, weißer Spitzbart, Bauch. Stark gerötete Nase voller feiner, roter Äderchen.

Figur aus einem alten UFA-Film. .

„Was fehlt uns denn, junger Mann?"

„Der rechte Arm schmerzt, Herr Doktor. Vor allem vom Handgelenk an aufwärts. Soll am ersten Mai ein Plakat tragen und mit dem Arm wird das schwierig."

Das ganz, ganz kurze Grinsen im Gesicht des Doktors war mir nicht entgangen.

„Lassen Sie mich mal sehen, junger Mann."

Er nahm meinen Arm und besah ihn sich von allen Seiten.

„Haben Sie Rheuma?"

Ich schüttelte den Kopf.

„Chronische Überbelastung des Armes. Vielleicht zu viel an die Tafel geschrieben?

„Möglich."

„Haben Sie sich in letzter Zeit gestoßen?"

„Allerdings, beim Volleyball."

Ich hatte, seit ich an der Schule war, nicht ein einziges Mal gespielt.

„Das wird es sein. Hören Sie bei ruckartigen Bewegungen manchmal ein Knirschen oder spüren Sie den schnellenden Finger?"

„In den letzten Tagen häufig." Ich kannte nur Lang- und Stinkefinger.

„Typische Sehnenscheidenentzündung, junger Mann. Der Arm wird eingebunden und stillgelegt. Das Plakat wird wohl jemand anders tragen müssen. Gibt doch bestimmt Kollegen an der Schule, die sich das zur besonderen Ehre anrechnen werden?"

Doktor Engel sah mich an und ich konnte lediglich ein eigenartiges Glitzern in seinen Augen sehen, das mich an meinen Großvater erinnerte, wenn er meine Großmutter auf den Arm nahm.

„Den Verband macht Schwester Helene."

Direkt fromm sieht die aber nicht aus, dachte ich.

Er wies mit der Hand ins Nebenzimmer.

Schwester Helene schmierte eine weiße Salbe auf meinen Unterarm und massierte das Zeug ein. Ihre Brust berührte mehrfach meine Schulter. Mir wurde heiß und ich hatte Angst, dass mein elfter Finger schnellen könnte. Als die Salbe einmassiert war, legte sie meinen Arm über ihren Schoß und begann die Binde um meinen Unterarm zu wickeln. Sie sah mir mehrmals in die Augen und ich ihr in den Ausschnitt.

„Sie sollten zwei Mal pro Woche diese Salbe auftragen, Herr Hohndorf."

„Bin mit der linken Hand sehr ungeschickt, Fräulein ..."

„Heinemann, Herr Hohndorf, „Aber Schwester Helene genügt."

Wie soll ich die Binde wieder festkriegen?"

„Da wird sich doch sicher jemand finden?"

„Ich lebe allein."

„Ohne weibliche Fürsorge, das ist ja echt traurig."

„Ist es," bestätigte ich.

„Was machen wir denn da mit dem armen Patienten?"

„Gibt es keine Hausbesuche?"

„Der Herr Doktor macht nur noch bei sehr schwer

kranken Patienten Hausbesuche."

„Ich hatte nicht so sehr an den Doktor gedacht."

„Herr Hohndorf, Herr Hohndorf?"

„Ich könnte ja so zwei Mal pro Woche zu Ihnen kommen?"

„Wenn Sie sich die Zeit nehmen wollen?" Sie grinste mich dabei so an, dass ich wusste, das Sie wusste, was ich wollte.

***

Ich ging, da ich sehr auf meine Gesundheit bedacht war, drei Mal pro Woche zu Schwester Helene und ließ mich eincremen. Ihre ziemlich weit offene Bluse und der oben nicht geschlossene weiße Kittel festigten meine Überzeugung, dass der liebe Gott bei der Gestaltung ihrer weiblichen Attribute einen Tag erwischt hatte, wo der himmlische Nektar mit Sicherheit 40 Volumenprozent hatte und die Fantasie des Oberhirten, seine Modellierfähigkeiten betreffend, sehr stark angeregt war.

Dann kam der 1. Mai und der sozialistische Friedensstaat musste auf seinen wichtigsten Plakatträger verzichten. Ich latschte mit der Herde an den dümmlich grinsenden Genossen auf der Tribüne vorbei und verschwand anschließend mit Meisner in dessen Garten. Die beste Medizin gegen Ärger war immer noch Bier. Gegen viel Ärger half nur viel Bier, und wenn man sich über sich selbst ärgerte, half nur noch Kompott zum Bier.

„Auf die Feigheit der Kompromissbereiten!" Ich hob mein Glas.

„Wieso Feigheit?" Klaus sah mich verständnislos an.

Ich zeigte mit der linken Hand auf meinen rechten Arm. „Hätte doch einfach Nein sagen können."

„Manchmal ist Feigheit Vernunft und Mut Dummheit", grinste Meisner. „Soweit ich das beurteilen kann, scheint dir der Beruf doch inzwischen zu gefallen."

„Stimmt, aber wenn Feigheit zur zweiten Natur wird, wie willst du dann noch in dem Beruf arbeiten?"

„Nur die intelligentesten Lebewesen haben durch Anpassung die Jahrtausende überlebt." Meisner lachte und hob sein Schnapsglas. „Prost, Felix, auf die Plakatträger dieser Welt! War doch eine Augenweide, wie der Herr Parteisekretär das Plakat DIE DDR – RETTER DES FRIEDENS weithin sichtbar erhobenen Hauptes und stolz lächelnd an den Genossen der Sozialistischen Einheitspartei Deutschlands vorbei geschleppt hat."

Meisner goss noch zwei Korn ein, obwohl ich abwinkte. Ich hatte heute Abend mein erstes Rendezvous mit der schönen Helene.

„Auf die Diktatur des Proletariats", lachte Meisner und hob sein Glas.

„Und dass Heuchelei zum Überlebensprinzip wird!"

„Ich hab doch gewusst, dass du ein schlaues Kerlchen bist, Felix", grinste Klaus.

„Prost Klaus! Auf den schnellenden Finger und dann

bis morgen."

„Und pass auf dich auf, nicht nur Sehnenscheiden können sich entzünden", rief Meisner mir lachend nach, als ich am Gartentor war.

Ich stieg hoch in meinen Horst, schmiss mich auf die Liege und verschlief den Rest des Tages. Als ich erwachte, war es 19 Uhr. Ich machte mich frisch und trabte Richtung Marktplatz.
Treffpunkt Capitol.
Keine Helene.
Ich stand da wie bestellt und nicht abgeholt.
Nach der dritten Zigarette war klar, die schöne Helen hat dich verarscht, Felix.
Die Karten kannst du verschenken.
Doch sie kam.
In einem gelben Kleid.
Sie sah mich an und ich ließ die Eintrittskarten fallen. Sie bückte sich und mir blieb die Luft weg. Ich hatte jetzt eine ungefähre Vorstellung, was Frühlingsgefühle anrichten konnten.
Als ich einigermaßen wieder zu Atem kam, saß ich bereits in der letzten Reihe.
Manfred Krug spielte die Hauptrolle. Ein Stahlwerker, der zur Schauspielschule delegiert und wegen Widerspenstigkeit geext wird, lernt Ottilie kennen und verliebt sich.
Mehr kriegte ich nicht mit.
Meine rechte Hand lag über Helenes Schulter und war glühend heiß. Der Film rauschte an mir vorbei wie ein

D-Zug, wenn du nah am Bahndamm stehst.

Dann kam der Song: „Stell die Sorgen in die Ecke, nimm dir deinen Hut. Spazier doch auf der Sonnenseite, dann wird alles gut."

Bei `Sonnenseite´ rutschte meine Hand etwas tiefer und ich berührte Helenes Brust.

Ich verlor vorübergehend das Bewusstsein. Als ich wieder zu mir kam, war der Film zu Ende.

Ich brachte das gelbe Kleid nach Hause. Dreistöckiger Neubau. Ruhige Seitenstraße, dann Felder.

„Möchtest du noch ein Glas Wein?" Helene sah mich dabei nicht an.

„Gern", sagte ich und räuspert mich, da meine Stimme durch einem im Hals steckenden Ochsenfrosch stark blockiert wurde.

Sie schloss die Haustür auf. Wir traten ein. Ich versuchte sie im Flur zu küssen, aber sie wehrte mich ab.

Zweites Obergeschoss. Ein lindgrüner Korridor, einschließlich der Flurgarderobe. Das Wohnzimmer warf mich um. Möbel, wie ich sie nur aus Westkatalogen kannte, ein Fernseher, der alles, was ich bis dahin gesehen hatte, in den Schatten stellte. Ich hatte keinen, nur ein altes Radio.

„Kannst den Mund wieder schließen, Herr Felix."

„Ich glaub, ich brauch was zu trinken."

„Vielleicht einen Chianti oder lieber ein Radeberger und einen guten alten Bols?"

Mann, wo war ich hier hingeraten? Bei Jo fühlte ich mich schon wie das arme Dorfschullehrerlein, aber hier war ich nur noch ...lein.

„Setz dich, Herr Felix."

„Könntest du das Herr weglassen?"

„Nein."

„Warum sagst du das?"

„Weil es mir gefällt. Der Doktor hat mich vorgestern gefragt, wie es meinem Herrn Felix ginge, und das gefiel mir."

Sie holte Gläser aus einer Eckvitrine, brachte eine Flasche Bols und ein Bier aus der Küche und goss ein.

„Und du?"

„Mineralwasser reicht mir."

Die Unterhaltung war mehr ein Monolog, ich hörte zu. Oder besser gesagt, ich täuschte Zuhören vor. In Wirklichkeit kreisten meine Gedanken darum, wie ich das ganze Vorgeplänkel abkürzen und aus der frommen Helene eine unfromme machen könnte.

Sie kam mir zuvor.

„Wenn du willst, kannst du hier schlafen."

Ich begann um meinen Verstand zu fürchten.

„Mach dir aber keine falschen Hoffnungen, Herr Felix. Ich hab von Schlafen gesprochen."

Ich sagte nichts, sah Helene nur mit einem Blick an, den sie sicherlich in die Kategorie fortgeschrittene Demenz einordnete.

„Zum Bad erste Tür rechts." Ihre kakaobraunen Augen funkelten, aber ich konnte das Funkeln nicht deuten.

Ich ging ins Bad, spritzte mir eiskaltes Wasser ins Gesicht, machte mich schön für die Nacht mit einer Seife Namens Fa und sah dann in den Spiegel.

128

Der Felix mir gegenüber sah mich nur schweigend an und ich fragte ihn: „Wo, verdammt, ist hier der Haken? Sollst du ausgeraubt werden?"

Spiegelfelix lachte: „Was wäre denn bei dir schon zu holen?"

„Dann sag mir doch, warum so eine Superschnecke auf einen Windhund wie mich scharf ist?"

„Die riechen das."

„Was?"

„Dass du ein scharfer Hund bist und dass es sich lohnen könnte, so einen lüsternen Knaben wie dich an die Kette zu legen. Vielleicht verspricht man sich ein lang anhaltendes Vergnügen mit dir."

Es klopfte an der Badezimmertür: „Bist du schon eingeschlafen, Herr Felix?"

Ich zog meine Hose hoch und öffnete.

Helene sah mich sonderbar an und sagte: „Du kannst schon ins Schlafzimmer gehen, die Tür ist offen."

Ich ging.

Und blieb wie vom Blitz getroffen stehen.

Altrosa und Gold. Weißer Schleiflack. Aufgeschlagene Ehebetten.

Ach du Scheiße, dachte ich. Der Alte ist sicher zum Lehrgang oder zur Weiterbildung und die Kirsche nutzt die Gunst der Stunde.

Mit einem mulmigen Gefühl zog ich mich bis auf die Unterhose aus, legte mich ins Bett und sah mich um. Auf dem Nachttisch lag Falladas `Wer einmal aus dem Blechnapf frißt`. Sollte der Herr des Schlafzimmers überraschend seinen Lehrgang unterbrechen, würde wahrscheinlich einer von uns beiden aus eben dieser Blechschüssel fressen müssen.

Auf dem Bücherbord über dem Bett stand eine Reihe weiterer Bücher: Fontane, Rilke, Traven, Remarque, Zola, Kästner, Heine … .

Interessante Mischung, dachte ich.

Dann kam der dritte Ohnmachtsanfall.

Helene schwebte ein.

Türkis. Flatterhemd. Dekolletee.

Bis auf die Schulter fallendes, glänzendes dunkelbraunes Haar.

Der Duft von Jasmin.

In der Hand zwei Sektkelche.

Sie ging zur anderen Bettseite, reichte mir die Gläser und legte sich. Ihre Hand griff nach einem der Kelche, der in meiner Hand so zitterte, dass schon etwas vom Inhalt auf dem Deckbett gelandet war.

„Prost, Herr Felix."

Wir stießen an. Ich trank das Glas in einem Zug leer.

Helene nippte nur, stellte es auf den Nachttisch und drehte sich zu mir.

„Ich bin nicht verheiratet, Herr Felix, auch wenn es den Anschein hat. Aber es hat nicht viel gefehlt. Der, mit dem ich es versuchen wollte, hat noch rechtzeitig die Kurve gekriegt. Nicht vor der Hochzeit, sondern vor der Mauer. Wollte die große weite Welt erkunden. War nicht mein Ding."

Sie sagte eine Weile nichts, sah an die Decke.

„Wir hatten das Nest schon eingerichtet, aber zum Brüten kam es nicht mehr. Wer weiß, wozu es gut war.

Bist übrigens der erste Mann, der seitdem Zutritt zu meiner Kemenate hat, und jetzt würde es mir gut tun, wenn du mich küssen möchtest."

Ich sagte nichts, kroch zu ihr, nahm sie in den Arm und kam ihrem Wunsch nach. Ich spürte, wie gierig Helene war. Ihre Zunge war heiß und sehr beweglich. Ihr Gesicht glühte wie heißer Sand in der Hitze der Hundstage. Ich legte meine Hand auf die ebenfalls glühende Haut ihrer festen Brust und begann sie an der Seite, wo die Haut besonders zart und empfindlich ist, zu streicheln.

Helene stöhnte und ihre Küsse wurden wilder und wilder. Ich fuhr mit dem Daumen über die aufgerichtete, harte Brustwarze. Sie presste ihren Unterleib gegen meinen. Ihre Hand glitt tiefer und ergriff den Stab des Lichtes.

Ich löste mich von ihrem Mund, nahm die Spitze ihrer Brust in den Mund und umfuhr mit der Zunge ihr Glühlämpchen.

Helene begann sich in meinen Armen zu winden. Ich griff nach unten und schob meine Hand zwischen ihre heißen Schenkel.

Verdammt, sie hatte noch etwas an.

Sie schob meine Hand wieder nach oben.

„Das geht nicht." Ihre Stimme war so heißer, dass ich kaum etwas verstand.

„Wozu hast du mich dann mit genommen? Willst du mich foltern?" Ich lachte gequält und verlegen, um die Situation zu entschärfen.

„Tut mir leid, Herr Felix. Tut mir wirklich leid, aber

ich kann das Alleinsein nicht mehr ertragen und ich habe mich an dem Tag, als du in der Praxis auftauchtest, in dich verliebt."

Ich sagte nichts, sah Helene nur fragend an.

„Hab da unten Besuch."

„Kein Problem", flüsterte ich, aber das stimmte nicht. Ich würde morgen garantiert wieder diese ziehenden Schmerzen im Unterleib haben, die ich hasste und die mich immer heimsuchten, wenn ich zum Schießen animiert wurde und dann doch nicht zum Schuss kam.

Helene begann mich wieder zu küssen.

Ihre Hand glitt nach unten.

Sie war warm und weich.

„Entspann dich, Herr Felix.

Die warme Hand tat mir gut.

Helene begann an meinem Ohr zu knabbern.

„Oh!" Ich presste mich ihr entgegen.

Ihre Zungenspitze bohrte sich in meine Ohrmuschel und ihre Hand begann sich zu bewegen. Die Bewegung wurde schneller. Ich passte mich den Bemühungen ihrer Hand an. Mein Mund fuhr über ihre Brust, ich nahm die Spitze in den Mund und begann daran zu saugen.

Helens Hand verstärkte den Druck.

Als sie merkte, dass bei mir gleich das Licht angehen würde, zog sie mich auf sich.

***

Meine Projekt zeigte erste Erfolge. Mathe war plötzlich das Lieblingsfach fast aller Schüler. Die größte Strafe für eine Zweiergruppe, die ihr Arbeitsblatt abgegeben hatte, war, wenn ich mich nicht dazu äußerte.

Sie gierten nach Lob.

Nachdem das Projekt beendet war, stellte ich eine Klassenarbeit zusammen. Das Ergebnis war überraschend. Der Notendurchschnitt hatte sich nicht wesentlich verbessert. Aber die schwachen Matheleute hatten sich an Aufgaben heran getraut, die sie vorher überhaupt nicht erst angefangen hätten.

Ich bereitete für Juni ein neues Projekt vor.

Die Wochen verstrichen zwischen Jo, Helene und dem Grünen Heinrich. In Dienstberatungen, wenn Sockentrude mit vor Begeisterung glänzenden Augen und dicken Speichelbläschen in den Mundwinkeln von ihren heißgeliebten Lipezker Erfahrungen sprach, träumte ich von der `Rossantilope` an Jos Wohnzimmerwand. Wenn dann Genosse Eichinger im Parteilehrjahr, zu dem auch alle Nichtgenossen verdonnert waren, von der Expropriation der Expropriateure faselte, dachte ich an Helene.

Jo und Helene.

Manchmal regte sich mein Gewissen. Dann ging ich schnell in den Grünen Heinrich. Ich brauchte beide. Ein Leben ohne die Nächte mit Jo konnte ich mir nicht vorstellen und ein Leben ohne Helene war genau so unvorstellbar.

Irgendwann würde die Bombe platzen, da war ich mir sicher. Bis dahin, genieß es, Herr Felix.

Das Leben ging trotz aller Probleme, die das einzelne Individuum hatte oder sich einbildete, weiter.

Am Freitag stand der ABV vor meiner Klassenzimmertür.

Mit Doris.

Sie hatte in einer HO-Verkaufsstelle eine Süßtafel geklaut.

Scheiße, verdammte, dachte ich. War sicher ein gefundenes Fressen für Sockentrude, mir wieder einen Einlauf bezüglich meiner mangelnden Pionierarbeit zu machen.

Ich musste die Eltern einladen. Der Vater arbeitete als Ingenieur in der Chemiebude und die Mutter war Lehrerin an einer anderen Schule.

Die Eltern waren fassungslos.

Doris sagte kein Wort.

Wir beschlossen, dass die Mutter mit Doris in den Laden gehen würde, das Mädel sollte sich entschuldigen. Die Süßtafel würde sie von ihrem Taschengeld bezahlen.

Erledigt, dachte ich.

Wir hatten als Jungs mehrfach Brausepulver in Hoffmanns Kolonialwarenladen geklaut.

Mutprobe.

Also mach kein Drama draus, Felix.

Das Drama machte Sockentrude. Wie sie davon erfahren hatte, war mir schleierhaft.

Ich musste zum Rapport.

„Diebstahl von Volkseigentum. Eine Schülerin unserer Schule … „

134

Ich schaltete ab.

Von Silberblick wusste ich über Volkseigentum recht gut Bescheid. Mal brauchte einer zwei Sack Zement, mal ein paar Bretter, mal Schrauben und Nägel, und da all dieses Zeug Mangelware war, wurde es vom Betrieb abgezweigt.

Deputat nannte man das.

„ … und die Aufgabe der Schule ist es, die Schüler auf das Leben und die Arbeit im Sozialismus vorzubereiten, die Schüler zur Solidarität und zur Liebe zur Arbeit …"

Ich legte den Schalter erneut um.

Mit der Liebe war das so eine Sache, natürlich nicht die zur Arbeit. Ich musste Jo besuchen. Einen Mittwoch hatte ich bereits ausgelassen. Jo musste mir helfen, damit dieses Gefühl für Helene nicht ausuferte.

Ich hatte mich verliebt. Das war nicht mehr nur Sex und Sympathie. Das war mehr. Für eine feste Bindung war ich allerdings noch nicht bereit. Viel zu jung, der Herr Felix.

Wilde Böcke bringt die Ehe schnell zur Strecke. Verheiratet zu sein war etwas, was ich mir überhaupt nicht vorstellen konnte. Lieber nicht, Herr Felix. Lass dir von Jo …

„…Sozialismus braucht Menschen, die ihr Vaterland lieben und das Volkseigentum achten."

Ich blickte zum Fenster hinaus.

„Was, Herr Hohndorf, gedenken Sie in dieser, den Ruf unserer sozialistischen Schule schädigenden Angelegenheit zu tun?"

„Es wird keinen Pranger geben."

Ich drehte mich um und ging zur Tür, hörte noch etwas von Schulrat und Abteilung und knallte die Tür zu. Unhöflichkeit war sonst nicht meine Art, aber die Alte ging mir mit ihrem Sozialismus derart auf die Nerven, dass ich einen Knall brauchte.

Am nächsten Tag sprach ich noch einmal mit Doris unter vier Augen. Sie war verknallt, gestand sie mir und hatte für Bernd aus der sechsten geklaut.

Die Liebe ist eine Himmelsmacht, die aus braven Kindern Diebe macht. Mein Lachen ließ ich nur bis zum Hals steigen, dann schluckte ich es wieder runter.

Am nächsten Tag, nach der fünften Stunde, verlangte Sockentrude erneut nach mir. Sie stand mit versteinertem Gesicht hinter ihrem Schreibtisch.

„Bitte nehmen Sie Platz, Herr Hohndorf!"

Das war neu, hatte aber den Vorteil für sie, dass sie jetzt auf mich herabblicken konnte.

„Es gab einen Anruf von der Bezirksleitung, ihren Unterricht der letzten Wochen betreffend."

Ich blieb stumm. Herrmann, der Vater von Erika, war bei der Bezirksleitung. Erika war ein liebes Mädchen, aber ihre geistigen Potenzen … .

„Sie sitzen im Unterricht, lesen Zeitung und überlassen die Kinder sich selbst?"

Die ersten Speichelbläschen.

„So könnte man es auch sehen", sagte ich.

„Wie sollte man es sonst sehen, wenn man fragen darf?"

Sockentrude übte sich in Selbstbeherrschung. War neu

und wahrscheinlich gefährlich. Wenn sich die Bezirksleitung einschaltete, war ihr guter Ruf in Gefahr.

„Motivation durch Selbsttätigkeit", sagte ich.

„Wenn Lehrer im Unterricht Zeitung lesen?"

„Man muss sich bilden." Mir war klar, das meine Antwort ungehörig war, aber ich wusste mir gegenüber von so viel Beschränktheit nicht anders zu helfen.

„Verdammt, junger Mann, wollen Sie mich auf den Arm nehmen?"

Ein Mensch stand vor mir, ein richtiger Mensch mit Emotionen, ein Fluchender. Trotzdem hätte ich sie nicht auf den Arm genommen.

Ich blieb vorsichtshalber stumm.

„Zu Ihrer Information Herr Hohndorf, wir sehen uns am Dienstag in der Abteilung. Ihre Selbstgefälligkeit, Ihre Ignoranz und wie sie die Ethik des Lehrerberufs mit Füßen treten, kann ich nicht mehr hinnehmen. Ich hospitiere morgen in der dritten und vierten Stunde bei Ihnen. Und noch etwas, Ihre Zusammenarbeit mit den Eltern lässt ebenfalls sehr zu wünschen übrig. Sie haben erst 35 Prozent der Eltern besucht."

Sie holte tief Luft und die Speichelbläschen zogen sich zurück.

Wenn ich die Besuche bei Jo mitzähle, dachte ich, komme ich locker auf fünfhundert Prozent.

***

Mittwoch.

Ich freute mich auf Jo. Der Sex mit Helene war wunderschön, aber noch von großer Zurückhaltung geprägt und oft bestand sie auf der Benutzung eines Gummis. War für mich wie Doppelkorn ohne Alkohol.

Klar war mir früher oft Angst und Bange gewesen.

„Hast du deine Tage gekriegt, Barbara?"

„Noch nicht, bin schon eine Woche drüber."

Verdammt und zugenäht.

Dann, drei Tage später: „Gott sei Dank, Felix, der Besuch ist diese Nacht gekommen."

Großes Aufatmen!

Vater zu werden als Student, war nicht das Erstrebenswerteste. Sex war bei den meisten Frauen immer mit Angst vor ungewollter Schwangerschaft verbunden. Unter den reiferen Jahrgängen sollte es noch Frauen geben, die daran glaubten, dass sie sofort nach dem Sex in die Hocke gehen und kräftig niesen sollten. Die Spermien würden dadurch heraus geschleudert.

Nies mal gleich danach und auf Kommando.

Ich hatte gelesen, dass im Mittelalter die Frau nach dem Akt einen Frosch drei Mal ins Maul spucken sollte, damit sie nicht schwanger wurde.

Auf Helenes Nachttisch ein Glas mit Wetterfrosch und sie fängt an zu spucken. Fraglich, ob der Frosch das Maul zur rechten Zeit aufmachen würde.

Im alten Griechenland führten sich die Damen Zäpfchen aus Krokodilkot ein.

Pfui Teufel! War ja wie Analverkehr mit eine Echse.

Blinddärme von Schafen oder Schwimmblasen von Fischen als Kondome?

Casanova sollte hier sehr erfinderisch gewesen sein. Soll die Dinger ausgewaschen und wiederverwendet haben.

Ich sah eine Leine mit Schafsdärmen zum Trocknen in Helenes Bad.

Kondome waren jedenfalls das Letzte. Schon dieser Gummigeruch machte mich impotent. Jo bevorzugte die Knaus-Ogino-Methode, und wenn der Mittwoch ungünstig lag, benutzte sie irgend eine Creme.

Dieser Mittwoch lag günstig.

Freie Fahrt.

Meine Vorfreude wurde allerdings sofort gedämpft. Jo stand mit einer Tasche in der Hand vor der Tür.

Ich erschrak.

Hatte der Bäckermeister sie rausgeschmissen und sie wollte mit zu mir?

Jo lachte über mein entsetztes Gesicht. „Ich muss ganz einfach mal raus hier, Felix", flüsterte sie. „Kann den Mehlgeruch nicht mehr ertragen. Nimm das vordere Rad und fahr vor, wir treffen uns am Markt."

Ich schnappte mir die alte Mühle von Fahrrad und strampelte los. Am Marktplatz, im Schatten der Kirche, wartet ich auf Jo.

Sie kam wenige Minuten nach mir, stieg ab, lehnte ihr Rad an einen der Seitenpfeiler und trat zu mir in den Schatten. Ich drückte sie fest an mich und küsste sie.

Ich war so was von scharf, dass mir das Atmen schwer fiel. Meine Hand fuhr unter ihre Bluse. Wie immer, nichts darunter.

„Nicht hier, Felix", lachte Jo und schob mich weg. „Ich

will die Sterne sehen. Lass uns zum See raus fahren."

Die Nacht war sternenklar und warm. Wir radelten an die fünf Kilometer, dann sahen wir den ersten Schilfgürtel und vereinzelte Angler. Wir fuhren auf die andere Seite, die mit Ginsterbüschen bestanden war.

Jo öffnete ihre Tasche und breitete eine Decke auf der Wiese aus, die zum Feld hin durch mehrere große Ginsterbüsche geschützt war. Dann kamen zwei Flaschen Weißwein, ein Paket mit Brötchen und eine Schachtel Ernte 23 zum Vorschein.

Der Wein war kalt und ich goss zwei Gläser voll. Ich trank mein Glas in einem Zug leer und griff nach Jo. Sie wehrte ab. „Erst die Abkühlung, das fördert die Durchblutung."

Jo lachte, zog ihr Kleid über den Kopf und ging ins Wasser. Ich fuhr aus Hemd und Hose, streifte Unterhose und Socken ab und ging ihr nach.

Verdammt, war die Brühe kalt. Als das Wasser meinen Punkt erreichte, zuckte ich zurück. Er würde sehr klein werden, dachte ich. Jo würde ihn wieder auftauen müssen. Sie stand bereits bis zum Hals im Wasser und lachte, als sie mein Zögern sah.

„Komm schon, das wächst wieder", grinste sie.

Ich ging auf sie zu, packte ihre Hüfte und drückte sie an mich. Aber es war so gut wie nichts da, was ich dagegen drücken konnte. Jo griff mit der Hand danach, aber der kleine Glasaal hatte sich vor der Kälte des Wassers ganz zurück gezogen. Jo tauchte unter und küsste das winzige Aalköpfchen. Und siehe da, der kleine Glasaal wurde zum Steigaal.

Jo tauchte wieder auf, lachte und sagte: „Hätte nie gedacht, dass Aale so schnell wachsen können. Während sie ihn mit der Hand fest hielt, suchte ich nach ihrer Muschel. Ich versuchte, den Aal darin zu versenken, aber es ging nicht. Die Muschel blieb geschlossen.

Jo nahm meine Hand und zog mich ans Ufer. Wir trockneten uns ab und legten uns auf die Decke. Ich aß ein Brötchen, trank ein Glas Weißwein dazu, aß noch ein Brötchen, trank noch eine Schluck Wein und brannte uns zwei Zigaretten an. Wir legten uns auf den Rücken, rauchten und sahen in den Sternenhimmel. Jo legte ihre Hand in meine.

Ich dachte an Helene.

Junge, du sitzt in der Patsche.

Ich wusste, dass ich von Jo nur schwer loskommen würde. Und ich wusste auch, dass es mich bei Helene erwischt hatte.

Werd` Moslem oder Mormone, dann kannst du beide behalten.

Du denkst gequirlte Scheiße, Herr Felix. Herr Felix berührte mich irgendwie merkwürdig.

„Die Zeit wird`s richten," sagte meine Großmutter immer, wenn die Kacke am Dampfen war. Käse! Die Zeit wird`s schlimmer machen für alle.

Ich wusste, dass es Jo schwer treffen würde und ich wusste auch, dass ich ein verdammt feiger Hund war.

Jos Hand begann meine zu drücken.

„Woran denkst du?"

„An dich," log ich.

„Alter Schwindler. Ich spür` genau, wenn du an mich denkst."

Sie zog mich zu sich, strich mit der Hand über mein feuchtes Haar und küsste mich. Ich legte meine Hand auf ihre kalte, straffe Brust. Jos Kuss wurde heftiger. Ich presste sie an mich, als hätte ich Angst, sie zu verlieren. Ihre Hand glitt nach unten und schnappte sich das Aalchen. Es begann sofort zu wachsen. Jo legte sich auf mich. Mit dem Kopf zwischen meine Oberschenkel. Ich wusste, dass sie die 69 wollte. Ich packte ihre Hüften und hob sie leicht an. Als ihr Mund den Aal küsste, sah ich ein fernes Wetterleuchten, das aber nur durch die Überspannung in meinem Kopf zu Stande kam. Dann entwickelte sich aus dem Wetterleuchten ein Tornado. Blitze zuckten wild gezackt durch meinen Körper und dann entlud sich die angestaute Spannung in einem gewaltigen Donnerschlag.

Ich starb.

Und Jo starb über mir.

Was für ein schöner Tod, der uns dahingerafft hatte. Sterben unterm Sternenhimmel, was konnte schöner sein?

Wir blieben so liegen, wie uns der Blitz erwischt hatte. Nach einer Weile kam Jo nach oben, legte ihren Mund an mein Ohr und flüsterte: „Ich liebe dich, Felix."

„Ich liebe dich auch", flüsterte ich zurück und hatte ein verdammt schlechtes Gefühl dabei. War die wahnsinnige Gier nach Sex mit Jo Liebe oder war es Animalismus? Gewann der Schimpanse in mir die

Oberhand, wenn er das Weibchen roch und seinen Trieben bedenkenlos folgte. Der Fortpflanzungstrieb sollte es sein, der uns in die Wollust trieb, unsere Vernunft abschaltete und uns zum Tier machte. Ich war mir da nicht so sicher. Wenn das Rhesusmännchen im Zoo auf seine Affenweiber sprang, dachte der garantiert nicht daran, kleine Affen zu machen.

War ich ein Affe?

Wie würde es mit Helene weitergehen?

Würde ich mich von Jo lösen können?

„Woran denkst du, Felix?"

„An die Unendlichkeit des Weltalls."

„Lügner. Dich bedrückt doch was?"

Was für ein Glück, dass Frauen nicht Gedanken lesen konnten. Reicht schon, das sie einen Sinn mehr als wir Männer hatten. Den Spürsinn.

„Stimmt."

„Erzähl!"

Das, was mir am schwersten auf der Seele lag, behielt ich lieber für mich.

„Ärger in der Schule", sagte ich. „Muss zur Abteilung Volksbildung. Herrmann hat sich über meine Unterrichtsmethoden beschwert."

„Herrmann von der Bezirksleitung?" Jo hatte sich aufgerichtet.

„Genau der. Ich würde die Kinder sich selbst überlassen und im Unterricht Zeitung lesen."

„Herrmann?" Jo war empört. „Der ging mit mir in eine Klasse. War ziemlich schwach in der Schule. Hat Tischler gelernt, aber die Prüfung nicht bestanden. War dann großer FDJler und ist durch irgendwelche Gönner bei der Kreis- und später bei der Bezirksleitung gelandet."

Jo hatte sich aufgerichtet. Ihre Augen funkelten vor Zorn. „Der Heini will kaputt machen, was den meisten Kindern so viel Spaß macht?"

„Sieht so aus. Wo käme der erste Arbeiter-und Bauernstaat auf deutschem Boden hin, wenn die Lehrer im Unterricht Zeitung lesen, statt den Kindern die hehren Ziele des Sozialismus in die Herzen zu pflanzen?"

„Hast du?"

„Was?"

„Zeitung gelesen."

„Selbstverständlich."

Jo sah mich ungläubig an.

„`Jugend und Technik`, eine Zeitschrift mit guten naturwissenschaftlichen Beiträgen. Hab einiges daraus für mein Matheprojekt genutzt."

Jo sagte nichts. Ihr Blick schweifte über den See und auf ihrer Stirn bildeten sich Falten. Ich brannte mir eine Zigarette an und schob meine Hand unter ihren Schenkel.

„Nimm Heinze mit."

„Silberblick?"

„Klar, der ist Genosse, aber einer von der echten Sorte. Der glaubt an seinen Sozialismus und drischt keine Phrasen. Außerdem ist er absolut begeistert von deinem Projekt. War neulich im Laden und hat mich gefragt, ob er dich fragen könnte …"

„Weiß der was von uns?" Ich sah Jo erschrocken an.

„Und wenn?" Sie blickte mir in die Augen.

„Egal", sagte ich.

„Jedenfalls soll ich dich fragen, ob wir bei deinem nächsten Projekt eine Stunde hospitieren könnten?"

„Und du denkst, der geht mit?"

„Ich ruf ihn morgen an."

„Wär` vielleicht nicht schlecht."

Jo stand auf, ging zum Wasser und holte die zweite Weinflasche aus dem See, die ich dort deponiert hatte.

Ich goss die Gläser voll.

„Auf die zeitunglesenden Mathelehrer dieser Welt!", Jo hob ihr Glas.

„Auf alle verliebten Bäckersfrauen im Umkreis von zwei Metern," erwiderte ich.

Jo nahm einen Schluck Wein, warf mich auf den Rücken und flüstert mir ins Ohr: „Das wirst du büßen, du vorlauter Knabe."

Ihre Hand griff den schlafenden Glasaal und siehe da, er wurde wieder zum strammen Steigaal. Als Jo ihren heißen Atem über ihn blies, hielt es nicht mehr aus, warf sie auf den Rücken und versenkte den Aal zwischen den Klappen der Muschel. Der Aal gebärdete sich, als würde er am Haken eines Anglers hängen. Er zuckte wie wild hin und her, stieß tief in die Muschel hinein und zog sich wieder zurück.

Jos Kopf kam nach oben und ihr heißer, feuchter Mund suchte meine Lippen. Wir saugten uns aneinander fest. Dann stieß sie einen tiefen kehligen Laut aus, ihr Mund löste sich von meinem und ihr Kopf flog wie ein außer Kontrolle geratenes Perpendikel hin und her.

145

Ihr Leib bäumte sich unter meinem Gewicht auf und drohte mich abzuwerfen. Ich drückte sie mit aller Kraft auf die Decke zurück, presste den Aal mit einem Druck von 100 Atmosphären in die Muschel und ließ ihn explodieren.

Wir lagen lange schwer atmend nebeneinander. Dann stand Jo auf und stieg ins Wasser.

Ich brannte mir eine Zigarette an und trank noch ein Glas Wein.

„Geh`n wir", fragte ich, als Jo zurück kam.

Sie schüttelte den Kopf.

Mir wurde langsam kalt.

Jo schlug die Hälfte der großen Decke über uns und wir sahen in den Nachthimmel.

***

„Hartmann." Der Inspektor gab mir und Silberblick die Hand, die linke. Der rechte Ärmel war leer.

„Hohndorf", sagte ich.

„Heinze", sagte Silberblick.

Sockentrude und Eichinger stellten sich nicht vor. Man kannte sich.

„Würde es Ihnen etwas ausmachen", er sah Heinze und mich fragend an, „wenn ich zuerst ein paar Worte mit der Schulleiterin spreche?"

Wir schüttelten die Köpfe.

Sockentrude verschwand mit diesem Herrn Hartmann

hinter einer graugrünen Tür.

Ich gab Heinze mit dem Kopf ein Zeichen. Wir gingen raus, brannten uns eine an und setzten uns auf eine Bank.

Die Abteilung war in einer großen Baracke im Hinterhof des Rathauses untergebracht.

Nach 7 oder 8 Minuten kam Eichinger raus. „Wir können."

„Du kannst mich schon lange mal", knurrte ich so, dass er es hörte.

Sockentrude hatte wieder einen rotfleckigen Hals und den üblichen weißen Speichel in den Mundwinkeln.

Wir nahmen Platz.

Hartmann sah mich an. „Sie sind noch sehr jung, Herr Hohndorf."

„Stimmt", sagte ich, „deshalb haben die mich auch nicht beim Volkssturm genommen."

Eichinger stieß einen komischen Laut aus. Sockentrudes rote Halsflecke krochen zu den Ohren und Heinze gab mir einen Tritt gegen das Schienbein.

Der Herr Inspektor sah mich eine Weile an, grinste und sagte: „So ähnlich hab ich Sie mir vorgestellt. In der Pubertät hab ich genauso reagiert."

Das saß.

Die roten Flecke wechselten zu mir.

Heinze feixte.

Es klopfte. Hartmann stand auf und öffnete die Tür. Ein kleiner, untersetzter Mann mit spärlichem Haarwuchs trat ein.

Herr Wichtig, dachte ich.

„Genosse Ganzauge", stellte Hartmann vor. „Da die Beschwerde von der Bezirksleitung kommt, wollte der Schulrat dabei sein."

Genosse Ganzauge blieb stehen, sah in die Runde und blieb mit seinen wasserhellen Augen an mir hängen. „Zeitung lesen im Unterricht. Nicht zu fassen. Überlässt die Schüler einfach sich selbst. Diskredidiert die gute Arbeit der Pädagogen des ganzen Kreises und bringt letztlich selbst die Abteilung in Verruf. Was haben Sie sich dabei gedacht, junger Mann?"

Ich vermutete, dass er auf keine Antwort meinerseits Wert legen würde. Und so war es.

„Die Aufgabe dieser unserer sozialistischen Schule besteht in der hehren Aufgabe, die uns anvertraute und uns vertrauende junge Generation zu allseitig gebildeten Persönlichkeiten zu erziehen, die fähig und bereit sind, den Sozialismus aufzubauen und zu verteidigen. Der gemeinsame Kampf aller fortschrittlichen Pädagogen und aller antifaschistichen Kräfte unseres Volkes ..."

Der Schalter kippte von allein um.

Ich dachte an Helene. Es ging ihr nicht gut. Ruhr. Sie lag im Krankenhaus. Diese typische Gefangenlager und KZ-Krankheit hatte sich von Ostberlin in die Republik ausgebreitet. Es wurde von Toten gemunkelt und von verseuchter chinesischer Butter.

„... und unser Herr Hohndorf, statt seine Thälmannpioniere zur Liebe zur Arbeit und zur Freundschaft mit der Sowjetunion zu erziehen, liest Zeitung im Unterricht. Und wie ich höre, ist er als Vorbild für

148

seine Schüler noch nicht einmal Mitglied der Deutsch-Sowjetischen-Freundschaft."

Genosse Genazauge machte eine Pause, sah in die Runde, freute sich sichtlich über das devote Kopfnicken von Sockentrude und Eichinger und blieb zum Schluss mit seinen Fischaugen wieder an mir hängen.

Er holte tief Luft. „Ich überlasse unserem verehrten Herrn Schulinspektor Hartmann die weitere Gesprächsführung. Bedenken Sie bitte, Genosse Hartmann, dass unser junger Kollege mit seinen Elternseminaren auch Positives geleistet hat."

Wusste allerhand über mich, der Herr Ganzauge.

Ich wusste nichts über ihn, erfuhr aber später, dass der Sack einer der ersten war, der im Westen geblieben war, als man ihn zu irgend einem Todesfall hatte rüber fahren lassen.

„Die Pflicht ruft." Er tat, als hätte er es eilig.

Hast wohl Dünnpfiff gekriegt von deinem geschwollenen Gequatsche, dachte ich. Scheiß dich aus, dann singen wir fromme Lieder.

So ganz langsam stieg mir die Wut vom Bauch in den Kopf. Hätte doch mal fragen können, was ich gelesen hatte.

Hartmann sah mich an, nachdem sich die Tür geschlossen hatte. „Hören wir uns doch erst einmal an, was Herr Hohndorf zu sagen hat. Vielleicht können Sie uns zuerst mal die leidige Sache mit der Zeitungslektüre erklären?"

„Es war keine Zeitungslektüre. Ich habe ..."

Heinze unterbrach mich: „Bevor wir hier unsere Zeit mit Rechtfertigungen und Schuldzuweisungen vertrödeln, Genosse Hartmann, würde ich gern ein paar Worte unter vier Augen mit dir sprechen."

Hartmann sah Sockentrude und Eichinger an. Keine Reaktion. Ich ahnte allerdings, wie Trude ungehalten ihre faltigen Arschbacken zusammenkniff.

„Gut", sagte Hartmann. Er erhob sich, öffnete die Tür und wir marschierten raus. Ich setzte mich wieder auf die Bank und brannte mir eine an. Dieses Mal reichte die Zeit für zwei Zigaretten, dann rief uns Hartmann. Wir nahmen wieder Platz. Hartmann blieb stehen.

„Wann, Herr Hohndorf, ist ihr nächstes Mathematikprojekt geplant?"

„Anfang Juni für zwei Wochen."

„Dann werden wir gemeinsam, ihre Schulleiterin, das Elternaktiv und ich ihrem Unterricht beiwohnen. Genosse Heinze hat recht, man sollte nie über etwas urteilen, bevor man es nicht gesehen oder sich damit beschäftigt hat. Und genau das werden wir tun. Alle weiteren Gespräche werden auf Ende Juni vertagt."

Pause.

Er sah Sockentrude an. Die roten Flecke schossen wie züngelnde Flammen an ihrem Hals hoch. Darauf hätte die Alte selbst kommen müssen, dachte ich.

Wir erhoben uns.

„Einen Moment noch, Herr Hohndorf."

Ich blieb stehen. Als die anderen das Zimmer verlassen hatten, sagte Hartmann: „Die Eltern ihrer Klasse scheinen nahezu geschlossen hinter Ihnen zu stehen, bis auf eine Ausnahme. Aber ich habe die bittere Erfahrung gemacht, dass man sich nicht unbedingt an der Meinung des Einzelnen orientieren sollte."

Er fuhr wie unbeabsichtigt mit der linken Hand über den leeren rechten Ärmel.

„Herr Heinze hält große Stücke auf Sie. Trotzdem Gnade Ihnen Gott, wenn Sie mir Ramschunterricht vorsetzen."

Hartmann gab mir die Hand. Ich verbeugte mich bei der Verabschiedung leicht, was ich selten tat.

***

Jo wartete mit Sicherheit auf einen Anruf von mir, aber ich wusste, was dann passieren würde. Mir war nicht ganz wohl bei dem Gedanken, dass Helene im Krankenhaus lag und ich mich auf oder unter Jo vergnügen würde. Ich holte mir drei Flaschen Bier im Konsum, ging hoch in meine Bude, riss das Fenster weit auf und schmiss mich aufs Bett. Das erste Bier zischte durch meine ausgedörrte Kehle wie ein Wasserfall durch eine enge Schlucht. Ich öffnete die zweite Flasche und schickte die Hälfte davon der ersten hinterher. Langsam und mit Genuss, obwohl die Brühe lauwarm war. Kein Vergleich mit dem gut gekühlten Radeberger bei Jo. Aber schließlich hatte ich weder eine Bäckerei, eine Fleischerei, einen Lebensmittelladen noch ein Bauunternehmen.

151

Hast du was, dann bist du was, war außer Kraft gesetzt, hieß jetzt: Hast du was, dann kriegst du was.

Arschpauker Felix, was hast du zu bieten? Zahlen, Bruchstriche, Gleichheitszeichen, Dreiecke, Quadrate, Kegel, Zylinder.

Na ja, der Zylinder war schon in Ordnung, fleißig, unermüdlich und immer bereit wie ein Junger Pionier. Wurde ja auch gut behandelt und versorgt: Kaltes Radeberger bei Jo. Guter, alter Bols bei Helene. Weißwein am See. Jos heißer Mund und Helenes sanfte, warme Hand.

Durch das weit geöffnete Fenster strömte die lauwarme Luft des späten Frühlings in meine Bude.

Ich trank die zweite Flasche Bier aus und griff nach Tolstois Kindheit Knabenjahre Jugendzeit.

"Ich sagte, dass mich meine Freundschaft mit Dmitri zu einer Ansicht über das Leben, sein Ziel und seine Beziehungen geführt hatte. Diese Ansicht fußte auf der Überzeugung, dass die Bestimmung des Menschen in dem Streben nach sittlicher Vervollkommnung bestehe und dass die Vervollkommnung leicht erreichbar und ewig sei."

Himmel, Arsch und Zwirn. Sittliche Vervollkommnung leicht erreichbar! Sittliche Verwahrlosung würde es bei mir eher treffen. Mehrere Weiber zur gleichen Zeit und dann immer noch nach fremden Titten Ausschau halten. Mir fiel mein letzter Elternbesuch ein. Ich hatte mir endlich die Elternhäuser vorgenommen, die an der Peripherie der Stadt lagen und neben ihrer Arbeit in der Zuckerfabrik oder der Chemiebude eine Minilandwirschaft betrieben. Die Besuche waren sehr einträglich gewesen. Bei der Verabschiedung nach einer halben Flasche Pfeffi und einigen Bieren wurde mir ein Beutel in die Hand gedrückt. Eier, Leberwurst im Glas, harte Wurst im Darm, geräuchert, Gewürzgurken, selbst eingelegt, ein Schinken. War mir anfangs verflucht peinlich. Ich erzählte Meisner davon.

„Wenn du das ablehnst", sagte er, „hast du verschissen. Ist Tradition auf dem Lande und die geben es gerne. Also nimm und friss dich kugelrund, bist ja so schon fett wie ein Katzenhaar.

Beim letzten Besuch wurden mir keine Naturalien angeboten, obwohl, Natur war es schon, viel Natur sogar und nicht in einer Tüte, sondern in einem Nylonkittel. Die Mutter von Angelika empfing mich, dass mir die Luft wegblieb. Das Oberteil des Kittels war durchsichtig. Sie trug keinen BH darunter, nur zwei weiße Ringe an weißen Trägern, die nichts zu halten hatten, denn was da war, hielt sich von selbst. Frau Koslowski hatte rabenschwarzes Haar, starke dunkle Augenbrauen und feuerspeiende Glutaugen.

Sie sah mich an, schob mir einen Schnaps und eine Schachtel F6 zu.

Ich brannte mir eine an.

„Prost!" Sie hob ihr Glas.

„Prost!" Ich hob meins. Mein Blick huschte verstohlen über diese voluminösen Halbkugeln mit den dunklen Höfen.

Sie sah meinen Blick, grinste und sagte: „Mein Mann hat Spätschicht."

Schöne Scheiße, dachte ich. Hier machst du besser nicht mit, Felix. Das wird Brühe, fette Brühe. Die lässt nicht mehr los, was sie hat. Und ganz so mein Typ war es nicht. Einen Stich zu dunkel. Diese schwarzhaarigen Weiber sind gefährlich, sagte mir mein Instinkt und außerdem kriegen sie verdammt schnell diesen schauderhaften Damenbart.

Sie stand auf. Der Kittel klaffte dabei vorn so weit auseinander, dass sich das ebenfalls rabenschwarze Dreieck zwischen ihren Schenkeln vor mir enthüllte. Sie setzte sich neben mich auf das Sofa.

Junge, lass dir was einfallen, sonst dreht dich das Weib durch den Wolf. Ich griff zum Klassenbuch. Sie schob es zur Seite, lachte ein tiefes, glucksendes Lachen und legte mir ihre Hand auf den Oberschenkel.

Ich nahm einen gewaltigen Zug aus der Zigarette, begann zu husten, hustete und hustete, krächzte: „Frische Luft!"

Husten.

Ich beugte mich über den Tisch und hustete.

Ich stand auf und hustete.

„Verdammte Qualmerei", stöhnte ich zwischendurch.

Frau Koslowski riss das Fenster auf.

„Muss raus an die Luft", keuchte ich, stopfte hustend das Klassenbuch in meine Aktentasche und ging gebeugt und schwer hustend zur Tür. An der Luft wurde mir zusehends besser.

Frau Koslowski klopfte mir auf den Rücken. „Wir können auch im Gartenhaus weiter reden", sagte sie. Als ob die reden wollte?

Ich schüttelte den Kopf. „Mir ist ganz schlecht", stöhnte ich. „Wir verschieben auf später."

Aufs Fahrrad und nichts wie weg. Die großen, festen Titten ohne BH verfolgten mich in dieser Nacht bis in meine Träume. Angefasst hätt` ich sie vielleicht doch gern mal.

Und da soll das Erreichen sittlicher Vollkommenheit leicht und ewig sein?

Meine guten Vorsätze, die Sittlichkeit betreffend, hielten mal gerade so lange, bis der Jungpionier wieder den Wimpel hissen würde.

Ich las weiter: "... mein Leben indessen nahm immer noch seinen eitlen, von Nichtigkeiten und Wirren des Alltags ausgefüllten Verlauf"

Also ging es Tolstoi nicht wesentlich besser als mir. Statt meinen großen Traum zu leben, hockte ich in Kuhkaff, vögelte querbeet durch die Gegend, ließ meinen Trieben freien Lauf und hatte in den letzten Monaten nicht eine einzige Zeile geschrieben.

Schriftsteller, das ich nicht lache, Felix. Das einzige, was du machst, sind dämliche Einträge ins Klassenbuch. Ich nahm mir fest vor, mich mehr um Helene und diesen angefangenen Roman …

Bevor ich erwachte, hatte ich im Traum die weißen Ringe über die Megaglocken geschoben und war dabei, meinem Mund über daumengroße, harte, fast schwarze Brustwarzen zu stülpen.

Selbst im Traum ist der Mensch nicht sittlich vollkommen. Da wahrscheinlich am allerwenigsten.

Ich dachte daran, dass Tolstoi im Alter von 34 Jahren die 18jährige Sofia Andrejewna geheiratet und mit ihr 13 Kinder gezeugt hatte. Dann hat es dir auf alle Fälle genauso viel Spaß gemacht wie mir, dachte ich. Und bis 34 hatte ich noch eine Menge Zeit. So unähnlich sind wir uns also gar nicht. Hast auch in der Pädagogik herumgewirtschaftet, hast dich als Reformer gefühlt, hast die Kinder geliebt und bist trotzdem nicht Lehrer geworden. Den Ruhm des Schriftstellers hast du letztlich der Pädagogik vorgezogen. Du hast den Ruhm geliebt, er hat dein Ego gestreichelt, dir Kraft gegeben, dein Leben lebenswert gemacht. Aber schreib heute mal Anna Karenina. Kein Schwein würde das drucken.

Die alten Russen, dachte ich, und dann fiel mir die Deutsch-Sowjetische-Freundschaft und der Schulrat ein.

Ich war einer der ganz wenigen, die nicht in der DSF waren, und das würde sich nicht ändern. Die Russen hatten nach dem Einmarsch alle Frauen in unserer Straße vergewaltigt, die sich nicht rechtzeitig in Sicherheit gebracht hatten.

Ich wusste, was meine Landsleute in Russland angerichtet hatten, aber die junge Frau, die über uns gewohnt hatte, war ein unschuldiges, zartes Mädchen gewesen, die niemandem in ihrem kurzen Leben ein Leid zugefügt hatte. Sie hatte sich wenige Wochen, nachdem sie von drei Russen vergewaltigt worden war, am Bahndamm vor einen Kohlezug geworfen.

Auch die Erinnerung an die Russenpanzer am 17. Juni in unseren Straßen saß noch fest in mir. Ich wusste, dass ich in dieser Beziehung nicht objektiv war, aber ich konnte nicht anders. Es war einfach so, dass ich die Russen nicht mochte, und daran würde weder der Herr Schulrat noch Sockentrude etwas ändern.

Draußen wurde es dämmrig. Kühle Luft wehte durchs Fenster und die Klänge eines Radios aus der Nachbarschaft drangen bis zu mir nach oben.

Du wirst wieder schreiben, Felix. Nimm dir Tolstoi zum Vorbild, aber mach keine 13 Kinder, jedenfalls nicht mit derselben Frau.

Helene?

Jo?

Jo?

Helene?

Jo hatte das Vorrecht. Sie hatte die Idee mit Heinze gehabt und würde sicher wissen wollen, wie es ausgegangen war.

Ich hatte gleich, als ich aus der Abteilung kam, im Krankenhaus angerufen. Die Schwester versicherte mir, dass es Helene besser ging und dass keine Gefahr mehr bestand. Besuch nicht zugelassen.

Ich brauchte jemand, der mir zuhören wollte.

Jo.

Wir könnten ja mal platonisch Liebe machen?

Mit Jo?

Ich musste lachen.

Jo hatte gewonnen. Die laue Frühlingsluft entschied zu ihren Gunsten. Ich machte mich fein, ging runter, um die Ecke und rief an.

„Wird aber auch Zeit", lachte Jo. „Hab schon eine

Zeitschrift bereit gelegt.

„Was?"

„Hab gehört, dass gewisse Pädagogen gern während der Arbeit lesen.

„Nur naturwissenschaftliche Magazine."

„Das Magazin hier enthält sehr viel Natur.

Jo stand wie immer an der Tür. Sie küsste mich dieses Mal schon draußen. Ich ließ die Augen offen und schielte nach rechts und links. Ich drängte sie in den Flur und schob ihren dünnen Pullover nach oben.

Kein BH.

Zwei Träger und zwei Ringe.

Schwarz.

Mannomann, das hatten wir doch schon. Wenn Mode die Massen ergreift, wird sie zur materiellen Gewalt, dachte ich. Marx hatte das zwar etwas anders formuliert, aber seine Jenny hatte damals sicher noch keinen BH getragen.

Jo schob mich ins Zimmer. Es roch schwach nach verbranntem Weihrauch und auf dem Tisch brannten Kerzen.

Wir setzten uns.

Ich merkte, wie ausgehungert ich war. Hatte seit Mittag nichts mehr gegessen, nur die zwei Flaschen Gewürznelkenbrühe aus dem Konsum zu mir genommen. Jo goss mir ein kaltes Radeberger ein und nahm das Tuch von der Platte. Der Teller mit den belegten Broten stand auf einem bunten Magazin. Ich sah am Rande nackte und leicht verhüllte Brüste, Höschen, die im Schritt eine Öffnung hatten, Penisse, an denen was

hing und welche, die von Ringen an der Wurzel um-
schlossen wurden.

Ich hob den Teller an.

Jos Hand drückte ihn wieder auf den Tisch.

„Erst wird gegessen, Felix!"

Sie hob ihr Weinglas. „Auf die experimentierfreudigen
Pädagogen in den Schulhäusern."

Ich stieß mit dem Bierglas gegen ihr Weinglas.

„Auf die Ignoranten in den Schaltzentralen."

„Erzähle endlich!"

Ich erzählte ihr die ganze Geschichte, ließ nur die
Dummheit mit dem Volkssturm weg.

Jo sagte eine Weile nichts.

Ich kaute.

„Auf Heinze ist Verlass. Der mag dich. Und glaubt an
den Sozialismus."

„Du nicht?" Ich sah Jo an.

„Weiß nicht. Guck dir diesen Pionier- und FDJ-Kram
an, Einheitskleidung, Fahnenappell, Wimpel, Fahnen,
Feindbilder, Personenkult. Erinnert mich unangenehm
an das, was Deutschland an den Abgrund gebracht hat.
Sieh dir die Gewerkschaft an, ist doch nichts Anderes
als der verlängerte Arm der SED. Oder kannst du
streiken? Der 17. Juni hat gezeigt, was dann passiert.
Sieh dir Rundfunk, Presse und Fernsehen an, alles vom
Politbüro gelenkt und kontrolliert. Der Westen wird
zum Feind erklärt, schließlich braucht der Mensch ein
Feindbild, damit ein Schuldiger da ist, den man für
alles, was man selbst verbockt hat, zum Buhmann
machen kann. Denk an das Affentheater der soge-

nannten freien Wahlen. Wählt die Kandidaten der Nationalen Front! Und wenn ich dann die Ergebnisse in den Zeitungen lese und die Kommentare Sudel-Edes höre, könnte ich kotzen."

Jo schüttelte sich. So hatte ich sie noch nie erlebt.

„Sag mir einen Grund, Felix, der eine Minderheit dazu berechtigt, die Mehrheit hinter einer Mauer einzusperren. Und wer das nicht akzeptiert und die Mauer nicht respektiert, wird erschossen. Peng, weg mit dem Klassenfeind und Vaterlandsverräter. Stell dir vor, meine Bäckerei wäre am 13. August in Ostberlin gewesen und du hättest im Westen der Stadt gelebt. Ich hätte alles versucht, zu dir zu kommen, wäre auch geschwommen oder durch einen Tunnel gekrochen."

Sie holte wieder tief Luft.

„Und einer, der vielleicht nie schießen wollte, hätte mich abgeknallt."

„Oh", entfuhr es mir.

„Was oh?"

„Hab an meinen Kumpel Werner gedacht. Sitzt wegen Republikflucht."

Hatte ich aber nicht.

Das „Oh" war Helene.

Ich wusste jetzt, dass es Jo ganz fürchterlich treffen würde.

Ich schob den Teller zur Seite. Die Hochglanzfotos waren nicht schlecht. Sexspielzeug und Dessous. Ein Ding aus schwarzem Kunststoff, das aussah wie eine verunglückte Lokomotive mit angekoppeltem Tender.

„Was soll das denn sein?" Ich sah Jo verständnislos an.

160

„Ein Vibrator", lachte Jo."

„Ein Vib … was?"

„Ein Lustspender."

„Ist das Ding aus Schokolade?"

„Mann, Felix, das Ding ist für einsame Frauen gedacht, wird allgemein aber auch von verheirateten Frauen geschätzt."

So langsam dämmerte es bei mir. Diese scheiß prüde Erziehung! Wir waren auf der Strecke dumm wie Bohnenstroh. In der achten Klasse dachten die Mädels noch, dass sie vom Küssen schwanger würden. Ursel hatte mich gefragt, ob ich sie heiraten würde, nachdem ich sie flüchtig auf den Mund geküsst hatte.

„Hab keine Ahnung von solchen Sachen", gestand ich kleinlaut.

„Dafür hast du ja mich", lachte Jo. „Der erste Dildo aus Silitstein soll weit über dreißigtausend Jahre alt sein und die modernere Variante, der Vibrator, ist über hundert Jahre alt. Ein Ami soll vor knapp hundert Jahren den ersten dampfbetriebenen Vibrator zum Patent angemeldet haben. Später wurde ein Vagina-Massagestab auf den Markt gebracht, mit dem sich die versklavte Hausfrau einen Orgasmus verschaffen und, wenn sie den Aufsatz auswechselte, Pudding rühren oder das Ding als Ventilator benutzen konnte.

„Heiliger Bim-Bam, die Welt ist ein Sündenpfuhl", entfuhr es mir und ich schob meine Hand zwischen Jos Schenkel.

„Du irrst, Felix, die ersten Geräte dieser Art waren für den medizinischen Bereich gedacht, speziell in der

Frauenheilkunde. Hysterischen Frauen wurde mittels Dildo oder Vibrator zum Orgasmus verholfen, da viele Männer aus Gleichgültigkeit oder Unwissenheit ihre Frauen auf dem trockenen sitzen ließen. Soll übrigens sehr erfolgreich gewesen sein, die Methode. Ein ordentlicher Orgasmus belebt den Organismus. Früher hieß es, wenn die Weiber hysterisch werden, hilft nur ein Eimer eiskaltes Wasser über den Kopf oder mal richtig durchknallen."

Ich sah Jo ziemlich erschrocken an. So was hatte ich noch nie aus ihrem Munde gehört.

„Entschuldige, Felix, bin in die Männersprache abgerutscht."

„Und was ist das?" Ich zeigte auf Jos Hand, in der sie die ganze Zeit ein schwarzes Lederband hielt. Ich sah das Ding verständnislos an. „Willst du mir damit die Glöckchen abbinden?"

Ich dachte an meinen Onkel, der einem kleinen Schafbock 1946 das Hodensäckchen mit einer Drahtschlinge abgebunden hatte. Sollte abfallen und der Bock später nicht mehr nach Hammel schmecken.

Das Tier hatte lange furchtbar geschrien und keiner hatte ihm geholfen. Mir lief jetzt noch eine Gänsehaut über den Rücken, wenn ich daran dachte.

Jo erhob sich, kam um den Tisch herum und zog meinen Kopf an ihre warme Brust. Ich griff hinter ihren Rücken, öffnete den Verschluss, streifte Träger und Ringe ab und drückte meine Nase zwischen ihre Hügel.

Jo begann sich zu bewegen. Zog ihre prallen Brüste

162

über mein Gesicht, kitzelte damit meine Ohren und flüsterte: „Machen wir die Lokomotive?"

„Alles, was du willst", flüsterte ich zurück.

Sie ging auf die Knie, holte die Lokomotive aus dem Schuppen und begann per Hand zu heizen. Den Tender behielt sie in der anderen Hand. Als genug Kohle aufgelegt war, zog sie mich zum Bett.

„Leg dich auf den Rücken."

Tat ich.

Jo begann in die Glut zu blasen. Als die Flammen züngelten, schnürte sie das schwarze Lederband zwischen Lok und Tender fest und brachte dann die Lok durch weiteres Blasen unter Volldampf.

Sie zog mich auf sich und beförderte die Lok zielsicher in den Bahnhof. Der Lokführer übte vor- und rückwärts Fahren und der Dampfdruck im Kessel stieg. Jo nahm die Lok in die Hand und fuhr damit langsam über den Eingang des Bahnhofs. Im Kessel baute sich Überdruck auf, der aber nicht entweichen konnte.

„Mach du", hauchte mir Jo ins Ohr.

Ich nahm die Lok fest in die Hand und rieb jetzt oben am Bahnhofseingang über die Uhr. Ich spürte, dass es kurz vor zwölf war.

Jos Beine begannen unkontrolliert zu zucken. Sie bäumte sich auf, koppelte mit einem gezielten Griff den Tender ab und die Lok jagte unter Volldampf in den Bahnhof.

Dann entwich der Dampf. Irgendjemand rief: „Oh, oh, oh", danach herrschte Grabesstille.

Zwei Tote. Auf dem Schienenstrang der Wollust

zermalmt.

Allmählich ließ der Sternentanz vor meinen geschlossenen Augen nach. Ich brauchte dringend eine Zigarette. Die Sucht war stärker als die Erschöpfung. Vielleicht war ich ein Suchtmensch?

Sexsucht.

Ich war mir nicht sicher, ob es das gab. Hatte einfach keine Kontrolle über mich. Nahm nahezu jedes Angebot an. Komisch war es nur bei Helene, da konnte ich mich gedulden.

Belüg dich nicht Alter, wenn`s klemmt, rennst du zu Jo.

Helene und Jo.

Verdammt, verdammt, das würde nicht lange gut gehen. Helene brauchte ich fürs Herz und Jo für die Lokomotive.

Eine Hand schob sich über meinen Bauch nach unten.

„Die Lok ist kaput", sagte ich.

„Oh, was fehlt ihr denn?"

„Schwere Kesselexplosion. Der Dampf ist raus."

„Kann man das in absehbarer Zeit reparieren?"

„Sicher. Zuerst sollte man das überhitzte Material abkühlen. Dazu eignet sich Radeberger. Dann wieder langsam Dampf erzeugen, am besten mit Ernte 23 oder Juno."

„Wer die Lok kaputt gemacht hat, muss sie auch wieder reparieren." Jo stieg aus dem Bett und ging ins Bad.

Ich streckte mich wohlig aus und schloss die Augen.

Dieser Lederstreifen war vielleicht ein Ding. So lange

hatte es bei mir noch nie gedauert. Und so toll war es noch nie gewesen. Jos ältere Schwester aus Hamburg dachte offenbar nicht nur an Kaffee und Zigaretten. Wahrscheinlich kannte sie ihre Schwester gut.

Eine Hand griff nach meiner Hand. Jo zog mich hoch.

„Ab ins Bad. Lok kühlen und putzen."

Plötzlich kam mir im Bad ein bitterböser Gedanke. Was, wenn Jo schwanger würde? Daran hatte ich bisher kaum gedacht. Sie brauchte es nur darauf ankommen zu lassen. Ich wusste, dass sie manchmal irgendwelche Cremes oder so Zeug verwendete, aber sie hatte noch nie: „Pass auf!", wie die Mädels an der Uni gesagt. Wenn das passiert, bist du für Helene erledigt und kannst Bäcker werden. Kurz nach Mitternacht beginnt dann der Tag, und wenn andere zum Vergnügen ausrücken, gehst du ins Bett und aus der D-Zug-Lok wird eine Bummelzuglok und zum Schluss eine Sackkarre.

Ich schüttelte mich und spülte die hässlichen Gedanken durch den Ausguss.

Jo hatte ein Tablett in der Mitte des Bettes aufgebaut und Kissen an die Wand gelehnt. Ich trank eine Flasche Bier in einem Zug leer und schob vier belegte Brötchen hinterher.

„Wie geht es eigentlich deinem Mann?"

„Schlecht. Der Prostatakrebs zerfrisst ihn von innen. Lebt nur noch von Quark. Irgendwo hat er gelesen, dass man den Krebs aushungern kann. Schwachsinn, aber er glaubt daran. Wer weiß, woran wir glauben würden, wenn es uns träfe?"

Jo blickte mich an. „Hat maximal noch ein halbes Jahr, hat mir der Arzt im Krankenhaus gesagt."

Jetzt frag bloß nicht, wie es danach weitergehen soll, dachte ich.

Jo räumte ab und wir machten uns lang. Ich legte eine Hand auf ihre Brust und schloss die Augen.

***

Den Rest der Woche und das Wochenende arbeitet ich an dem neuen Matheprojekt. Am Donnerstag konnte ich Helene aus dem Krankenhaus abholen. Sie war blass und ziemlich dünn. Ich blieb über Nacht bei ihr. Wir lagen nebeneinander und hielten uns an den Händen.

„Was hast du in den Sommerferien vor, Felix?"

Ich brauchte nicht lange zu überlegen: „Vier Wochen Bora Bora."

Helene lachte. „Nimmst du mich mit?"

„So zarte Mädchen werden dort im Allgemeinen von Haien zum Frühstück gefressen, also lieber nicht."

„Und im Ernst?"

„Nichts", sagte ich.

„Würdest du mit an die Ostsee kommen?"

Ich dachte an meine Urlaubskasse und schwieg.

„Doktor Engel fährt diesen Sommer nicht. Ich kann sein Häuschen in Zingst kriegen."

„Und was soll der Spaß kosten?" Die Frage war mir

peinlich, aber besser vorher die Fronten klären als dann rumeiern.

„Nichts, das heißt, verpflegen müssen wir uns selber, aber das müssen wir hier auch."

„Mit dir könnte ich zur Not auch von Luft und Liebe leben."

„Soll das heißen, dass mein Anblick dich satt macht?"

„Ganz im Gegenteil, dein Anblick macht mich hungrig." Ich streichelte vorsichtig ihre Brust. Helene sah mich an. „Ist es schlimm für dich, wenn wir damit noch etwas warten?"

War es, aber ich würde es aushalten.

„Möchtest du was trinken?"

Trinken war ein guter Ersatz, es musste nur viel sein.

Ich nickte.

Helene ging ins Wohnzimmer und kam mit einer Flasche Remy Martin und zwei Gläsern zurück.

„Wie kommst du an so`n Zeug ran?"

„Eine Tante in Westberlin." Sie goss ein.

Alles hat Verwandte im Westen, bloß ich armes Dorf-schulmeisterlein nicht.

„Prost, Felix, auf die Ostsee."

„Prost, Helene, auf die freigebige Westverwandt-schaft."

Ich kostete, schmeckte komisch, irgendwie seifig.

„Hast du zufällig ein Bier da?" Ich musste nachspülen.

„Wasser, Felix, zu diesem Kognak trinkt man besser kein Bier. Verwischt den Geschmack."

Sollte es ja.

Helene holte eine Flasche Sprudel.

„Was macht die Schule?"

Ich erzählte ihr den ganzen Kladderradatsch der letzten Zeit. Als ich fertig war, schlief Helene.

Ich stand leise auf, nahm den Remy Martin, ging ins Wohnzimmer. Mein Gott, was für eine Bude. Eierschalenfarbene Ledersesselgarnitur, vierteilige, walnussfurnierte Schrankwand im Bauhausstil, Teppich und van Gogh an den Wänden.

Tante im Westen.

Wer die nicht hatte, wohnte hoch oben unterm Dach und ging zum Pissen eine halbe Treppe runter. Dafür hatte ich frische Luft, wenn die Chemiebude nicht gerade Ammoniak aus den Kesselwagen abfüllte.

Ich stellte den Fernseher an.

Western im Westfernsehen. Ich goss mir noch einen kräftigen Hieb ein. Schmeckte schon besser. Während die blauen Bohnen durch die staubige Luft pfiffen, dachte ich an das Kinderbuch, das ich schreiben wollte.

Nanuk, der Eskimojunge, findet das junge, fast verhungerte Karibu, das sein Mutter verloren hat. Nanuk und Kaja werden Freunde und Kaja wächst zu einem stattlichen Karibu mit mächtigem Geweih heran. Kaja wird das schnellste Karibu der nördlichen Polargebiete, schneller als der Wind.

Ich goss mir noch einen ein. Das Zeug fing langsam an zu schmecken.

Nanuk sitzt nah am Geweih und hält sich daran fest, wenn die beiden wie die wilde Jagd über die Tschuktschen Halbinsel bis nach Kanada stürmen, um die

schneeweißen Robbenbabys vor den brutalen Robben-
jägern zu schützen. Ich seh` die Schlächter vor mir, die
mit ihren Hakapis erbarmungslos auf die wehrlosen,
schreienden,schneeweißen Robbenkinder einschlagen,
sie oft noch bei lebendigem Leib häuten.

Kaja, mit Nanuk auf dem Rücken, fährt wie ein
Tornado zwischen die bluttriefenden Männer, die
schreiend das Weite suchen, über Eis und Schnee
gewirbelt werden, ihre metallenen Schlagstöcke fallen
lassen und aus Angst vor dem gehörnten Ungeheuer
nie wieder auf Robbenjagd gehen.

Mannomann, vier große Remy Martin und du schreibst
ein Kinderbuch. Noch mal vier und du schreibst gleich
noch eins.

Das Problem war aber, wo blieb der sozialistische
Grundgedanke?

Klar, Tschuktschen-Halbinsel war schon gut, lag
irgendwo in Nordsibirien, also Sowjetunion. Der Junge
könnte ein rotes Halstuch tragen. Der Vater ist vielleicht Parteisekretär der Iglu-Siedlung oder so, und das
Bild von Mao Tse-tung hängt über Nanuks Bett.

Felix, du bist besoffen. Ich nahm noch einen Schluck
aus der Flasche, ging ins Schlafzimmer und ließ mich
fallen. Gott sei Dank, ich hatte Morgen erst zur dritten
Stunde.

***

Das Wochenende verbrachte ich bei Helene. Sie

erholte sich schnell und wir hatten den ersten vorsichtigen Sex nach ihrer Krankheit.

Am Montag begann das zweite Matheprojekt. Freitag war der große Tag. Hartmann würde zur Hospitation kommen. Ich würde auf alle Fälle in `Jugend und Technik` lesen. Das wollte ich Sockentrude nicht ersparen.

Die Klasse war so weit, dass sie mich kaum noch brauchte. Jede Bankreihe hatte einen Matheeinser als Ansprechpartner. Erst wenn der nicht mehr helfen konnte, war ich gefragt.

Die Nacht zum Donnerstag schlief ich trotzdem schlecht.

Bei mir.

Was dann kam, war nicht vorhersehbar gewesen.

Hartmann erkannte auf Anhieb, dass hier etwas Neues lief. Hervorragende didaktische und methodische Durchdringung der Lehrplanvorgaben. Methodische Zielorientierung auf das Wesentliche des Mathematikunterrichts. Erziehung zur Teamarbeit und zur Solidarität. Durch Lob zum Erfolg. Selbständiges Arbeiten der Schüler ohne Reglementierung durch den Lehrer. Individualisierung durch ein breitgefächertes Lernangebot. Achtung des Volkseigentums durch sorgfältigen Umgang mit Lernmaterialien.

Felix Hohndorf war der größte Pädagoge des Zwanzigsten Jahrhunderts. Sockentrude stimmte vorbehaltlos den Ausführungen des Schulinspektors zu. Superpädagoge Hohndorf wurde gebeten, sein schülerorientiertes Lernprogramm für eine Pädagogische Lesung vorzubereiten und in Weiterbildungsveranstaltungen einem breiten Pädagogenkreis zu erschließen.

Schöne Kacke, das artete in Arbeit aus. Ein Glück, dass die Sommerferien unmittelbar vor der Tür standen.

Ich fuhr eine Woche zu meinen Eltern und dann vierzehn Tage mit Helene nach Zingst. Den letzten Mittwoch vor den großen Ferien sagte ich Jo, dass es vorbei war.

Jo sagte kein Wort. Sie sah mich lange an, nahm meinen Kopf in beide Hände, küsste mich, schob mich zur Tür und drehte sich um. Mir war verdammt elend zu Mute, aber es musste sein. Ich hatte mich für Helene entschieden.

***

Das neue Schuljahr begann, wie das Alte geendet hatte. Fahnenappell. Für Frieden und Sozialismus: „SEID BEREIT!"

Zwei Lehramtsanwärter wurden vorgestellt. Männlein und Weiblein. Das Weiblein sah verdammt scharf aus. Kurzer Rock, kräftige Oberweite, dabei schlank in der Taille. Volle Lippen, blaue Augen, blondes Haar.

„Ganz hübsches Schneckchen", grinste Meisner, „sieht verdammt bumsfidel aus."

Am Nachmittag war „Sonne" angesagt.

Helene brachte mich am Abend ins Bett. Ich hatte

171

Orientierungsschwierigkeiten. Nach der Rückkehr aus Zingst wohnte ich mehr oder weniger bei Helene, also eher mehr.

Die Wochen vergingen. Ich schob diesen Mist mit der Lesung wie eine mit Dung überladene Schubkarre vor mir her. Hartmann hatte schon mehrfach angerufen. Wollte wahrscheinlich als Entdecker des berühmten Reformpädagogen Felix Hohndorf seinen Anteil am Ruhm einstreichen. Mir reichte die Lästerei im Kollegium, die in den meisten Fällen von Neid getragen war.

Dann erfuhr ich, dass Jos Mann, der Bäckermeister, verstorben war.

Ich rief Jo an und sprach ihr mein Beileid aus.

„Soll ich vorbei kommen?" Wohl war mir dabei nicht.

„Danke Felix, aber das ist nicht nötig."

Aufgelegt.

Es kam noch dicker.

An einem Tag gegen Ende November plagte mich eine innere Unruhe, die vom Magen ausging und in einer undefinierbaren Nervosität gipfelte. Anfang Dezember sollte ich die erste Weiterbildungsveranstaltung durchführen, aber das war es mit Sicherheit nicht, was mich nervös machte. Hatte ich schon im Kollegium gemacht, und wenn ich wusste, worüber ich zu reden hatte, gab es keine Probleme.

Ich blieb den Nachmittag noch in der Schule, beschäftigte mich im Chemieraum, reinigte Geräte, bereitete einig Versuche für die neunte Klasse vor.

Gegen 17 Uhr ging ich noch bei Meisner vorbei. Wir

tranken zwei Bier, redeten über dies und das, aber die Unruhe blieb. Halb sieben war ich bei Helene. Sie war nicht da. Ich wusste, dass sie gegen fünf Feierabend hatte und gleich nach Hause kommen wollte. Es ging ihr in den letzten Tagen nicht besonders gut.

20 Uhr. Keine Helene. Halb neun klingelte es. Gott sei Dank. Hatte den Schlüssel vergessen. Ich öffnete die Korridortür und erstarrte. Vor mir standen Glatze und Lederjacke.

Mir wurde schlecht.

„Dürfen wir reinkommen?"

Ich trat zur Seite.

Die zwei Sicherheitsnadeln blieben im Wohnzimmer stehen und sahen sich um.

„Nicht schlecht für eine kleine Sprechstundenhilfe", sagte Glatze.

„Wo du recht hast, hast du recht", ergänzte Lederjacke.

Ich stand wie bestellt und nicht abgeholt in der Tür.

„Darf ich fragen ..."

„Sie dürfen gar nichts, Herr Hohndorf! Die einzigen, die hier Fragen stellen dürfen, sind wir!" Das klang ziemlich bösartig.

„Kannst du dir solche Möbel leisten?" Glatze sah Lederjacke fragend an. Der schüttelte den Kopf, ging an die Schrankwand und öffnete die Bar. „Sieh dir das an: Bols. Henessy. Martel, Remy Martin. Die Turteltäubchen leben nicht gerade schlecht."

Mir reichte es jetzt. „Was soll die Scheiße?" Wenn mich die Wut packte, sah ich rot. „Was ist mit Fräulein Heinemann?"

Glatze brach in ein schallendes Gelächter aus. „Der tut doch tatsächlich so, als wüsste er von nichts, der Paukerknülch."

Lederjacke riss die Schlafzimmertür auf. Ich war mit zwei großen Schritten bei ihm und griff nach seinem Kragen. Im selben Moment wurde mein rechter Arm nach hinten und gleichzeitig nach oben gerissen. Ich stieß einen Schmerzensschrei aus, flog mit Schwung in einen Sessel und hielt mir die Schulter.

Glatze lachte dreckig. „Vögelt kreuz und quer durch die Botanik, der Junge und wird moralisch, wenn jemand in seine Fickbude blickt. Verstehst du das?" Er sah Lederjacke an. Der schüttelte wieder den Kopf.

Mir war klar, dass ich, hätte ich eine Waffe gehabt, den beiden Drecksäcken die Eier weggeschossen hätte.

„Kannst du dir vorstellen," fuhr Glatze erneut fort, „dass das Jüngelchen von der Sauerei nichts gewusst hat?"

„Bei den Weibergeschichten, die der hat, kann ich mir das schon vorstellen. Der hat doch am Ende gar nicht mehr gewusst, welches Loch er gerade bedient."

Die wollten mich weich machen. Nur, was war mit Helene los? Hatte die versucht, abzuhauen, ohne mir was zu sagen? Undenkbar. Hatte die solche Scheiße verzapft wie Berger? Konnte ich mir nicht vorstellen.

„Wird eine ganze Weile ohne seine fromme Helene auskommen müssen", grinste Glatze.

„Hat doch noch die geile Bäckerin", gab Lederjacke dreckig feixend zurück..

„Soll Schluss sein mit der."

„Bleibt ihm vielleicht bloß noch die dürre aus der Schule, armer Hund."

„Oder er vögelt wieder die Mädels vom Ballett."

„Vorausgesetzt, die wollen nicht nach dem Westen abhauen und landen bei uns."

Diese Schweinebacken wussten alles über mich. Ich war im Visier. Konnte nur mit Werner zusammen hängen. Die wussten, dass wir die dicksten Kumpels waren, und Werners Einstellung zu Ulbricht und Genossen war im weiteren Freundeskreis bekannt gewesen. Und dann versucht der auch noch den größten Friedensstaat der Welt zu verlassen. Wer weiß, was dieser Hohndorf vorhat?

"Ihre fromme Helene hat sich des Diebstahls schuldig gemacht." Glatze baute sich vor meinem Sessel auf.

„Bei euch piepts wohl?"

„Das wird wohl eher bei dir Piep, oder besser gesagt, Klick machen, wenn sich die Zellentür hinter dir schließt, Jungchen."

„Ich dachte immer, Diebstahl ist Sache der Polizei?" Lass dich bloß nicht einschüchtern von diesen Hühnerfickern, Felix.

„Kluges Kind, der Herr Hohndorf", feixte Lederjacke. „Bei Diebstahl von Morphium und illegalem Handel damit sieht das allerdings ganz anders aus."

Ich hatte plötzlich das Gefühl, ein Luftballon zu sein, in den Glatze eine Nadel sticht. Ich hörte es förmlich zischen, als die Luft entwich. Und ich sah sie fallen, die Schuppen von meinen Augen. Nichts mit Tante im Westen. Helene hatte Scheiße gebaut, woher sonst der

Luxus? Helene schaltete und waltete sowieso in der Praxis nach eigenem Gutdünken. Doktor Engel war wahrscheinlich froh, wenn er seine Ruhe hatte. Außerdem war bekannt, dass sich seine Leber auf der Sonnenseite befand.

Die beiden Sicherheitsnadeln begannen die Wohnung auf den Kopf zu stellen. Nach einer Stunde sah es hier wie nach einem Bombenangriff aus und auf dem Tisch lagen mehrere Schachteln mit Morphiumampullen.

Scheiße hoch Drei, dachte ich. Wir hatten im Sommer heiraten wollen.

Glatze zog das, was von mir noch übrig war, aus dem Sessel hoch, sah mich an und sagte: „ Sie könnten ihre Situation und die ihrer Freundin ein wenig verbessern, wenn Sie bereit wären, mit uns, oder besser gesagt, für uns zu arbeiten."

Glatze ließ mich los. Ich fiel wie ein nasser Sack in den Sessel zurück.

„Denken Sie darüber nach, wir melden uns wieder."

Er steckte die Ampullen ein. An der Tür drehte er sich noch einmal um. „Übrigens, Erfurt ist eine sehr interessante Stadt, finde ich."

Meisner hat recht, dachte ich. Wenn die einen auf dem Kieker haben, finden die in den Fäkalien von heute noch Reste von dem Zeug, was du zur Jugendweihe gefressen hast.

Ich hatte keine Ahnung, wie lange ich wie betäubt im Sessel gehangen hatte. Kurz vor Mitternacht stand ich auf, ging ins Schlafzimmer, richtete die Betten wieder so weit, dass ich darin schlafen konnte, holte mir den

Bols und ein Wasserglas und schmiss mich in die Koje. Sto Gramm, auch wenn es kein Wodka war.

Danach vergrub ich meinem Kopf in Helenes Kopfkissen und es roch nach Helene. Nach einer Weile klang es fast so, als würde im Schlafzimmer ein Kind in seinem unverschuldeten Elend schluchzen.

Als ich aufwachte, hatte ich noch das halb volle Wasserglas in der Hand. Nichts verschüttet. Ich goss den Rest durch meine Kehle, sprang auf, schaffte es bis ins Bad und kotzte, wie ich seit langem nicht mehr gekotzt hatte.

Danach schmiss ich mich wieder aufs Bett und das Elend brach erneut über mich herein. Helene im Knast. Mich konnten die nicht einsperren. Ich hatte tatsächlich nichts gewusst, hatte aber auch nie darüber nachgedacht, wie man so luxuriös von einem Schwesterngehalt leben konnte. Aber letzten Endes konnten die alles. Und für diese Kanaken sollte ich meine Kumpels ausspionieren?

Ich wusste genau, dass ich das nicht tun würde. Trotzdem kam ich ins Grübeln. Vielleicht würde Helene ein paar Monate weniger kriegen, ich wäre aus dem Schneider, selbst meine Weibergeschichten würde niemanden mehr interessieren und saufen könnte ich bis zum Umfallen.

Nur Berichte mussten geliefert werden. Ich hätte nie wieder meinem Vater in die Augen sehen können.

Fickt euch ins in Knie, ihr Arschlöscher.

Ich stand auf, sah, dass es zehn Uhr durch war und ich bereits zwei Stunden Unterricht versäumt hatte, goss mir noch ein Wasserglas voll mit Remy Martin, trank es aus, würgte, damit alles unten blieb und schmiss mich wieder aufs Bett.

Es dämmert bereits, als ich erwachte. Mir war kotzübel. Ich holte mir ein Bier gegen den Kater, ließ Wasser in die Wanne laufen, machte mir ein Brot und legte mich dann ins heiße Wasser. Du bleibst ganz einfach in der Wohnung, Felix. Mal sehen, was passiert. Vielleicht schmeißen die dich raus, aus der Wohnung und aus dem Beruf. Lass es ganz einfach darauf ankommen. Die melden sich garantiert wieder. Behalte die Bruchbude in der Schule vorsichtshalber noch eine Weile. Die paar Kröten für die Miete kannst du dir schon noch leisten. Säufst ein paar Bier weniger.

So langsam kehrten meine Lebensgeister zurück.

War immer so bei mir. Erst fiel ich in ein tiefes Loch, blieb eine Weile liegen, rappelte mich auf, kroch heraus und ging zum Angriff über.

Nur hatte ich keine Ahnung, wen ich angreifen sollte.

Am nächste Tag war ich pünktlich wie immer in der Schule. Der erste, der mich dumm anmachen würde, musste damit rechnen, dass er paar aufs Maul kriegte. Aber es machte mich keiner an. Keiner fragte nach dem gestrigen Fehltag, nicht mal Eichinger. In der ersten großen Pause rief mich die Schulsekretärin zur Chefin. Sockentrude las wie immer im NEUEN DEUTSCHLAND, als ich eintrat. Sie sah auf, sagte: „Viele Grüße von Schulinspektor Hartmann, die Sache mit der Lesung wird vorläufig verschoben. Soll ich Ihnen ausrichten."

Ich sagte nichts.

„Das wars, Herr Hohndorf."

Ich ging zurück ins Lehrerzimmer, schnappte mein Klassenbuch und marschierte in meine Klasse.

Erholung pur.

Mittag fragte Meisner: „Sonne?"

„Sonne ist immer gut", sagte ich.

„Nur wir zwei?"

„Nur wir zwei", sagte ich.

Nach dem dritten Bier wusste Meisner alles bis auf die Anwerbung.

„Pass bloß auf dich auf, Felix, die werden es bestimmt bei dir wieder versuchen, du bist der ideale IM für die Brüder. Du gewinnst schnell das Vertrauen deiner Mitmenschen. So was brauchen die."

Meisner hatte den siebten Sinn.

Ich sagte nichts dazu.

Gegen Abend war ich wieder so besoffen, wie ich es jetzt brauchte. Ich stolperten in Helenes Wohnung, schmiss mich ins Bett und schlief wie ein Toter, der ich ja eigentlich auch war.

Als ich erwachte, wusste ich, was ich zu tun hatte.

Ich würde aufräumen.

Die Wohnung.

Und den Saustall in mir.

Ich würde mich nach Helene erkundigen.

Ich würde mich über mein Kinderbuch machen.

Und ich würde die Finger von fremden und bekannten Weibern lassen.

Ich würde auf Helene warten, nahm ich mir vor.

Der Mensch denkt und Gott lenkt. Oder war es mehr der innere Schweinehund, der das Lenkrad des Lebens verdammt oft in die falsche Richtung drehte?

***

Ein Tag vor Weihnachten.

Ich blieb in Kuhkaff. Alle bisherigen Versuche, etwas über Helene zu erfahren, waren gescheitert. Zwei Tage vor Heilig Abend stand Glatze vor der Tür.

„Können wir reden?"

„Nein", sagte ich.

„Über Fräulein Heinemann?"

„Ja", sagte ich.

Glatze trat ein und stellte eine Flasche Remy Martin auf den Tisch.

Ich holte Wassergläser.

„Weihnachten", sagte Glatze.

„Scheißweihnachten", sagte ich.

„Ganz ohne weibliche Zuwendung?" Er goss die Gläser voll. „Nastrovje!"

„Auf wessen Gesundheit?" Ich sah den Typen fragend an.

„Zum Beispiel auf die Gesundheit der Insassen eines gewissen Gebäudes in Waldheim." Glatze sah mir in die Augen.

„Nastrovje", sagte ich. Immerhin etwas. Hatte dort nicht Karl May mehrere Jahre abgesessen?

„Haben Sie nachgedacht?"

„Ja."

„Und?"

„Nein."

„Schade, Herr Hohndorf. Es gibt Leute, die mögen uns nicht Dabei ist es einzig und allein unsere Aufgabe, den ersten Deutschen Arbeiter- und Bauernstaat vor den heimtückischen Angriffen des Imperialismus zu schützen."

„Ich dachte, das machen die Genossen an der Mauer?"

„Die auch."

Schweigen.

„Sie sollten jetzt besser gehen", sagte ich.

„Denken Sie nach, Herr Hohndorf, denken Sie an die Vorteile, die sich aus Ihrer Mitarbeit für Sie ergeben würden. Ganz zu Schweigen von finanziellen Zuwendungen würden Sie zur Elite des Staates gehören, wären in allen Lebenslagen geschützt. Sie hätten Zugriff auf Dinge des täglichen Bedarfs und auf hochwertige Industrieerzeugnisse, die leider noch Mangelware sind. Und denken Sie auch an Fräulein Heinemann."

„Ich denke, dass ich für eine derart verantwortungsvolle Aufgabe noch nicht die innere Reife besitze. Dazu kommt, dass ich unter dem Einfluss von Alkohol sehr geschwätzig bin."

Ich sah Glatze mit der Miene der Unschuld an. Die Erwähnung Helenes mahnte zur Vorsicht.

Glatze erhob sich.

„Wir bleiben in Verbindung, Herr Hohndorf, und

denken Sie weiter nach."

„Da kannst du lange warten", murmelte ich, als sich die Tür hinter ihm schloss.

Den Remy Martin hatte er dagelassen. Meine erste Regung war, die Brühe im Ausguss zu entsorgen. Gut war, dass der Mensch Folgeregungen hatte. Ich goss mir lieber noch einen ein, holte mir eine Flasche Selters aus der Küche und begann mich systematisch abzufüllen.

Morgen war frei, ich konnte ausschlafen. Weihnachten ohne Helene. Ganz kurz blitzte der Gedanke an Jo auf. Hau dich in die Kapsel, Alter, es reicht.

Ich zog mich aus, putzte mir die Zähne, nahm aber das halb volle Schnapsglas mit. Auf dem Nachttisch lag "Im Westen nichts Neues."

Ich las, bis mir das Buch aus den Händen fiel.

***

Heilig Abend war ich bei Meisner eingeladen. Ute, Meisners Frau, hatte Kartoffelsalat gemacht und ich hatte ein Dutzend Wiener organisiert. Gegen zehn Uhr kam Edda dazu. Sie hatte zur Zeit keine Gespielin, ihre Eltern waren zu Bett gegangen und Schwester Ilona wurde von ihrem Mann in Anspruch genommen, der über Weihnachten nach Hause gekommen war.

Edda stellte eine große Flasche Pfeffi auf den Tisch, Meisner brachte einen Kasten Wernesgrüner aus dem

Keller und Ute stellte Knabbergebäck bereit. Der Abend konnte beginnen. Heilig würde er mit Sicherheit nicht. Das faszinierndste an solchen Festen war, dass die Leute wochenlang vorher auf der Jagd waren, auf der Jagd nach Bier, Schinken, Braten, Äpfeln, Süßigkeiten und all dem Zeug, das zu einem Fest gehörte. Und irgendwie schafften sie es immer.

„Prost!", Meisner hob sein Glas. „ Auf die größte DDR der Welt, den Sieg des Sozialismus und auf Biermann." Biermann war als 17jähriger vom Westen in den Osten gekommen, hatte als Regieassistent am Berliner Ensemble gearbeitet, war von Hanns Eisler geprägt worden und hatte das Berliner-Arbeiter-Theater, kurz b.a.t. genannt, gegründet. Jetzt hatte er Auftrittsverbot und war aus der Partei ausgeschlossen worden. Das Gedicht `An die alten Genossen`, vorgetragen in der Berliner Akademie der Künste, war den alten Genossen zu heftig gewesen.

Es war unglaublich, was Meisner alles wusste.

„Prost!", sagte Edda. „Auf den ersten Intershop in Berlin. Da kriegst du alle Sorten Westzigaretten und Alkoholika zu sehr günstigen Preisen."

„Warst du dort?", fragte Ute.

„Nee, mein Schwager hat das erzählt und allerhand mitgebracht."

„Kann da jeder kaufen," fragte ich misstrauisch.

„Klar", sagte Edda. „Vorausgesetzt du hast Westgeld oder Franken oder Dollar oder so. Deine Mark der DDR nehmen die nicht."

„Sauhunde", knurrte ich.

„Aber, aber", lachte Meisner. „Dafür kannst du dir jetzt den neuen Trabi 600 bestellen. Wird ab sofort in Zwickau produziert, hat 23 PS und den kriegst du für Ostgeld."

„Dann schon lieber eine amerikanische `Martinez 2`, lachte Edda. „Könnt ich auf der Venus landen."

„Und was willst du auf der Venus?", fragte Ute.

Edda sah sie eine Weile an und ich sah, wie Uta leicht rot wurde.

Ich dachte an die Venus von Urbino. Nackt, schön und die Hand im Schoß. Mist, dachte ich. Das hältst du nie durch. Monate oder eher Jahre ohne die nackte, warme Haut einer Frau.

„Wie macht sich eigentlich die Neue, diese Anke?", fragte Meisner an Edda gewandt.

Edda lachte. „Ist ein Vogel, kann ich dir sagen. Eichinger gibt doch einige Stunden Sport und was sehe ich? Kommt unser Fräulein Anke doch hochroten Kopfes aus der Halle, wo sie absolut nichts zu tun hat. Und wer kommt fünf Minuten später aus der Halle?"

„Eichinger?", lachte Meisner.

„Mit hochrotem Kopf", ergänzte ich.

„Ihr habt es erfasst, ihr klugen Jungs", lachte Edda. „Soll während des Studiums so ziemlich alles vernascht haben, was drei Beine hatte. Ich vermute, das Mädel ist leicht nymphoman. Hätte wohl besser Ornithologie studieren sollen."

Ich dachte daran, wie sich Anke im Lehrerzimmer eine größere Gewürzgurke in den Mund geschoben hatte. Die Kollegen hatten kurzzeitig den Atem angehalten.

184

„Scheint aber mit Sockentrude ganz gut klar zu kommen", sagte ich.

„Solltest dir ein Vorbild an dem Vögelchen nehmen, Felix", feixte Meisner. „Ist nämlich Mitglied der Deutsch-Sowjetischen-Freundschaft und Kandidatin der Sozialistischen Einheitspartei Deutschlands."

„Fragt sich nur, wie lange das gut geht?", ergänzte Edda. „Wenn die Baginski dahinter kommt, dass ihr Parteisekretär das elfte Gebot bricht, ist damit garantiert Feierabend."

„Das elfte Gebot?", fragte Ute.

„Du sollst deinen elften Finger nicht in fremde Löcher stecken", lachte ich.

„Prost." Meisner hob sein Glas. „Ihr seht das falsch, die beiden haben sicher für den 1. Mai geprobt, zum Beispiel, den richtigen Griff beim Schwingen der Fahnenstange oder wie der Sozialismus wächst, wenn man ihn mit warmer Hand betreut. Man muss doch nicht immer gleich Schlechtes denken, wenn Genossen sich zusammentun."

„Eichinger wird dich schon kleinkriegen, Klaus", lachte Edda. "Der will nämlich die männlichen Kollegen der Schule, zumindest die, die unter 100 sind, in die Kampfgruppe der Chemiebude einreihen. Klaus in Kampfgruppenuniform und Eichinger als Kommandeur", grinste Edda.

„Meisner sah Edda an und zeigte ihr den Vogel.

„Spinnst du jetzt oder was?"

„Im Ernst, ich weiß es von der Patenbrigade."

„Felix Krull", sagte ich.

Klaus sah mich an: „Felix Krull oder Dr. Engel!"
„Leute, ich mach mich auf den Weg." Mir kam der
Pfeffi langsam wieder hoch und ich merkte, dass ich
besoffen wurde. Edda schloss sich mir an, aber ich
brachte sie nicht nach Hause.

***

Anfang Januar nahm ich die Mathestunden für die
Eltern wieder auf.
Jo blieb weg.
Mitte Februar lud ich das Elternaktiv ein.
Jo entschuldigte sich.
Meine Enthaltsamkeit machte mir allmählich zu schaf-
fen. Anke, die Neue an der Schule, hatte mir nach einer
Faschingsfeier kurzzeitig aus der Not geholfen. Wir
waren in meine alte Bude unters Dach gestiegen.
Gegen die eisige Kälte hatten wir Kerzen angebrannt,
was aber so viel gebracht hatte wie ein Heizkissen im
Weltall. Dann war es so schnell gegangen, dass ich
bereits fertig war, als Anke den ersten tiefen Atemzug
tat. Es schien ihr nichts auszumachen.
Ich beließ es dabei. Anke versuchte es noch mehrmals,
aber ich ging nicht mehr darauf ein. Zwecklos. Da
fehlte einfach was.
Jo.
Verdammt, ich wollte nicht.
Und ich wollte doch.

Helene hatte etwas über drei Jahre gekriegt.

Drei Jahre ohne weibliche Wärme?

Das stehst du nie durch Felix.

Ich besorgte zwei Kinokarten für die „Glatzkopfbande", steckte sie in einen Umschlag und schrieb auf einen Zettel: Mittwoch, 20 Uhr, Kapitol.

Ab Mittwochmittag war mir schlecht. Ich konnte nichts essen, trank nur Wasser und qualmte eine Zigarette nach der anderen. Ab halb acht stand ich vor dem Kapitol.

Jo würde garantiert nicht kommen.

Sie kam.

Mir fiel die Zigarette aus der Hand und meine Knie wurden zu warmer Sülze. Ich stützte mich an der Wand ab.

Jo trat dicht an mich heran, hielt mir die Kinokarten vor die Nase und fragte: „Sind die von dir?"

Ich nickte.

„Dann sollten wir reingehen, sonst fängt der Film ohne uns an."

Ich stieß mich von der Wand ab und hielt mich an Jo fest. Irgendwie schaffte sie es, mich bis zu meinem Platz zu bringen. Als der Film anfing, berührten sich unsere Hände und Jo legte ihren Kopf an meine Schulter. Leutnant Czernik, gespielt von Ulrich Thein, ermittelte in einem Unfall auf einer Baustelle mit zwei Toten.

Jo drehte ihren Kopf und wir küssten uns. Hinter uns wurde gezischt. Die sahen nichts. Wir rutschen ganz tief in unsere Sitze. Mir war so heiß, dass mir der

187

Schweiß aus den Haaren übers Gesicht lief. Der Krach von aufheulenden Mopeds und schauerlich lauter Musik schreckte mich kurz auf. Eine Gruppen von Jugendlichen mit kahl rasierten Köpfen terrorisierte die Leute auf einem Campingplatz.

Was ging mich das an? Ich hatte Jo wieder.

Verhaftungen, Aufklärung, Ende.

Vor der Bäckerei blieb ich stehen und sah sie an. Sie zögerte kurz, dann schob sie mich durch die Tür.

„Wenn uns jetzt einer gesehen hat, bin ich erledigt", murmelte Jo. „Nicht einmal das Trauerjahr kann die Schlampe einhalten."

„Wie hast du das mit der Bäckerei gelöst?"

„Sein Bruder, der seit einem Jahr Rentner ist, hat sich bereit erklärt, die Backstube so lange zu übernehmen, bis ich einen Bäckermeister gefunden habe. Ich werd` die Bäckerei wohl aufgeben müssen."

Scheißbäckerei, dachte ich und wollte Jo in den Arm nehmen.

Sie schob mich weg. „Setz dich, Felix."

Ich ließ mich auf einen Stuhl fallen.

Jo stellte eine Flasche Rotwein und zwei Gläser auf den Tisch.

Ich goss ein.

„Erzähle."

Ich erzählte Jo alles, auch die Anwerbung.

Jo sagte kein Wort, sah mich nur lange an, dann sagte sie: „Hättest vielleicht doch annehmen sollen. Helene zu Liebe."

Ich sagte nichts, schüttelte nur den Kopf.

„Wolltest du sie heiraten?"

Ich nickte.

„Was machst du, wenn sie wieder raus kommt?"

Ich zuckte die Schultern. Ich wusste es nicht. Schmeiß diesen saumäßig bezahlten Lehrerberuf auf den Müll und werde Bäcker.

„Ich könnte Bäcker werden." Jo sah mich an und brach in ein schallendes Gelächter aus.

„Was gibt's da zu lachen?"

„Felix, der Mehlwurm. Um Gottes Willen, du wärst nicht mehr Felix, der Glückliche, und für die Kinder wäre es ein Verlust."

„Also, was soll ich deiner Meinung nach machen?"

„Was du am liebsten machst." Jo stand auf, kam um den Tisch herum, zog mich hoch, küsste mich und streifte die Jacke von meinen Schultern.

Wir zogen uns ganz langsam aus.

„Du kannst Helene heiraten oder es bleiben lassen, du kannst tun und lassen was du willst, aber mach nie wieder Schluss mit mir."

„Bis achtzig", flüsterte ich.

„Bis hundert und danach geht's im Himmel weiter.

„Vielleicht sollten wir`s erst mal auf dem Bett probieren."

„Ich weiß nicht, ob ich`s noch kann", flüsterte Jo.

„Ich zeig`s dir.

„Na dann. Mach`s wie der Schmetterling."

„Wie macht`s der Schmetterlingsmann?"

„Er umflattert sie."

Ich kniete mich neben Jo und schickte meine Hände als

Flügel über ihren Körper. Die Flügelspitzen huschten über die warme Haut ihrer Brust, über den glatten Bauch und hinunter zum wuscheligen Dreieck.

Die zarte Haut an den Innenseiten ihrer leicht gespreizten Schenkel erschauerte. Dann wanderten die Flügel wieder nach oben, zeichneten die geschwungenen Konturen der Augenbrauen nach, umflatterten Nase und Mund, versuchten, in die Ohrmuschel einzudringen und landeten wieder auf den Spitzen der Glockenblumen. Meine Flügel umschwirrten die Kronzipfel, die sich heftig aufrichteten und nach weiterer Berührung gierten.

Dann wanderten die Flügel wieder hinab ins Tal und der Fühler drang tief in die Blüte der Glockenblume ein. Er begann sich zu bewegen, wurde aber gebremst. Jos Hände signalisierten Wartestellung. Wir sahen uns in die Augen und begannen uns zu küssen.

Behutsam. Züngelnd. Heftig. Wild. Gierig.

Im Fühler hämmerte der Puls und er schwoll unerträglich an, wurde von Unruhe getrieben und begann zu zucken.

Endlich gab Jo den Startschuss.

Ich lag danach lange, ohne mich zu bewegen.

Nur Fliegen kann schöner sein, hatte ich irgendwo gelesen.

Sehr unwahrscheinlich.

***

Dann kam der schwarze Freitag. In der Post lag ein

hässliches, verdammt amtlich aussehendes Schreiben.
Antreten zur Musterung. Sind die bescheuert? Jetzt, wo
ich das erste Mal in meinem Leben finanziell auf
eigenen, wenn auch wackeligen Beinen stand, wollten
die mich für anderthalb Jahr mit 80 Mark im Monat
zum Sandhopser machen.
Schütze Arsch im dritten Glied.
Leckt mich. Ich hatte gerade „Im Westen nichts Neues"
gelesen. Für diese Knalltüten von Politikern, egal, ob
Ost oder West, würde ich kein Gewehr anfassen.
Sollten diese Marktschreier sich doch gegenseitig die
Schädel einschlagen oder noch besser, die Eier weg-
schießen. Ulbricht und Adenauer im Duell mit Netz,
Dreizack und Dolch auf dem Brandenburger Tor. Der
Eine im Netz mit dem Dolch in der Brust und der
Andere den Dreizack im Speckbauch. Noch zwei, drei
Doppelte und ich würde Blut fließen sehen.
Ich war das Wochenende schwer besoffen. Dann
informierte ich mich über Epilepsie. Die Anfälle
kamen aus heiterem Himmel, ohne Vorankündigung.
Fallsucht.
Krampfanfälle.
War tatsächlich in meiner Schulzeit passiert. In der
achten Klasse hatte ich mit Nille vor Schulbeginn – wir
hatten zwei Stunden später – mehrere Gläser Apfel-
wein getrunken. In Chemie wurde mir so schlecht, dass
ich aufstand und zum Klo wollte. Plötzlich wurde es
dunkel um mich und ich krachte die Stufen des wie ein
Hörsaal gebauten Klassenzimmers runter.
Blut.

Schädelverletzungen, auch relativ harmlose, bluten wie Sau.

In der Poliklinik landete ich bei Doktor Neumann, der bei uns im Nebenhaus wohnte. Er roch an mir, grinste, sah dann zu unserer Chemielehrerin Frau Faulwasser, die mich hergebracht hatte, grinste die Schwester an und gab ihr die Diagnose: „Epileptischer Anfall."

Die Sprizte tat ziemlich weh, das Nähen merkte ich nicht, war eher wie ein Kratzen am Kopf.

Ich hatte zwei Tage frei.

Jetzt musste ich anderthalb Jahre rausschinden.

Prost Mahlzeit.

Mein Hauptwohnsitz war noch bei meinen Eltern, also Wehrbezirkskommando Leipzig Stadt.

Ich wurde durch mehrere Zimmer geschleust. Was die Leute, die dort saßen, von mir wollten, bekam ich nur teilweise mit. Meine Gedanken waren total blockiert.

Plötzlich stand ich vor Doktor Neumann.

„Hallo, Felix."

„Hallo, Doktor Neumann."

„Du willst also die Errungenschaften unserer Werktätigen mit der Waffe in der Hand vor den kriegslüsternen Imperialisten schützen. Sehr lobenswert, Felix."

Das Grinsen im Gesicht des Doktors konnte nur ich sehen. Der junge Mann im weißen Kittel, der an einem Schreibtisch saß, kritzelte in einem Block herum.

„Ich liebe die Errungenschaften unserer Werktätigen."

Ich grinste zurück

„Ausziehen!"

Tat ich.

Doktor Neumann ging um mich herum.

„Hinlegen", er deutete mit einer Handbewegung auf eine mit grauem Kunststoff bezogene Liege.

Ich legte mich. Doktor Neumann befummelte meine Füße.

„Verbreiterung beider Vorfüße. Links stärker ausgeprägt."

Der junge Weißkittel schrieb eifrig.

„Abgeflachte Fußsohlenpolster."

„Typische Schwielen an Mittelfußköpfchen 2 bis 4."

„Gerade hinstellen!"

Ich stellte mich nicht ganz gerade.

„Dacht` ich`s mir doch: Typisch Scheuermann. Na, da werden Sie noch ihr blaues Wunder erleben, junger Mann. Mit der Verteidigung des sozialistischen Vaterlandes wird das wohl Probleme geben."

Ich setzte zu einem bedauerlichen Seufzen an, aber der Doktor unterbrach mich: „Was machen eigentlich ihre epileptischen Anfälle aus der Jugendzeit?"

„Sind in letzter Zeit wieder zwei Mal aufgetreten."

Stimmte sogar. Das eine Mal war ich, aus der „Sonne" kommend, auf der Treppe zusammengebrochen, und bei Jo hatte mich ein epileptischer Versöhnungsanfall heftig erwischt.

„Ich schick sie vorsichtshalber noch zum Neurologen, aber ich kann Ihnen jetzt schon sagen, sieht maximal nach Schreibstube aus." Er blickte mich tief betrübt an.

„Überweisung an Frau Doktor Herbst", wandte er sich an den Schreiber.

„Doktor Herbst ist eine gute, alte Bekannte aus meiner Studienzeit. Ich werde Sie avisieren, Felix."

Er griff zum Telefon. „Sie können schon hochgehen."

Doktor Herbst war eine üppige Dame mit einem Busen, der mit aller Macht versuchte, seitlich auszubrechen. Kann nur vierhändig bespielt werden, dachte ich.

„Machen Sie sich`s auf der Liege bequem." Sie zeigte auf das Ding, was in gleicher Ausfertigung auch unten stand.

Doktor Herbst griff zu einer dünnen Lampe und leuchtete mir in die Augen. Ihre tonnenschwere Oberweite lag auf meinem rechten Arm. Wenn die das noch eine Weile macht, dachte ich, schläft zwar meine Hand ein, aber wer weiß, wo das Blut dann hinfließt.

Sie hob meine Augenlider an und leuchtete.

„Schauen Sie an die Decke!"

„Nach links!"

„Nach rechts!"

„Nach unten!"

Nach unten war gut, ihre Supergranaten sprangen mir nahezu in die Pupillen.

Sie griff zu einem Tisch rüber und fuhr mir dann mit einem Nagel oder so was über Brust und Bauch.

„Setzen!"

Ich setzte mich.

„Lassen Sie die Beine baumeln."

Mit einem Hämmerchen schlug sie mir mehrmals kurz unters Knie. Beide Beine schlugen nach vorn aus.

„Patellarsehnenreflex in Ordnung."

Hoffentlich schlägt die mir nicht noch auf die Eier, dachte ich.

Sie ergriff meine linke Hand, bog meinen Kleinfinger fest zur Handfläche und ließ ihn schnipsen. Dann waren die restlichen Finger dran. Nicht alle schnipsten so richtig.

Das war`s.

Mit der Verteidigung des Sozialismus durch Felix Hohndorf sah es schlecht aus.

Bedingt tauglich, Schreibstube.

Abtreten!

***

Ich beschloss, meinem Leben ab sofort einen Sinn zu geben. Wieder mal. Die ständigen Saufereien und die Weibergeschichten würden eingeschränkt.

Eingeschränkt war gut.

Der Mittwoch gehörte auf alle Fälle Jo. Freitags gab ich wieder Nachhilfe in Mathe bei Ilonas Sprössling und half auch der Mutter hin und wieder aus der Not.

Meine Bude unterm Dach hatte ich gekündigt. Ich zahlte an Helenes statt die Miete und wartete auf sie.

Das Problem waren die Wochenenden. Samstag und Sonntag in Kuhkaff war wie Wasser trinken aus einer Kognakflasche. Meine Statisterei am Theater hatte ich aufgegeben. Helenes Begeisterung dafür war nicht allzu groß gewesen.

Vorbeugen ist besser als Weinen, war ihre Devise.

Jo noch am Wochenende? Lieber nicht. Alles, was zu eng wird, zerreißt irgendwann.

.Anke, die bumsfidele Absolventin? Gott, steh mir bei! Von Edda wusste ich, dass sich die Kirsche vor einiger Zeit einen Tripper eingefangen hatte.

Also weiter Wasser aus der Kognakflasche. Würde ich nicht lange aushalten. Setz dich hin, Felix, und schreib an deinem Kinderbuch weiter. Oder schreib einen Lehrerroman, steckst doch mittendrin im Milieu. Hast alle Typen greifbar vor der Nase. Mir fiel Runge ein, Dr. Runge, Dozent für Pädagogik und Psychologie an der Uni: „Eine gute Schule zeichnet sich dadurch aus, dass alle Typen, vom knallharten Pauker über den von allen geliebten Superlehrer bis zum Hampelmannpädagogen voller Euphorie und Frust an der Bildung der Generation arbeiten, die später eure Rente verdienen muss."

Wobei das Wort Rente für einen 20jährigen Studenten ungefähr so weit entfernt war wie ein außergalaktischer Nebel.

Die Benutzung der Worte „Frust" und „Hampelmannpädagoge" im Zusammenhang mit „guter Schule" fielen Dr. Runge wie Granitbrocken auf die Füße. Eggermann, FDJ-Sekretär unserer Seminargruppe, machte aus „guter Schule" sozialistische Schule, und da gab es weder Frust noch Hampelmannpädagogen.

Die schöpferische Arbeit aller Pädagogen in Zusammenarbeit mit allen Kräften der sozialistischen Gesellschaft für eine marxistischleninistische Schulpolitik kann und darf nicht durch die Verbreitung defätistischen Gedankengutes in Misskredit gebracht werden."

Runge wurde angezählt. Eggermann startete mit einigen linientreuen Genossen eine Kampagne gegen ihn und legte damit den Grundstein für seinen Verbleib an der Uni. Was durchaus, von seiner Warte aus betrachtet ein kluger Schachzug war. Er hatte während des großen Schulpraktikums schauerlich versagt.

Runge musste sich öffentlich entschuldigen.

Er nahm den Hampelmannpädagogen zurück.

Auf dem Frust beharrte er.

Und hatte recht.

Schwertfeger, die alte Bio-und Chemietante war das beste Beispiel dafür. Ihren Krankheitstagen nach müsste sie längst verstorben sein. Sie fürchtete sich vor jeder neuen Klasse, vor jedem neuen Schultag und vor jeder Unterrichtsstunde. Dabei war sie mit großem Optimismus Lehrerin geworden, hatte ihre Bestimmung in der Bildung und Erziehung von Generationen von Kindern und Jugendlichen gesehen und war bitter enttäuscht worden. Voriges Jahr hatte sie eine Vertretungsstunde Geografie in der achten Klasse geben müssen, hatte von Afrika erzählt und vom Zusammenhalt der Zebrafamilien geschwärmt.

„Zebras erkennen sich am Geruch."

Die Klasse hatte sofort begonnen, sich gegenseitig zu beschnüffeln:

„Du stinkst, du Sau, du gehörst nicht zu uns."

„Und sie erkennen sich an der Stimme."

Bellen, Kreischen, Husten, Wiehern, Gackern und Grunzen.

„Und an ihrer Zeichnung. Für das menschliche Auge sehen alle gleich aus, doch das ist ein Irrtum.‟

Am frühen Nachmittag war ihr Dackel Hugo verschwunden. Hugo war ihr Kind. Richtige Kinder hatte sie nicht.

Gegen Abend war Dackel Hugo wieder auf dem Hof. Aber es war nicht mehr ihr Hugo. Er hatte sich total verändert, trug eine Sonnenbrille, einen Strohhut, war mit weißen und schwarzen Streifen bemalt und mit Maiglöckchenparfüm eingedieselt. Hugo roch wie eine Nutte vom Straßenstrich. Das Seltsame war, dass es Hugo zu gefallen schien. Er tobte vergnügt durch die Wohnung und weigerte sich, in die Waschschüssel zu springen.

Eichinger war das krasse Gegenteil, knallhart und völlig emotionslos. Aber die Sorte war Gott sei Dank in der Minderhaeit.

Meisner, der von allen geliebte Superlehrer, bei dem das Fach Mathematik einem spannenden Krimi glich, konnte herzhaft über sich selber lachen und war der Überzeugung, dass auch ein Schwachmatiker seinen Weg im Leben finden würde.

Am schwersten hatten es die Fachidioten unter uns, die davon überzeugt waren, dass Versager in ihren Fächern für´s ganze Leben gebrandmarkt wären.

Wo war mein Platz in diesem Panoptikum?

Ich wusste es nicht.

Das Einzige, was ich wusste, war, dass jeder Lehrer

seine Erfahrungen selbst machen musste. Gute Ratschläge, wie sie uns von den Dozenten der Hochschule mitgegeben wurden, waren glatt für den Arsch.

Kann ein junger Lehrer darüber schreiben? Wohl eher nicht. Also heb` dir das Thema für deine alten Tage auf, Felix und bleib bei deinem Kinderbuch.

Ich verbiss mich in die Schreiberei. Meisner lieh mir seine alte Schreibmaschine auf Dauer und ich schrieb bis tief in die Nächte hinein. Die Zeit verging wie im Flug. Ich schrieb, schmiss weg, änderte, schrieb um, ergänzte, und irgendwann hatte ich an die 70 Seiten zusammengehämmert.

Dann kam das Erwachen. Es fehlte jeglicher Bezug zum Sozialismus und zur Sowjetunion und zu Mao. Stalin war zwar nicht mehr aktuell, aber Chruschtschow hätte wenigstens erwähnt werden müssen.

Fehlanzeige.

Bei mir würde wahrscheinlich Nanuk, sich an den Hals des gewaltigen Karibus Kaja klammernd, über die Berliner Mauer springen.

Dann wirst du die längste Zeit Lehrer gewesen sein, mein lieber Felix.

***

Nach den Oktoberferien fehlte die heiße Anke. Sockentrude gab bekannt, dass Fräulein Anke Lehmann auf eigenen Wunsch die Schule gewechselt habe. Nach und nach kam die Wahrheit ans Tageslicht.

Fräulein Anke, vom Tripper heimgesucht, hatte alle Personen angeben müssen, mit denen sie in der letzten Zeit Geschlechtsverkehr hatte. Die Liste soll ziemlich lang gewesen sein.

Parteisekretär Eichinger bekam vom Gesundheitsamt einen Brief, den dummerweise seine Ehefrau öffnete.

So etwas nennt man Pech.

Glück hatte er trotzdem gehabt, die Gonokokken hatten ihn nicht erwischt. Was bei ihm tropfte, waren zumindest keine Bonjour-Tropfen.

Aus gesundheitlichen Gründen, Herzprobleme, stellte er das ehrenvolle Amt des Parteisekretärs zur Verfügung und wurde allmählich wieder Mensch.

Die Herzprobleme hatte er danach wirklich. Seine Frau ließ sich scheiden und zog nach Berlin.

„C'est la vie", lachte Meisner und klopfte Eichinger auf die Schulter, als der mit hängendem Kopf beim Kaffee saß.

Hast Glück gehabt, Felix. Das hätte genauso gut dich erwischen können.

Jo ade und Skandal bei Ilona.

Ich kaufte am Mittwoch für meine letzten Piepen einen Strauß roter Rosen und begab mich zu Jo.

Sie fühlte sich heiß an.

„Leicht erhöhte Temperatur", lachte sie. „Kalte Nächte und niemand, der mich zudeckt."

Merkwürdig. Sollte ich der Zudecker werden?

Jo goss mir ein Bier ein.

Auf dem Tisch stand eine halb volle Flasche Stierblut.

Ich schüttelte mich.

„Als Glühwein mit Zucker und Nelken schmeckt`s einigermaßen", lachte Jo, aber es war nicht das fröhliche Lachen, was ich an ihr so liebte.

„Soll ich mich auf Stierkampf einstellen?"

„Keine schlechte Idee, du als degenschwingender Matador. Ich hoffe, dass deine Klinge scharf genug ist, damit der arme Stier nicht allzu lange leiden muss?"

Wieder dieses leicht verhaltene Lachen.

„Muss ich den Stier töten oder genügt es, wenn ich ihn bei den Hörnern packe?" Ich schob meine Hände über den Tisch und berührte Jos Brüste. „Oder muss ich ihn in die Knie und dann auf den Rücken zwingen?"

„Das entscheidet der Matador," Jo schob sich mir leicht entgegen.

„In der Plaza de Toros ist nicht immer der Matador der Chef", entgegnete ich.

„Apropops Chef, hast du schon von deiner neuen Chefin gehört?" Jo nahm noch einen Schluck Glühwein.

Ich sah sie verständnislos an.

„Die große Chefin."

Jetzt fiel bei mir der Groschen. „Die Honecker. Ist Tagesgespräch bei uns."

Im Kollegium zerrissen sie sich die Mäuler: „Die hatte doch schon ein Verhältnis mit diesem Honecker, als der noch mit der Baumann verheiratet war."

„Die hat doch nicht mal Abitur."

„Hat ein Kind von dem Honecker gekriegt, bevor der geschieden war."

„War die nicht über fünf Jahre beim BDM?"

Die Klatschraspeln hatten Hochkonjunktur.

Meisner wusste wie immer Genaueres. Unsere zukünftige Chefin war tatsächlich von 1938 bis 1945 beim BDM, war dann in die KPD eingetreten und bei der Zwangsvereinigung von KPD und SPD automatisch SED-Mitglied geworden.

Steile politische Karriere: Stenotypistin beim FDGB, Mitglied des Sekretariats des FDJ-Landesvorstandes Halle, Leiterin der Abteilung Kultur und Erziehung im FDJ-Landesverband, Sekretärin des Zentralrates der FDJ und Vorsitzende der Pionierorganisation Ernst Thälmann.

Mit 22Jahren wurde sie jüngste Abgeordnete der Volkskammer. Mit knapp 25 kam Tochter Sonja zur Welt.

Und Honecker war noch verheiratet.

Ulbricht war nicht begeistert von der Liaison seines verheirateten Sekretärs des Nationalen Verteidigungsrates mit dieser Margot. Das entsprach keineswegs dem Idealbild des Menschen im Sozialismus.

Erich und Margot, geborene Feist, wurden nacheinander für jeweils ein knappes Jahr nach Moskau geschickt.

Danach Scheidung Honeckers und neue Hochzeit.

„So, so", sagte Jo, „hat die also ein Kind von einem verheirateten Mann gekriegt." Ihr Gesichtsausdruck machte mich stutzig.

Irgendwas stimmte nicht.

„Rede", sagte ich.

„Bin schwanger, Felix."

Mir blieb der Bissen im Hals stecken. Ich sah Jo an und wusste, dass ich wie der berühmte Ochse vor`m neuen Tor aussah.

„Mach den Mund wieder zu, Felix. Ich sehe, dass du dich vor Freude kaum halten kannst."

„Hast du `n Schnaps da?"

Jo stand auf und holte eine Flasche Weinbrand und ein Glas aus dem Schrank.

Ich goss ein und trank in einem Zug aus. Ich goss noch zwei Mal ein.

„Ich werde das Kind nicht kriegen, Alexander reicht mir."

Ich goss mir noch einen ein.

Na Hilfe, war das erste, was ich dachte, als ich wieder denken konnte. Als sozialistische Lehrerpersönlichkeit müsstest du Jo jetzt einen Heiratsantrag machen. Vielleicht doch noch zum Bäcker umschulen, gerade jetzt, wo sich Hartmann wieder gemeldet hatte und mir das Matheprojekt richtig Spaß machte. Meisner war mit eingestiegen und die ersten Kollegen von Nachbarschulen kamen zum Hospitieren

Und was wird mit Helene, wenn sie rauskommt?

Jo musste meine Gedanken gelesen haben.

„Du musst mir jetzt keinen Heiratsantrag machen, Felix, aber nimm dir bitte zwischen Weihnachten und Neujahr nichts vor."

Ich goss mir noch einen Weinbrand ein und spülte mit Bier nach. So langsam ließ die innere Spannung nach.

„Was hast du vor?"

„Wir machen Urlaub", lachte Jo. „Zu dritt."

„Zu dritt?" Ich sah entgeistert auf ihren flachen Bauch.

„Mit Edda, wenn dich das nicht stört?"

Ich wusste, dass es Gerüchte gab. Edda und Jo sollten, bevor ich aufgetaucht war, recht gut miteinander harmoniert haben. Mich störte das nicht im Geringsten. Ich wusste, dass ich Jo nicht liebte, ich brauchte sie. Sex mit Jo war das, wovon viele Männer träumten, ohne es je zu erleben.

„Ist schon gebucht", fuhr Jo fort, „Pension in Thüringen, zwei Doppelzimmer."

Ich sagte nichts, sah nur für den Bruchteil einer Sekunde drei ineinander verschlungene, nackte Leiber auf einem Doppelbett.

„Bist du dabei, Felix?"

Ich nickte und nahm noch einen großen Schluck aus der Flasche.

„Dann wollen wir mal mit dem ersten Akt beginnen."

Jo stand auf und kam gleich darauf mit einer Kaffeekanne zurück.

„Stierblut mit Nelken, schön heiß."

„Wer ist der Stier?"

„Ich", lachte Jo

Ich schüttelte mich.

„Nur für mich Felix, soll bei manchen Frauen schon geholfen haben. Du kannst dir ruhig noch einen eingießen. Aber bleib bitte bis morgen früh … falls was passiert."

„Prost Jo", sagte ich.

„Es möge helfen, Felix." Jo trank in kurzer Zeit mehrere große Gläser von der intensiv nach Nelken stinkenden Brühe und glühte. Ich hatte den Verdacht, dass sie, bevor ich gekommen war, schon eine Portion intus hatte.

Jo sah mich an und begann zu lachen. „Mein süßer Felix könnte Vater werden, aber er will nicht, oder willst du etwa?" Sie stand auf, stieg auf den Stuhl und sprang runter.

Ich sagte nichts.

„Soll manchmal helfen", sagte Jo. Sie stieg erneut auf den Stuhl und von da auf den Tisch und sprang.

„Hör auf damit, so wird das nichts." Ich wusste von einigen Studentinnen, dass die diesen Scheiß mit Rotwein und vom Tisch springen gemacht und am Ende doch einen dicken Bauch hatten.

Jo trank weiter, und fragte dann: „Kannst du die nächsten beiden Nächte hier sein?"

Ich nickte.

Sie sah mich jetzt mit leicht schielenden Augen an. „Morgen versuch ich`s mit Rotwein, Aspirin und einem heißen Bad und übermorgen mit einem Petersilienauszug. Hab allerdings das Gefühl, dass deine Spende verdammt festsitzt."

Sie goss weiter heißen Rotwein in sich hinein. Ihr Gesicht glühte wie eine Kochplatte auf der drei. Sie füllte mein Glas wieder mit Weinbrand, aber ich nippte nur daran und wir prosteten uns zu.

Jo versuchte erneut, auf den Stuhl zu steigen, schaffte es aber nicht. Der Stuhl fiel um und Jo saß auf dem Fußboden und lachte. „Ich bin besoffen, Felix, hilf mir hoch."

Ich packte sie unter den Schultern und zog sie zum Bett. Ihre Bluse war aufgeplatzt. Ich setzte mich mit ihr auf dem Schoß auf die Bettkante und begann wild ihre prallen Brüste zu drücken und zu kneten.

Jo küsste mich, stand auf und warf ihren Rock auf den Fußboden. Meine Hose flog gleich hinterher. Jo half mir dabei, befreite mich noch von der Unterhose, kniete sich vor das Bett und küsste ihn.

Nach einer Weile kam Jo wieder hoch, nahm einen weiteren Schluck von dem jetzt lauwarmen Wein in den Mund und küsste mich erneut. Dabei drückte sie den Wein in meinen Mund. Ich ließ ihn kreisen und drückte ihn dann in ihren Mund zurück. Wir wiederholten das Spiel, bis der Wein nur noch Schaum war, dann schluckten wir ihn je zur Hälfte runter.

Jo setzte sich wieder mit dem Rücken zu mir auf meine Oberschenkel. Ich blieb ganz ruhig sitzen, nur meine Hände, die ich unter Jos Armen nach vorn geschoben hatte, umklammerten ihre prallen Milchbrötchen.

Jo begann sich hin und her zu bewegen.

Bei mir ging nichts. Zu viel Schnaps.

„Wird nichts mehr", flüsterte ich. „der Bindfaden klemmt auf der Rolle."

„Morgen gibt's keinen Schnaps", lachte Jo.

***

Weihnachten.

206

Wir saßen im Zug. Edda, Jo und ich.

Meine Gefühle waren gemischt. Ich war immer noch auf dem Weg, Vater zu werden. Rotwein, Nelken und Aspirin, heiße Bäder, Petersiliewurzel, Sprünge vom Tisch und Akrobatensex hatten nichts gebracht. Was Jo und Edda vorhatten, wusste ich nicht, aber ich ahnte, dass sie es zu einem Abschluss bringen wollten.

Wir hatten ein Abteil für uns, und die Frauen waren völlig aufgedreht. Sie tranken Sekt. Ich blieb bei Bier. Die Schnapsorgie mit Jo hatte gereicht.

„An was denkst du, Felix?" Edda grinste mich an.

„An Zellteilungen", grinste ich zurück.

Jo sah mich merkwürdig an.

„Und an Leberwurstbrote", ergänzte ich.

Edda öffnete ihre Reisetasche und reichte mir die Brotbüchse.

Jo öffnete mir noch ein Bier.

Was hatten die Weiber mit mir vor?

War mir eigentlich egal.

Ich biss in das Brot. Dick Butter und hausschlachtene Leberwurst. Allein damit hätte man mich zu jeder Schandtat überreden können.

„Prost, auf das Wohl der Damen", sagte ich.

„Prost, auf das Wohl des einzelnen Herrn."

Die Schaffnerin kam und kontrollierte die Fahrkarten. Sie war blond, pummelig, und ihre Uniformjacke spannte über der Brust. Edda hielt ihr die Fahrkarten entgegen, die Schaffnerin knipste Löcher hinein und sah dann Edda fragend an.

„Das sind nur zwei Fahrkarten."

Edda lachte. „Hab vergessen zu lösen. Möchten Sie vielleicht ein Glas Sekt mit uns trinken?"

„Bin zwar im Dienst, aber wenn Sie nachlösen, gern."

„Und wenn ich nicht nachlöse, verhaften Sie mich dann?", grinste Edda die junge Frau an.

„Aber sicher. Ich sperr Sie in die Toilette ein und lass Sie zwei Tage bei Wasser und trocken Brot hin und her fahren."

„Kommen Sie mich wenigstens ab und zu besuchen?"

„Natürlich, ich bring Ihnen ja das Wasser."

„Bleiben Sie dann eine Weile bei der Gefangenen und trösten Sie sie in ihrer trostlosen Einsamkeit?"

„Wenn Sie mir die dritte Fahrkarte jetzt geben würden, könnten man darüber reden."

Die Schaffnerin hatte längst gemerkt, dass die Damen bereits einen sitzen hatten, und da der Zug nur spärlich besetzt war, gefiel ihr die Abwechslung.

Edda reichte ihr die dritte Fahrkarte. Die junge Frau schob die Fahrkarte betont langsam zwischen die Backen der Lochzange, drückte eben so langsam zu und sah Edda dabei in die Augen. An Eddas Hals bildeten sich die ersten rosa Flecken.

Jo nahm Eddas das Glas aus der Hand, füllte es aus der Sektflasche und reichte es der Schaffnerin.

„Danke, aber Sie nehmen es mir sicher nicht übel, wenn ich nur koste."

„Beim Trinken sollte man sich immer setzen."

Edda rückte ein Stück zur Seite.

Die Schaffnerin lächelte, setzte sich aber zu mir, hob ihr Glas und sagte: „Prost" und ließ ihre freie Hand kurz auf meinem Schenkel ruhen.

Jo legte zum Trost ihre Hand auf Eddas Schenkel.

Ich sah aus dem Fenster, trank noch ein Bier und schlief dann ein.

Die Pension lag dicht am Waldrand. Man konnte von der Gaststube aus in den Ort hineinsehen, der vom Marktplatz und der Kirche geprägt wurde. Der Wirt, ein untersetzter Mann mit grauem Vollbart, empfing uns zur Begrüßung mit einem Glas Weihnachtsbowle.

Der Rand der Gläser war gezuckert und sollte wahrscheinlich Schnee symbolisieren.

Draußen fiel leichter Nieselregen.

„Wenn die Herrschaften zum Abendessen mit Sülze und Bratkartoffeln vorlieb nehmen wollen, erwarte ich Sie gegen halb acht in der Gaststube."

Ich wusste, dass zumindest ich da sein würde. Für Bratkartoffeln wäre ich auch nachts um eins aus dem Bett gestiegen.

Der Wirt griff zu dem Brett hinter dem Tresen, sah uns unschlüssig an und reichte dann den beiden Damen die Zimmerschlüssel. Sollten die doch entscheiden, wer mit wem.

Die Zimmer lagen in der ersten Etage.

Edda hatte Zimmer Nummer Vier.

Jo schloss die Drei auf und schob mich hinein. Der Raum war groß und rustikal eingerichtet. Ein riesiger Schrank aus massivem Kiefernholz stand an der rechten Wand, gegenüber ein breites Doppelbett.

Neben der Tür eine schwere Kommode. Hinter einem

Vorhang eine Waschgelegenheit mit Marmorplatte, großer Steingutschüssel und Wasserkrug. Die Äste der Bäume berührten fast die Hauswand. Wald, so weit man blicken konnte und von den Bäumen tropfte die Nässe.

Jo nahm mich in den Arm.

"Schön?"

„Sehr schön", sagte ich und dachte: Hundetürkei. Möchte hier nicht mal begraben werden.

„Geh runter, Felix, und trink ein Bier, ich mach mich inzwischen frisch."

In der Gaststube saß ein älteres Ehepaar beim Abendessen und vier ältere Herren spielten Skat am Stammtisch. Der Wirt stand hinterm Tresen und polierte Gläser. Er zeigte auf einen Tisch im hinteren Teil des Raumes, direkt neben dem stattlichen Weihnachtsbaum. Er brachte mir unaufgefordert ein Bier. Es schmeckte schal und war lauwarm.

Ich sah in die Getränkekarte und bestellte einen doppelten Rhöntropfen. Kannte ich nicht, klang aber gut. Und schmeckte und überdeckte den faden Biergeschmack.

Edda kam. Sah gut aus heute Abend. Sie blickte auf mein Bier. Ich schüttelte den Kopf. Sie bestellte einen Schoppen Weißwein und hielt mir ihre Marlboroschachtel entgegen.

„Hab `ne ganze Stange davon mit. Von Ilonas Mann. Hat wieder im Intershop zugeschlagen."

Wir rauchten. Ich überlegte, was ich in diesen Tagen trinken sollte. Diese Brühe, die hier als Bier verkauft wurde, war ungenießbar.

„Noch ein Bier, der Herr?" Der Wirt stand an unserem Tisch und blickte gierig auf Eddas Zigaretten.

Edda bot ihm eine an. „Wenn Sie für den Herrn vielleicht ein Flaschenbier hätten?" Sie spielte mit der Marlboroschachtel.

Der Wirt verschwand und kehrte gleich darauf mit einem großen Glas Bier zurück. „Radeberger, mein Herr, muss es im Glas servieren, reicht nicht für alle Gäste."

Edda legte eine volle Schachtel Marlboro auf den Tisch.

„Ich würde gern wieder einmal Rehbraten essen …?" Sie schob die Schachtel Richtung Wirt.

Der Mann verbeugte sich, griff die Zigaretten, und während er sich zurückzog, murmelte er: „Wird sich sicher machen lassen, Madam."

„Madam, hast du das gehört, Felix? Ich bin eine Madam", lachte Edda.

Jo kam an unseren Tisch.

Ich erhob mich.

„Darf ich vorstellen, Madam Marlboro." Ich wies mit einer eleganten Handbewegung auf Edda.

„Hast du schon einen genippelt, Felix?", lachte Jo.

„Hat erst sein zweites Bier", sagte Edda.

Das Essen kam. Die Sülze war nicht ganz nach meinem Geschmack. Zu viel Fettstücken und einige Borsten. Dafür waren die Bratkartoffeln erste Klasse und mehr als reichlich. Dazu Gewürzgurken aus dem Spreewald. Edda bestellte zum Essen eine Flasche

Weißwein. „Gekühlt, bitte!"

Es war ein einigermaßen gutes Essen bis auf die Sülze und ich hätte noch eine Portion Bratkartoffeln vertragen, aber ich wusste nicht, was Jo noch vorhatte. Und mit einem übervollen Magen ...

Ich trank nach dem Essen noch einen Kaffee und einen Rhöntropfen und schlug einen Spaziergang durch den Ort vor.

Die Damen lehnten ab.

Ich schlenderte allein durch das Dorf. Gleich hinter der Kirche war noch eine Kneipe. Ich ging rein. In der Schankstube roch es nach altem Zigarettenrauch, gebratenen Zwiebeln und altem Bierdunst.

Über der Theke brannte eine funzlige Lampe. Im hinteren Teil des Raumes stand, gut beleuchtet, ein alter Billardtisch, an dem vier Jugendliche ihre Queues schwangen.

„Ein Bier?" Die junge Frau hinter der Theke hatte bereits das Glas am Zapfhahn. Mein Blick fiel auf das etwa dreijährige Mädchen, das hinter der Mutter stand. Zwischen ihrer Nase und der Oberlippe lag eine finger-dicke Schicht grünen Rotzes. Mir hob sich der Magen. Gegen Rotz war ich allergisch. Ich schüttelte den Kopf und stellte mir vor, dass die Gläser vielleicht von dem Mädchen poliert wurden. Ich sah das Wischtuch vor mir und wie die Kleine damit über ihre Oberlippe fuhr und dann weiter polierte.

Ich schluckte schwer und deutete auf die Kornpullis hinter einer Glasscheibe.

„Zwei."

Ich bezahlte und ging zu den Billardspielern, setzte mich auf einen Stuhl und sah zu.

„Willste mitspielen?", fragte ein flachsblonder Junge.

Ich schüttelte den Kopf.

„Zuschauer zahlen Eintritt", flachste der Blonde.

Ich sah zur Theke und hob vier Finger.

Die Wirtin brachte das Bier.

Die jungen Männer hoben ihre Gläser: „Prost, auf den edlen Spender."

Ich schraubte den Verschluss von meinem Pulli, sagte Prost und sah dem Spiel zu.

Als ich nach einer Stunde aus der Kneipe trat, fiel ein eiskalter Regen vom nachtschwarzen Himmel. Ich schlug den Kragen meiner Jacke hoch und machte, dass ich zu unserer Pension kam. Der Gastraum war leer bis auf die Skatspieler. Ich stellte mich an den Tresen. Der Wirt sah mich fragend an.

„Noch eins wie zum Abendessen", sagte ich.

Der Wirt bückte sich, verdeckte mit der Hand das Etikett der Flasche und goss ein.

Ich ließ mir noch eine Schachtel Club geben, brannte mir eine an und sagte: „Scheißwetter."

„Weihnachtswetter", sagte der Wirt.

"Schnee wäre mir lieber", sagte ich.

„Wär die Kneipe wenigstens am Mittag voll", sagte der Wirt.

Ich nahm einen kräftigen Schluck. „Eigentlich sollte man Grog trinken bei dem nasskalten Sauwetter", sagte ich.

„Würde ich an Ihrer Stelle nicht", grinst mich der Wirt

an.

Ich sagte nichts.

„Bei der Reisebegleitung", fuhr der Wirt fort, und ich sah den Anflug von Neid in seinen Augen.

„Meine Tanten schlafen sicher schon", lachte ich.

„Sehr schöne Tanten, die Sie da haben und noch so jung. Manchem gibt`s der Herr im Schlafe."

Eine Schwingtür ging auf und eine Frau stellte sich neben den Wirt.

„Meine Frau und ihre Köchin."

„Das Abendessen war ausgezeichnet",sagte ich.

Warum schwindelt man in solchen Situationen, dachte ich. Die Sülze war doch Scheiße.

Die Frau war verbraucht, graues, verhärmtes Gesicht voller Falten, strähnige, fettige, graue Haare, die hinten zu einem Knoten gebunden waren. Die Nase war endlos lang und messerscharf geschnitten.

Ich konnte verstehen, warum der Wirt gern mit mir getauscht hätte.

Ich drückte meine Zigarette aus und nahm den letzten Schluck Bier.

„Na, dann wollen wir mal", sagte ich.

„Die Tanten wollen sicher schon lange", lachte der Wirt. Es war ein ehrliches und bewunderndes Lachen.

Die Frau sah ihn empört an.

Ich ging nach oben und öffnet die Tür von Zimmer Drei.

Kerzenschein, leise Radiomusik und meine beiden Tanten lagen in hauchzarten Negligees auf den Betten.

Ich hing meine nasse Jacke an den Haken an der Tür,

stieg aus meiner feuchten Hose, schmiss Pullover und Hemd in eine Ecke und ging hinter den Vorhang.

Mach dich frisch, Felix.

Dann stellte ich mich vor das große Bett. Jo wies mit dem Zeigefinger in die Mitte. Ich legte mich zwischen meine Tanten. Jo hielt mir ihr Sektglas entgegen. Ich nahm einen Schluck.

„Felix ist unser Weihnachtsmann", lachte Jo, griff Eddas Hand und führte sie nach unten zwischen meine Beine

War schon ein erregendes Gefühl, zwei Hände dort zu fühlen. Jo küsste mich. Zog dann Eddas Kopf zu mir. Edda drückte ihre Lippen, die eiskalt waren, auf meine. Ich versuchte, meine Zunge in ihren Mund zu schieben, aber Edda zuckte zurück.

Ich ahnte, was meine Tanten mit mir vorhatten. Jo wollte, dass Edda mitmachte. Seltsam war nur, es schien keine Eifersucht zwischen den beiden Frauen zu geben.

Mir sollte es recht sein.

Ich griff Edda an die Weihnachtsbaumkugeln, die zwar kleiner als die von Jo, dafür aber sehr fest und sehr spitz waren. Edda erschauert unter meiner Berührung. Ich ließ meine Hand nach unten gleiten und schob sie zwischen ihre Schenkel.

„Ich kann nicht", stöhnte Edda. Es klang wie Schluchzen.

Jo nahm Eddas Kopf in beide Hände und küsste sie.

Ich legte meine Hände wieder auf Eddas Brüste und rieb ihre Knospen. Edda stöhnte und wand sich unter meinen Händen. Als ich ihre Hand zwischen meine Beine drückte, richtete sich Edda auf, stieß einen Schrei aus und stieß mich fort. In ihren Augen sah ich das blanke Entsetzen.

„Es geht wirklich nicht, Jo", sagte Edda und klammerte sich an Jo.

„Macht doch nichts, einen Versuch war es immerhin wert." Jo strich Edda über die Wange.

Edda stand auf und füllte die Gläser. „Besser ich verschwinde jetzt."

„Bist du mir böse, Felix?", fragte Jo als Edda gegangen war.

„Nein", sagte ich, und es war die Wahrheit. Ich empfand keinerlei Eifersucht. Wäre Edda ein Mann gewesen, hätte die Sache anders ausgesehen. Eigentlich war ich eher neugierig darauf, wie sich so ein Dreier entwickelt hätte.

„Sollten wir vielleicht noch einmal probieren."

„Du bist ein Schatz, Felix. Macht es dir was aus, wenn ich dir den Rücken zuwende?"

Das machte mir garantiert nichts aus. Eine ruhige Nummer von hinten, bei der man sich nicht voll verausgaben musste und seinen Fantasien freien lauf lassen konnte, war jetzt gerade das Richtige.

Es schneite, als ich erwachte und aus dem Fenster sah. Es musste die ganze Nacht geschneit haben, denn es lagen mindestens fünfzehn Zentimeter Schnee.

Ich weckte Jo.

Sie sah aus dem Fenster, schüttelte sich, zog mich zu

sich ins Bett rüber und begann an meinem Ohr zu knabbern.

„Hab Hunger wie ein Bergmann nach einer Doppelschicht", sagte ich.

„Und ich suche nach Erz", gab Jo zurück, griff sich den Steiger und rieb ihn, bis sein Grubenlicht aufblitzte.

„Früher haben sie hier wirklich Silbererz abgebaut", flüsterte ich.

„Ich weiß", sagte Jo. „Genau das hab ich vor und ich will es gleich vor Ort zum Schmelzen bringen." Sie küsste mich und ließ ihre Zunge in meinem Mund kreisen. Ich griff ihre Brüste, begann sie zu massieren und saugte abwechselnd an beiden Blüten.

Jo setzte sich auf mich. „Machen wir Bergwerk?"

„Wie geht das", fragte ich.

„Wir lassen den Steiger einfahren."

Jo bewegte sich vor und zurück. Sie hob ihre Hüften an und ließ sich wieder fallen. Ihr Rhythmus wurde schneller und schneller. Plötzlich stieß Jo einen lauten Schrei aus, warf ihren Oberkörper auf mich, saugte sich an meinem Mund fest und bewegte sich mit einer Heftigkeit, dass ich Angst hatte, der Steiger könnte sich das Genick brechen. Jos Wildheit sprang auf mich über. Ich drehte sie blitzschnell auf den Rücken und jagte den Steiger zurück in die Grube.

Der zweite Schrei kam von mir. Ich presste mich mit aller Kraft gegen Jos Körper und die Silberschmelze schoss in den Schacht.

Als mein Gehirn wieder zu reagieren begann, verspürte

ich Hunger. Ich verspürte danach immer Hunger. Wir machten uns schön und gingen runter ins Restaurant. Das Frühstück war überraschend gut und reichhaltig. Marlboro sei Dank. Vor allem der Kaffee. Richtiger guter Bohnenkaffee, nicht das übliche ungenießbare Hotelgesöff.

Edda sah nicht gut aus.

„Hast du schlecht geschlafen?", fragte Jo.

„Hm", brummte Edda und brannte sich eine Zigarette an.

„Kopfschmerzen?"

„Die Probleme liegen tiefer." Edda sah Jo an.

Ich erhob mich. "Muss mal."

Ich ging zur Toilette und trat dann vor die Tür. Das grelle Licht der schneeweißen Landschaft stach mir in die Augen. Kein Wölkchen am hellblauen Himmel. Die kalte Luft reizte meine Raucherlunge zum Husten. Solltest aufhören mit der blöden Qualmerei, kostet ´ne Menge Geld und ruiniert die Gesundheit. Ich hatte es schon öfter ohne Lunte probiert, es aber nie lange durchgehalten.

Ich ging wieder rein.

Die Stimmung hatte sich gebessert. Edda lachte und Jo hatte ihr den Arm über die Schulter gelegt. Beide hatten ein Glas Sekt in der Hand.

Da bin ich aber mal auf die Nacht gespannt, dachte ich.

Auf meinem Platz stand ein voller Sektkelch.

„Prost", sagte ich, „auf die tief sitzenden Probleme der Damen."

„Machen wir einen Winterspaziergang?" Jo sah mich

an.

„Gute Idee", sagte ich.

„In zwanzig Minuten vor der Tür."

„Bring meine Jacke und die Mütze mit, ich bleib gleich unten," rief ich ihr nach.

Ich ging an den Tresen und bot dem Wirt eine von den Marlboros an, die mir Edda überlassen hatte.

Er bückte sich und stellte eine Flasche Radeberger auf den Tresen. Wir waren die einzigen Gäste. Er grinste mich an und sagte: „Gerstensaft stärkt Manneskraft."

„Lieber nicht, die Fahne reicht sonst bis Mittag", sagte ich, „aber ein Rhöntropfen wär nicht schlecht."

Der Wirt goss zwei Doppelte ein.

„Prost, auf die Verdauung."

„Prost. Eine gute Verdauung ist der halbe Stuhlgang", gab ich zurück.

Der Wirt grinste mich wieder zweideutig an. „Die Blonde, wie ist die so? Du bist doch bei der Anderen?"

Ich konnte den armen Hund verstehen. Einöde, kaum Abwechslung, der Rausch der ersten Liebe zu seiner Langnase, die sicher nichts für eine Wiederbelebung tat, erloschen, und dann kommt so ein junger Schnösel mit zwei flotten Weibern an, und, wie es aussah, nutzte er nur eine.

„Die stammt von einer sehr bekannten griechischen Insel im Mittelmeer", grinste ich.

„Schade." Der Wirt sah mich enttäuscht an.

„Das Sein bestimmt das Bewusstsein", sagte ich, „verwöhn sie, vielleicht lässt sie sich umpolen."

Ich wusste, dass ich dem armen Kerl damit auf alle

Fälle zu erregenden, nächtlichen Fantasien verhalf und uns zu einer erstklassigen Bewirtung.

„Willst`e noch einen?" Er zeigte auf mein Schnapsglas. Ich schüttelte den Kopf.

Edda und Jo kamen, die Jacken über den Armen, die Treppe herunter. Jo hatte einen kleinen Rucksack dabei.

Ich half Jo in die Jacke.

Der Wirt bemühte sich um Edda.

Edda sah mich an, aber ich verzog keine Miene.

„Machen Sie den Panoramaweg um den Ort", empfahl der Wirt, „dann sind Sie gegen dreizehn Uhr wieder zum Essen da. Er beugte sich zu Eddas Ohr und flüsterte: „Rehrücken, gespickt, mit Preiselbeeren und Blaukraut."

Marlboro sei Dank, dachte ich wieder. Und vielleicht sollte man auch Karl Marx für seine die Ewigkeit überdauernden Sprüche danken.

Der Panoramaweg führte gleich an der nächsten Straßengabelung in den Wald. Auf den Waldwegen lag nur wenig Schnee. Die riesigen Fichten hatten den Großteil des Schnees in ihren Wipfeln gespeichert. Die Luft war klar und kalt und beim Atmen flogen kleine, weiße Wölkchen vor uns her.

Jo hatte Edda untergehakt. Ich trottete hinterher und konnte so meinen Gedanken nachhängen.

Helene.

Was würde von unserer Liebe in zwanzig oder dreißig Jahren übrig sein? Vorausgesetzt, sie kam als die Helene zurück, die ich verloren hatte. Ich sah den Wirt und seine eheliche Küchenkraft vor meinem inneren Auge, und mir lief ein kalter Schauer über den Rücken. Sich zu verlieben war kein Problem, die Liebe aber über die Jahre zu erhalten würde garantierte nicht einfach sein. Irgendwo hatte ich gelesen, dass die glücklichste Ehe die zwischen einem tauben Mann und einer blinden Frau sei.

Der Wald endete plötzlich und wir standen vor dick verschneiten Feldern. Jo legte ihren Rucksack auf eine Bank am Waldrand, bückte sich und warf mir eine Hand voll Schnee ins Gesicht. Ich warf zurück. Edda half Jo. Bald wälzten wir uns am Boden, bewarfen uns mit Schnee, und die Übermacht versuchte mich einzuseifen. Ich ergab mich, legte mich auf den Rücken und schloss die Augen. Zuerst küsste mich Jo, dann versuchte es Edda. Ihre Lippen waren kalt und spröde. Ich hielt ganz still, versuchte nichts mit der Zunge anzufangen und allmählich taute Edda auf.

Nach einer Weile tastete sich ihre Zunge zwischen meine Zähne. Ich blieb ganz still liegen, fasste nicht einmal an ihre Brust.

Was mir in solchen Situationen außerordentlich schwer fiel.

Ich blinzelte kurz. Jo saß auf der Bank und sah uns zu. Eddas Lippen wurden weich. Ihre Zunge wagte einen Vorstoß in meine Mundhöhle. Ich schob mit meiner Zungenspitze ihre Zunge aus meinem Mund und drückte vorsichtig ihre Lippen auseinander. Edda stöhnte kurz auf und öffnete den Mund. Ich schob meine Zunge langsam und tastend hinein. Ganz langsam begann ich mit meiner Zunge ihre Zunge zu umkreisen, tastete an ihren Zähnen entlang, zog meine Zunge zurück und saugte ihre in meinen Mund.

Eddas Atem ging jetzt stoßweise und plötzlich erschlaffte ihr Körper.

„Das reicht aber jetzt." Jo stand lachend neben uns. "Hoch mit euch, der Panoramaweg wartet."

Wir erhoben uns und klopften uns gegenseitig den Schnee von den Sachen.

Auf der Bank stand eine Flasche Weißwein und drei Gläser.

Jo goss ein.

Wir tranken.

Edda sah Jo etwas verunsichert an, aber Jo nahm es nicht zur Kenntnis.

Jo goss noch einmal nach, wir tranken und machten uns dann wieder auf den Weg. Ich ließ die beiden Frauen allein laufen und schlendert hinterher.

Jo schob ihren Arm unter Eddas Arm.

Was wusste ich eigentlich über lesbische Frauen.

Verdammt wenig. Ich erinnerte mich an die schwarz-weißen Bilder aus der Studentenzeit, wo sich nackte Frauen küssten und zwar nicht nur auf den Mund.

Es sollte auch Frauen geben, die es mit Männlein und Weiblein machten. Ich konnte mir vorstellen, dass nach dem Krieg, als Männer Mangelware waren, sich die Frauen gegenseitig befriedigten.

Der Geschlechtstrieb war stärker als der Trieb nach Macht und Reichtum war. Der gesunde Mensch musste es haben und nicht nur zur Erhaltung der Art.

222

Ich sah mir die beiden Frauen vor mir an. Diese herrlichen festen Hinterteile, die langen, schönen Beine, die unterschiedlichen, aber wohlgeformten festen Titten.

Edda hatte allerdings trotz aller Rundungen etwas Männliches an sich.

Meine Hose fing an eng zu werden. Ich stellte mir die beiden nackt im Bett vor und die Fantasie ging mit mir durch. Ich hätte Jo am liebsten an einen Baum gestellt und von hinten ...

Felix, du bist eine alte Sau, aber du kannst nichts dafür. Entweder ist der liebe Gott daran schuld oder die Erbmasse!

Ich sah zum Himmel hoch und begann laut zu lachen.

Jo und Edda drehten sich um. „Hast du dir einen Witz erzählt, den du noch nicht kanntest?", fragte Edda.

„Ich hab mit dem lieben Gott geredet", entgegnete ich.

Die Frauen sahen mich an und Jo sagte: „Entweder trinkst du zu viel oder zu wenig, Felix."

„Zu wenig", sagte ich und zeigte auf das Schild an einem Baum: ZUR BLAUEN TANNE. Fünf Minuten.

Wir bogen nach links ab, kamen aus dem Wald auf die Straße und standen gleich darauf vor der Kneipe, in der ich gestern Abend die Pullis getrunken hatte. Ich hielt den Damen die Tür auf. In der Kneipe war es heute heller durch den Neuschnee. Die Jungs standen schon wieder am Billardtisch. Was hätten sie sonst in diesem gottverlassenen Nest auch tun sollen? Arme Hunde, dachte ich.

Wir setzten uns an den Stammtisch. Ich schlug Grog

vor. Das kleine Mädchen war nicht zu sehen. Die Wirtin brachte die Gläser mit dem heißen Wasser und den Weinbrand in angewärmten, kleinen Karaffen, dazu Zucker und Zitronenscheiben. Hut ab vor diesem Service, auch wenn es kein Rum war.

Die Billardspieler schielten neidisch zu unserem Tisch. Der Kerl hat zwei Weiber und wir wären froh, wenn wir eine zusammen hätten. Ich konnte es förmlich von ihren Gesichtern ablesen.

Wir bestellten noch drei Grog, und ich merkte, wie mir der heiße Alkohol in den Kopf stieg.

Ich sah auf die Uhr. Halb eins.

„Wir müssen."

Ich zahlte.

Das Essen war fantastisch: Gespickter Rehrücken, Thüringer Klöße, Rotkraut, Preiselbeeren und Pfifferlinge. Der Wirt brachte einen Rotwein, der nicht in der Getränkekarte zu finden war.

Nach dem Essen tranken wir noch einen Kaffee, und ich nahm einen Rhöntropfen dazu.

Mittagsschlaf.

Ich legte Jo meine Hand auf die Brust. Sie schob sie sanft weg. „Schlaf deinen Rausch aus, Felix, und heb deine Überkapazitäten für die Nacht auf."

Ich erwachte, als es bereits zu dämmern begann.

Jo war schon weg. Ich machte mich frisch, zog ein weißes Hemd an, warf mir das einzige Sakko, das ich besaß, über die Schulter und marschierte nach unten.

Jo saß mit Edda bereits bei Stollen und Kaffee.

Ich setzte mich dazu.

„„Was hältst du von einer Schlittenfahrt, Felix?" Jo sah mich fragend an. „Der Wirt hat es uns angeboten. Er würde für uns eine Abendfahrt organisieren."

Kein kleiner Dummer, der Kerl, dachte ich. Nimmt bestimmt Edda mit auf den Bock und lässt die jung Verliebten hinten Platz nehmen.

„Keine schlechte Idee", sagte ich. "Bleibt ihr bis dahin unten?"

Die Frauen nickten.

„Ich geh hoch lesen."

„Tu das", sagte Jo.

Ich ging hoch in unser Zimmer, legte mich aufs Bett und griff das Reclambändchen, das ich vorsichtshalber mitgenommen hatte. Meine Reclamsammlung nahm inzwischen ein ganzes Regal im Wohnzimmer ein. Reclam konnte sich auch ein armer Hund leisten, und ohne zu lesen hätte ich nur halb gelebt.

„Karl und Anna." Ich mochte Leonhard Frank, hatte fast alles von ihm gelesen.

Ich schlug die Seite mit dem Lesezeichen auf.

„Sie rückte unwillkürlich ab und starrte ihn an, fassungslos, weil er auch diese allerintimste Eigentümlichkeit von ihr kannte. Ihr Gesicht war vor Verblüffung groß und plötzlich so gedankenleer, als ob das Denkvermögen aus ihr herausoperiert worden wäre."

Was hätte ich in der Einsamkeit der Kriegsgefangenschaft meinem Kumpel Werner erzählt?

Alles von Jo.

Ich hätte sicher ihre geilen Titten beschrieben, ihren

festen Arsch, ihre besinnungslose Raserei, wenn sie sich auf mir zum Höhepunkt ritt, ihre Schreie, ihren heißen Mund, wenn sie mich auf Touren brachte.

Von Helene hätte ich kein Sterbenswort gesagt.

Ich las weiter.

Die Frau merkt, dass es nicht ihr Mann ist, und lässt es trotzdem geschehen.

Einsamkeit kann Menschen töten. „Mit sanftem Druck bog er ihr widerstrebendes rechtes Bein, das sich dabei abbeugte, nach auswärts, zog ihre …

Ich erwachte, als ich gerade in Anna, die wie Edda aussah, eindringen wollte, es aber nicht schaffte, da mich irgendetwas daran hinderte.

Ich sah auf den Wecker und sprang auf, ging hinter den Vorhang, brachte meine Erektion mit kaltem Wasser zum Abklingen, zog mich an und ging runter.

Edda saß bereits vorn beim Wirt auf dem Bock. Ich stieg in den Kasten zu Jo und schlüpfte unter die große Decke. Es war gegen Abend verdammt kalt geworden. Der Himmel war hoch und klar, und die ersten Sterne schienen als schwache Lichtpunkte an die Unendlichkeit geklebt zu sein.

Der Wirt schnalzte mit der Zunge und los ging die Fahrt. Die beiden Pferde erinnerten mich an die Brauereigäule meiner Kindheit, die den Wagen mit den Eisblöcken durch die Straßen zogen. Vor den Häusern standen Eimer, darin lagen zwanzig Pfennige und dafür gab es einen halben Eisblock.

Wir drehten eine Runde im Ort. Durch die erleuchteten

Fenster der Häuser schimmerten die Weihnachts-
bäume, die Leute saßen beim Abendessen und aus den
Schornsteinen stieg Rauch in den frostklaren Himmel,
der allmählich dunkler und das Licht der Sterne heller
wurde.

Am Ende des Ortes fuhr der Schlitten über Felder und
der Wind blies feinste Schneekristalle in unsere
Gesichter. Vor einer schwarzen Wand aus Bäumen
brachte der Wirt den Schlitten zum Stehen. Links
stand eine Finnhütte. Wir stiegen aus und gingen in die
Hütte. Der Wirt stellte einen Korb auf den rohen
Holztisch, nahm vier Gläser heraus und goss aus einer
Thermoskanne Glühwein ein. Ich merkte sofort, dass
der Wein mit einer größeren Portion Rum veredelt war.
Jo sah mich an, dann Edda. Sie vermutete das, was ich
dachte.

Über das Dach der Hütte fegte jetzt ein kräftiger Wind
und irgendetwas kratzte über die Schindeln.

„Wenn das nicht der Pummpaelz ist,“ murmelte der
Wirt.

„Der Pummpaelz?“ Edda sah den Wirt fragend an.

„Der Pummpaelz, tja, das ist ein Thüringer Kobold, der
gern Ohrfeigen austeilt.“

Wieder klatschte etwas gegen das Dach der Hütte.

„Wenn er keine betrunkenen Opfer findet, haut der
Kerl nach allem, was er erwischen kann.“

Der Wirt wollte die Gläser erneut füllen, aber Jo legte
ihre Hand auf mein Glas und Edda hatte ihr Glas
bereits umgedreht.

Jo ließ sich ihr Glas füllen. „Einer muss sich

schließlich opfern", lachte sie, aber es war ein merkwürdiges Lachen.

Der Wirt stieß mit ihr an. „Pummpaelz springt sein Opfer von hinten an, setzt sich auf dessen Rücken und teilt kräftige Ohrfeigen aus." Er sah dabei aus der offenen Tür und schüttelte sich.

„Wenn`s nur Ohrfeigen sind", murmelte Jo.

„Probleme?", fragte ich.

Sie schüttelte den Kopf. „Was macht er noch mit seinem Opfer?"

„Er weist ihnen den rechten Weg." Der Wirt sah Edda an.

Edda erhob sich. „Dann wollen wir mal. Hoffentlich zeigt uns Pummpaelz nicht den rechten Weg, sondern den kürzesten, mir wird langsam kalt."

„Einen noch", sagte Jo und hielt dem Wirt ihr Glas hin. Draußen hatte leichtes Schneetreiben eingesetzt. Wir krochen unter die Decken. Ich umfasste Jos Rückem mit der rechten Hand, die linke schob ich ihr vorn unter die Jacke.

„Der Pummpaelz hat nach mir gegriffen", kicherte Jo.

„Bist du betrunken?"

Sie sah mich an und küsste mich.

„Halt mich fest, Felix, wenn der Pummpaelz zuschlägt. Ich hab Angst."

Das klang komisch. So kannte ich Jo nicht. In meinem Bauch zog sich was zusammen. Wahrscheinlich hatte das Wetter doch Einfluss auf unser Befinden. Ich nahm meine Hand aus ihrer Jacke, legte sie auf Jos Wange, drehte ihren Kopf zu mir und küsste sie.

Irgendwann stand der Schlitten wieder vor der Pension. Wir gingen rein und setzten uns an den warmen Kachelofen. Edda hatte die Thermoskanne mitgebracht und goss den Rest in die Gläser.

Wir tranken aus.

Jo erhob sich. "Bin müde."

Der Wirt kam herein, schüttelte den feinen Schnee von seinem Mantel, hing ihn an einen Haken und ging hinter die Theke.

Edda erhob sich ebenfalls.

Ich ging an die Theke.

Edda und Jo gingen zur Treppe. „Trink nicht mehr so viel", flüsterte mir Jo im vorbei gehen zu.

Ich bestellte mir ein Glas Rotwein.

„Wird wohl nichts", sagte der Wirt resigniert.

„Hast du`s versucht?"

„Hab meine Hand auf ihren Schenkel gelegt."

„Und?"

„Hat sie weggeschoben."

„Hm", machte ich, was sollte ich dazu sagen? War nicht anders zu erwarten gewesen.

„Hab`s noch mal versucht. Hab die Hand zwischen ihre Schenkel geschoben."

„Und?".

„Hat mich angesehen, als wollte sie mir ein Messer zwischen die Rippen jagen."

„Ein Elend mit den Weibern", sagte ich, trank mein Glas aus und ging nach oben.

Jo und Edda lagen bereits in den Betten und hatten Weingläser in den Händen.

Jo reichte mir die Flasche mit dem Weinbrand.

„Könntest du heute in Eddas Zimmer schlafen, Felix?"

Ich sah Jo völlig entgeistert an.

„Wir haben was zu besprechen." Sie sah leicht verlegen aus. „Ist was Ernstes, Felix."

„Kein Problem", sagte ich.

Ich küsste Jo auf den Mund und flüsterte ihr ins Ohr: „Ich liebe dich." Warum ich das tat, war mir unklar, denn es stimmte nicht. Hätte sagen sollen: „Ich brauche dich."

Ich ging in Eddas Zimmer legte mich ins Bett, nahm noch einen kräftigen Schluck aus der Flasche und stellte sie auf den Nachttisch.

Karl und Anna hatte ich mitgenommen.

„In der Brust, über dem Magen, befand sich der psychische Muskel, den sie anspannen musste, wenn sie diesen immer wieder herandrängenden kritischen Gedanken, Karl sei nicht Richard, von sich weghalten musste."

Genau die Stelle war es, mitten über dem Magen, von der dieses ungute Gefühl, dass ich seit dem Morgen verspürte, ausging. Der Bauch, Mittelpunkt des Lebens, scheint das Ahnungszentrum des Menschen zu sein, dachte ich.

Schluss, die Buchstaben begannen zu tanzen, verschoben sich zu Wörtern, die keinen Sinn mehr ergaben. Ich legte das Buch auf den Nachttisch und nahm meine Schlafstellung ein.

Ich erwachte durch ein Rumoren im Nebenzimmer.

Der Wecker zeigte vier Uhr. Plötzlich wurde die Tür aufgerissen. Edda stand kreidebleich vor meinem Bett.

„Schnell, Felix, geh runter und ruf den Notarzt, Jo geht's schlecht."
„Was ist los?", knurrte ich schlaftrunken.
„Schnell, Felix, Jo braucht den Notarzt."
Edda verschwand wieder.
Ich sauste im Schlafanzug nach unten ans Telefon. Der Notarzt würde in knapp zehn Minuten da sein.
Ich ging hoch und klopfte an unsere Tür. Edda machte auf, drängte mich aber zurück in den Gang. „Nichts für Männer!"
Sie sah sah schlecht aus. „Geh runter und bring den Notarzt sofort hoch, wenn er ankommt." Sie schob mich zur Treppe.
Verdammt, was war da passiert? Eine ungute Ahnung machte sich in mir breit. Warum hatte Jo darauf bestanden, dass Edda mitkam. Warum hatte Jo so viel getrunken und Edda hatte sich zurückgehalten.
Mein lieber Felix, es würde mich sehr wundern, wenn du hier keine Aktie dran hast. Vielleicht nicht direkt eine Aktie, aber ein winzig kleines Samenkörnchen.
Die beiden Frauen hatten was gemacht und es war schief gegangen.
Ich ging zur Haustür und öffnete sie. Leichtes Schneetreiben und es war bitterkalt. Ich ließ die Tür offen und ging zurück in die Gaststube. Der Wirt stand auf der untersten Treppenstufe und sah mich fragend an.
„Frauensachen", sagte ich.

Der Wirt verzog das Gesicht und sagte: „Scheiße! Willste `n Schnaps?"

Ich schüttelte den Kopf.

„Ich mach Kaffee." Er ging hinter den Tresen und durch die Tür zur Küche. Ich hörte Wasser laufen und einen Topf klappern und dann hörte ich den Notarztwagen.

Ich stürzte zur Haustür. Der Arzt war verdammt jung. Ich zeigte nach oben: „Zimmer 3."

Nach wenigen Minuten rief er runter: „Trage!"

Ich gab den Befehl weiter. Der Fahrer sprang aus dem Wagen, riss die hinteren Türen auf, schnappte eine Trage und rannte damit hoch.

Wenig später trugen sie Jo nach unten durch den Gastraum. Ich stellte mich ihnen in den Weg und sah auf Jo herab. Sie war grauweiß im Gesicht und ihre Augen waren eingefallen und dunkel umschattet. Ich griff ihre Hand. Sie schlug die Augen auf, sah mich an, und flüsterte: „Grüß Pummpaelz!"

Ich schluckte schwer. Edda ergriff meine Hand und zog mich weg.

Der Wirt goss uns dampfenden Kaffee ein, ich nahm einen Schluck, bekam ihn aber kaum runter. Mein Magen hob sich und ich musste mehrmals schwer schlucken.

„Wie sieht`s oben aus?", fragte der Wirt.

„Regeln wir dann", sagte Edda und zu mir gewandt, „geh hoch Felix und leg dich hin, siehst verdammt schlecht aus. Ich weck dich dann später."

Ich ging in Eddas Zimmer, legte mich ins Bett und

dachte an die Nacht am See mit Jo.

Irgendwann musste ich eingeschlafen sein. Ich wurde noch einmal halb wach, weil sich irgendwas in mein Bett drängte, schlief aber weiter.

Eine grelle Sonne weckte mich. Es war heller Tag und ich lag nicht allein im Bett. Neben mir lag Edda und wir hatten uns im Schlaf aneinander festgehalten.

Bruder und Schwester.

Ich blies Edda meinen Atem ins Gesicht. Sie schlug die Augen auf, sah mich an und sagte: „Entschuldige, Felix, ich konnte nicht allein sein."

„Ist schon in Ordnung", sagte ich.

Edda stand auf, machte sich frisch und zog sich an.

„Ich geh schon mal runter, Felix. Hab deine Sachen mit rüber gebracht."

Ich rasierte mich, zog mich an und ging dann ebenfalls nach unten. Edda saß vor einer Tasse Kaffee und knabberte lustlos an einem Brötchen. Ich setzte mich dazu. Edda goss mir Kaffee ein, und plötzlich verspürte ich nagenden Hunger.

„Hab im Krankenhaus angerufen", sagte Edda.

Mir blieb der Bissen im Hals stecken.

„Die Blutung ist gestoppt. Es geht Jo schlecht, aber sie ist über den Berg. Hab mich als ihre Schwester ausgegeben."

***

Der Alltag hatte mich wieder. Gleich in der zweiten

Januarwoche hatte Sockentrude eine außerordentliche Dienstberatung anberaumt.

Kooption stand auf dem Programm. Die Schule brauchte einen neuen Parteisekretär.

Sockentrude hielt sich nicht lange bei der Vorrede auf.

Dank an den aus gesundheitlichen Gründen von seinem Amt als Parteisekretär zurückgetretenem Genossen Eichinger.

Keine Blumen.

Vorstellung des neuen Parteisekretärs.

Blumen. Rote Nelken.

Mir blieb die Luft weg.

Knochentussi.

„Ach du Scheiße!"

Meisner musste es gehört haben, er sah mich schief grinsend an und zischte: „Halt dich zurück.

Knochentussi erhob sich, sah in die Runde, holte tief Luft und verkündete: „Liebe Genossen und Kollegen, die Deutsche Demokratische Republik, unser sozialistisches Vaterland, ist ... „

Ich legte den Schalter um.

Jo war seit gestern wieder zu Hause. Edda hatte sich für zwei Tage krankschreiben lassen und war nach Erfurt gefahren, um sie abzuholen. Ich konnte mich an die Rückfahrt von unserer Pension bis nach Hause an fast nichts mehr erinnern. Edda hatte alles geregelt. Mir war nur elend gewesen. Ich hatte ständig Jos eingefallenes Gesicht vor mir gesehen.

Edda hatte geschwiegen, aber mir war klar, dass die Frauen irgendeine Abtreibung gemachte hatten, und dabei war was schief gegangen.

„... und der Satz unseres verehrten Genossen und Ersten Sekretärs der Sozialistischen Einheitspartei Deutschlands, den Kapitalismus zu überholen, ohne einzuholen ...“

Klick.

War ich schuld an dem Missgeschick? Wir hatten nie über Verhütung gesprochen. Ich hatte nie einen Gummi benutzt und hatte bei Jo nie darüber nachgedacht, dass etwas passieren könnte. Das war ja gerade das Schöne mit ihr.

Wenn ich an die Zitterpartien aus meiner Studentenzeit dachte, wurde mir heute noch schlecht.

Hast verdammt viel Glück gehabt, Felix. Dieser ständige Kooitus interruptus und die stereotype Wiederholung der Mädchen: „Du musst aufpassen, Felix,“ war schaurig.

Jo hatte dazu nie etwas gesagt und für mich war es selbstverständlich geworden, meinem Verlangen freien Lauf zu lassen.

„...fest an der Seite der Sowjetunion werden wir unser ganzes Wollen und unsere Kraft einsetzen und um den Titel `Kollektiv der sozialistische Arbeit` kämpfen.“

Knochentussi sah sich beifallheischend um.

Die knappe Hälfte der Kollegen klatschte verhalten.

Die Dienstberatung war zu Ende.

Knochentussi erwischte mich noch an der Tür. „Hast du mal noch fünf Minuten?“

Ich nickte widerwillig.

Sie dirigierte mich ins Schulleiterzimmer. Sockentrude

saß an ihrem Schreibtisch und blätterte in der Lehrerzeitung.

„Wie stehst du eigentlich zur Freundschaft mit der Sowjetunion?"

Daher wehte der Wind.

Ich schwieg.

„Du bist einer der ganz wenigen, Felix, der nicht Mitglied der Deutsch Sowjetischen Freundschaft ist."

Ich schwieg weiter, aber es rumorte in mir.

„Voraussetzung für unser Vorhaben ist, dass alle Pädagogen Mitglied der DSF sind."

Ich sagte immer noch nichts, hatte aber einen heißen Stein im Magen.

„Wärst du bereit, Mitglied zu werden?"

„Ihr könnt mich mal mit euren Scheißrussen." Ich drehte mich um, ging raus, knallte die Tür zu und wusste, dass ich einen Riesenfehler gemacht hatte. Das würden die mir heimzahlen. Hundertprozentig. Den großen Bruder zu beleidigen. Wo gab`s denn so etwas?

Im Lehrerzimmer saß nur noch Meisner.

Er stand auf. „Geh`n wir?"

Ich erzählte, was passiert war.

„Das zahlt dir das Weib garantiert zurück", sagte Meisner.

„Welches?"

„Die Tussi natürlich. Sockentrude wird sich zurückhalten, die strebt nach oben, will unbedingt in die Abteilung einrücken und wird deshalb nichts Negatives aus ihrer sozialistischen Schule berichten, aber hüte dich vor der Tussi."

Meisner sah mich von der Seite an. „War da nicht mal was?"

Verdammt, ich wurde rot. „Ist `ne Weile her."

„Falls die sich Hoffnung gemacht hat, sitzt du fest in der Scheiße, Felix."

Wir rückten kurz in der „Sonne" auf ein Bier ein.

„Prost Felix!", Meisner hob sein Glas. „Eins steht jedenfalls fest, zu der neuen Kartoffelsorte „Parteisekretär" zählt unsere Politgouvernante nicht."

Ich sah Meisner an. „Kartoffelsorte Parteisekretär?"

„Na dick und faul.", lachte Meisner.

Ich konnte noch nicht so richtig lachen.

„War doch neulich Parteiversammlung in Berlin," fuhr Meisner fort, „und da hat ein Genosse verkündet, die Russen würden bald auf den Mond fliegen. Soll doch tatsächlich einer dazwischen gerufen haben: Alle?"

So langsam wurde ich wieder locker.

***

Jo stand wie immer an der Tür. Sie sah blass und irgendwie schmal aus. Wir gaben uns die Hand. Etwas Fremdes war zwischen uns, aber ich konnte es nicht fassen. Wahrscheinlich Schuldgefühle meinerseits.

Wir gingen ins Wohnzimmer und setzten uns.

„Wie geht's dir?"

„Geht so", sagte Jo.

„War`s schlimm?" Blöde Frage. Aber was sollte ich

sonst fragen?

„War es, Felix." Ihre Augen begannen feucht zu schimmern.

Ich stand auf, ging um den Tisch herum, nahm sie in die Arme und küsste sie vorsichtig, hielt sie dann von mir weg und sagte: „Siehst verdammt schmal aus."

„Das wird schon wieder, aber du kannst mich trotzdem anfassen. Die obere Hälfte ist unversehrt."

Sie lachte und in ihren Augen zuckten schon wieder kleine Blitze. Ich drückte sie an mich und rieb mein Gesicht in ihren Haaren.

Jo löste sich von mir, setzte sich, goss mir ein großes Glas Bier und sich eine rötliche, trübe Brühe aus einem Krug ein.

Wir stießen an.

Ich sah auf das Glas in ihrer Hand.

„Rotwein mit Eigelb", sagte Jo. „Soll blutbildend und kräftigend wirken und gut für das Nervensystem sein."

„Könnte ich auch vertragen", lachte ich.

Jo stand auf, griff den Krug, ging raus und kam kurz darauf mit einer neuen Mischung zurück.

„Ein Liter Klostergeflüster und sechs Eigelb", lachte sie.

„Prost."

„Prost."

War gewöhnungsbedürftig, aber man konnte es trinken.

Jo sah mich an. „Für die Nerven?"

„Vielleicht hilft`s auch gegen Dummheit."

„Erzähl!."

„Ich erzählte."

Als ich fertig war, sagte Jo: „Da hast du die Partei verärgert und dir eine Frau zur Feindin gemacht. Das Gefährlichere ist Letzteres. Hast du mit dieser Frau was gehabt?"

Ich schüttelte den Kopf.

Jo lachte. „Sieh mich an, Felix!"

Ich sah sie an.

„Dann ist es noch schlimmer. Sieh dich vor, Felix, das kann dir teuer zu stehen kommen. Ob da Rotwein mit Ei hilft?"

Jo stand auf, ging an den Schrank und stellte eine Flasche Kognak auf den Tisch.

„Wenn du noch ein Bier hättest?" Dieses Weingesöff war mir auf den Magen geschlagen.

Jo holte zwei Flaschen Radeberger aus der Küche. Ich goss mir einen großen Kognak ein und spülte meine verklebte Kehle durch.

Jo stand wieder auf, holte ein zweites Glas aus dem Schrank und hielt es mir entgegen.

Ich goss ein.

Sie trank den Kognak in einem Zug aus, schüttelte sich und sagte: „Das hab ich jetzt gebraucht."

„Nur das?", fragte ich.

Jo stand auf, kam zu mir, zog mich hoch und küsste mich.

„Du hast mir gefehlt, Felix." Sie drückte sich an mich. Ich streichelte ihr Gesicht, dann ihre Brust. Ich konnte es nicht lassen.

„Wie geht`s Pummpaelz?"

„Ist elend einsam, der arme Kerl", flüsterte ich.

„Möchte wohl gern wieder mal jemand ins Genick springen?", lachte Jo.

„Muss nicht unbedingt das Genick sein," gab ich zurück.

„Da muss er noch eine Weile warten, hat ja auch ganz schönen Schaden angerichtet, der vorwitzige Kerl."

Jo zog mich zur Couch.

Ihre Hand war weich und warm

Danach lagen wir still nebeneinander. Nach einiger Zeit fragte Jo: „Wann kommt Helene wieder?"

„Bald", sagte ich.

Wir schwiegen wieder.

Jo zog die Decke über sich.

Ich wusste, dass sie fror.

∗∗∗

Am nächsten Tag passte mich Knochentussi Irene ab.

„Hast du heute Abend was vor?"

Ich schüttelte den Kopf. Vielleicht war noch was zu retten, dachte ich.

„Zwanzig Uhr bei dir."

Ich nickte.

Wenn ich daran dachte, was da auf mich zukommen würde, wurde mir schlecht.

Am besten, ich trank eine halbe Flasche Wodka vorher.

Mittag fragte Meisner: "Sonne?"

Ich nickte.

Nach dem dritten Bier winkte ich ab.

„Is` was?"

Ich erzählte ihm, was auf mich zukam.

Meisner hatte eine Idee, wie fast immer, wenn die Luft brannte.

Irene war pünktlich.

Sie brachte eine Flasche Weißwein mit.

Ich bot ihr einen Sessel an.

„Hast du einen Korkenzieher?"

Ich ging in die Küche, trank schnell noch einen Wodka, öffnete die Weinflasche, schnappte zwei Gläser, ging wieder ins Wohnzimmer zurück und goss ein.

Ich hob mein Glas. „Prost, auf die Freundschaft."

„Prost … mit der Sowjetunion."

Ich kippte den sauren Wein in einem Zug runter.

„Hast du`s schon gemeldet?", fragte ich.

Sie schüttelte den Kopf. „Ich hoffe, du überlegst es dir noch."

„Und wenn nicht?"

„Hartmann hat dich als stellvertretender Schulleiter im Visier."

Mir fiel das Weinglas aus der Hand.

„Da wirst du nicht bloß in die DSF eintreten müssen."

Mein Sprachzentrum war gelähmt.

Irene erhob sich und sah mich an. „Wir beide, Felix. Du würdest mein Stellvertreter, Trude wechselt zur Abteilung."

Sie schob ihr Knie zwischen meine Beine, beugte sich herab und küsste mich. Ihre Lippen waren schmal und trocken. Ihre Hand legte sie auf meinen Schritt.

verdammt, der Kerl richtete sich sogar gegen meinen Willen auf.

Irene nahm es als Einverständnis. Ich streifte ihr die Bluse ab und sie stieg aus ihrem Rock. Sie trug nichts darunter.

Ich blieb sitzen.

Sie öffnete meine Hose und schnappte nach ihm wie eine halbverhungerte Ente nach einem Stück Brot.

Ich stöhnte laut auf. Das vereinbarte Zeichen für Meisner.

Aus den Augenwinkeln sah ich, wie sich rechts neben uns die Schlafzimmertür öffnete Das Klicken der Kamera klang in Irenes Keuchen hinein wie ein Schuss.

Sie richtete sich auf und erstarrte zur Salzsäule.

Es klickte noch einmal, dann verschwand eine vermummte Gestalt aus der Wohnung.

Irene zog sich blitzschnell an, drehte sich zu mir und zischte: „Das wirst du mir büßen, Felix."

„Freue mich auf die Bilder", sagte ich, als sie die Tür hinter sich zuknallte.

Sockentrude begrüßte mich am nächsten Tag überaus freundlich. „Ist schon in Ordnung, Herr Hohndorf, dass Sie sich für Ihre Entscheidung Bedenkzeit ausbedungen haben. Ihren Fauxpas von gestern wollen wir da mal vergessen."

Wäre ja auch nicht besonders förderlich für die Karriere, wenn man so etwas melden würde.

Am Nachmittag gab mir Meisner Fotos und Negative.

Wo er die hatte entwickeln lassen, blieb sein Geheimnis.

„Hebe das gut auf, Felix, ist besser als eine Lebensversicherung."

***

Die Zeit verging. Unsere neue, große Chefin war seit einigen Monaten die Schuhmacherstochter und Frau des Sekretärs des Nationalen Verteidigungsrates Erich Honecker. Was dem Fußvolk des sozialistischen Bildungssystems glatt am Arsch vorbeiging.

Ihre Datsche, das Haus des Lehrers und erstes Hochhaus am Alex, ging der Vollendung entgegen.

Robert Havemann, Systemkritiker und Verräter am Sozialsmus, wurde fristlos aus dem Lehramt entlassen, unter Hausarrest gestellt und von der Stasi bewacht und kontrolliert.

Das saß. Kritik an der Staatsführung wurde als Sakrileg geahndet.

Mit Jo sah ich mir den Film „Karbid und Sauerampfer" an. Die Amis standen den Russen in nichts nach, wenn es darum ging, einem nackten Mann in die Tasche zu greifen.

Die BSG Chemie Leipzig, als Rest von Leipzig verspottet, wurde unter Trainer Alfred Kunze DDR-Meister im Fußball.

Sensation.

Und plötzlich war Helene wieder da.

Sie hatte angerufen, und ich hatte sie vom Bahnhof abgeholt. Sie war blass und schmal. Wir sahen uns an, dann nahm ich sie zögerlich in die Arme. Ihr Körper versteifte sich. Wir waren uns fremd geworden. Ich wusste, dass es dauern würde, bis wir zur alten Vertrautheit zurückfinden würden. Ich küsste sie, aber sie erwiderte den Kuss nicht.

Wir gingen zu Fuß zu unserer Wohnung. Ich gab ihr die Schlüssel. Sie zögerte, sah mich unsicher an, schloss dann auf und ging durch die Zimmer wie jemand, der eine fremde Wohnung besichtigt.

Ich ging in die Küche und kochte Kaffee.

Helene setzte sich in einen Sessel und starrte aus dem Fenster. Plötzlich sprang sie auf, rannte zur Tür und riss sie auf.

Ich nahm sie wieder in die Arme, sie zitterte am ganzen Körper. Als sie sich beruhigt hatte, gingen wir raus. Ich ließ sie alle Türen selbst öffnen. Draußen schien die Sonne und es wehte ein leichter, warmer Wind. Wir gingen in die nahe gelegene Parkanlage und setzten uns auf eine Bank am Teich. Helene sah fasziniert den Enten zu. Ich warf ihnen Brotreste zu und sie kamen sogar aus dem Wasser bis vor unsere Füße.

Ein Streifenpolizist ging auf der anderen Seite des Teiches entlang. Helene begann wieder zu zittern.

Für den Abend hatte ich gekocht, was ich inzwischen fast perfekt beherrschte. Helene aß gierig, rannte dann zur Toilette und erbrach sich. Sie trank zwei Gläser

Rotwein und war betrunken. Ich brachte sie ins Bett, blieb aber selbst noch auf. Sie sollte sich langsam wieder eingewöhnen.

Gegen Mitternacht ging ich ins Schlafzimmer. Helene war wach und starrte an die Decke. Ich legte mich neben sie und drückte sie an mich. Sie versteifte sich. Ich zog mich zurück. Nach einer Weile tastete ihre Hand nach meiner. Ich streichelte ihren Arm, ihr Gesicht und streifte ihre Brust. Sie reagiert nicht. Ich zog sie vorsichtig an mich und küsste sie auf den Mund. Sie öffnete sich und kam mir entgegen.

Ich strich ihr übers Haar, fuhr ihr mit den Fingerspitzen behutsam über Wangen und Hals und begann vorsichtig ihre Brüste zu berühren. Helenes Atem beschleunigte sich. Ich umkreiste mit meiner Zunge ihre Brustwarzen und ließ meine Hand über ihren Bauch zu den Schenkeln gleiten, berührte ihr Dreieck. Sie ließ es geschehen.

Als ich mich auf sie legte und versuchte, in sie einzudringen, stieß Helene einen Schrei aus.

Ich hörte sofort auf und rollte mich von ihr herunter.

Helene lag starr neben mir. Ich fuhr ihr übers Haar.

„Ich brauche noch Zeit, Felix, sei nicht böse, muss mich erst wieder eingewöhnen." Sie legte sich auf ihre Seite des Bettes.

Irgendwann schlief ich ein.

Als ich erwachte, war Helenes Bett leer. Das Deckbett fehlte. Ich stand auf und sah mich im Schlafzimmer um. Sie lag auf dem Fußboden zwischen Bett und Fenster auf dem Bettvorleger.

Das Leben ging trotzdem weiter. Ich ging wie immer morgens zur Schule. Wie Helene den Tag verbrachte, wusste ich nicht.

„Versuchs doch wieder als Schwester", hatte ich vorgeschlagen.

Sie hatte den Kopf geschüttelt. „So was wie mich nimmt niemand mehr als Schwester."

Dann mach doch irgendwas Anderes, dachte ich. Ein Mensch ohne Arbeit verkümmert. Mir machte inzwischen mein Beruf Spaß. Meine Klasse fraß mir aus der Hand, und die monatlichen Mathematikstunden mit den Eltern waren inzwischen fester Bestandteil meiner Arbeit geworden.

Irene ging mir aus dem Weg. Die Fotos hatte ich von unten an die Deckplatte meines Nachttisches geklebt.

Einmal hatte ich Jo besucht. Sie war wieder völlig in Ordnung.

„Gehts's dir gut, Felix?"

Jo wusste, dass Helene wieder da war, aber sie schien es nicht zur Kenntnis zu nehmen.

„Mir geht`s immer gut." Ich hätte nie zugegeben, dass es mir nicht gutging. War nicht der Typ, der sein Innenleben auf den Seziertisch legte. Mitleid ging meist mit dem Gedanken einher: Wie gut, dass es nicht mich getroffen hat.

„Woran denkst du, Felix?"

„An nichts", sagte ich.

„Schwindler, man denkt immer an was."

„Rate."

„Ich weiß es."

„Sag es."

„An deine nächste Mathestunde", lachte Jo.

„Du kannst Gedanken lesen", sagte ich.

„Hat dir der Urlaub, den Schluss mal ausgeblendet, gefallen."

„War schön mit euch?"

„Ich muss dir was sagen, Felix."

Ich sah in Jos Augen, und da war ein leichtes Flackern.

„Hab eine Annonce aufgegeben."

„Willst du die Bäckerei verkaufen?"

„Ich suche einen Bäcker."

„Heirat inbegriffen", lachte ich.

Jo sagte nichts, sah mich nur an.

Mir verging das Lachen.

„Das ist nicht dein Ernst, Jo?"

„Doch, ist es, Felix, oder willst du umschulen? Es ist wunderschön mit uns, ich kann mir nichts Schöneres vorstellen, aber du hast Helene. Ich war nie eifersüchtig auf sie. War zufrieden damit, dass es dich gibt und dass du mich brauchst wie ich dich brauche, aber irgendwann wird es zu Ende gehen."

Bei mir bildete sich wieder diese verdammte Eisenkugel im Bauchbereich.

„Hast du schon Zuschriften?

„Hab ich."

"Und?"

„Ein Bäckermeister in den besten Jahren aus Halle hat sich gemeldet."

Es gefiel mir überhaupt nicht. Ich hatte bisher nie

daran gedacht, dass Jo etwas mit einem anderen Mann anfangen könnte, dabei hätte ich damit rechnen müssen, denn ich hatte ihr nie Hoffnung gemacht, dass ich sie heiraten würde.

Dass Jo meine Eskapaden hinnahm, war für mich selbstverständlich gewesen.

Schlagartig wurde mir klar, dass es Helene war, die diesen Umschwung herbeigeführt hatte. Sie war wieder da, und sie war eine Bedrohung. Jo hatte das bisher sicher nur im Unterbewusstsein registriert, aber es hatte sie an ihre Zukunft erinnert.

„Anfang vierzig, geschieden. Die Bäckerei hatte die Frau von ihren Eltern geerbt."

„Also ein Bäcker ohne Bäckerei? Hast du ihn schon kennengelernt?"

„Hab ich."

Die Eisenkugel in meinem Bauch begann zu glühen.

Ich sah Jo ziemlich fassungslos an.

„War er hier?"

„Ich war in Halle."

„Und?"

„Hab bei ihm übernachtet."

Die heiße Eisenkugel versuchte sich durch meine Speiseröhre nach oben zu bewegen.

„Hast du mit ihm geschlafen?"

„Hab´s versucht."

Ich sah sie völlig entgeistert an.

„Versucht, Felix, versucht", lachte Jo. „War ein absoluter Schuss in den Ofen. Der Kerl wollte sofort an den Teig. Hatte keine Ahnung, dass man besondere

Teigsorten erst „gehenlassen" muss, bevor man sie kneten und formen kann. Außerdem hatte der Bäckermeister Finger, die mich an Bockwürste erinnerten, die zwei Tage in lauwarmen Wasser gelegen hatten. Bin noch in der Nacht zurückgefahren."

Die Eisenkugel kühlte sich ab, rutschte nach unten und begann sich aufzulösen.

Ich trank einen Schluck Bier, stand auf und zog Jo in meine Arme.

„Willst du üben?", lachte Jo.

„Was?"

„Kneten und formen."

„Soll ich dich erst „gehenlassen"?"

Jo schob mich weg, sah mich an und in ihren Katzenaugen glitzerte es. „Ich geh den Teig vorbereiten", sagte sie und verschwand in Richtung Bad.

Ich goss mir einen Korn ein und spülte mit einem Schluck Bier nach. Geh`s langsam an, Felix und genieße es, irgendwann ist es zu Ende.

Ich brannte mir eine F6 an.

Jo kam zurück. Sie trug ein äußerst kurzes, durchsichtiges Nachthemd. Ihre Pfannkuchen füllten den oberen Teil des Hemdes so aus, dass es vom Körper abstand. Sie nahm mir die Zigarette aus der Hand und drückte sie aus.

„Riech!"

Ich legte meine Nase zwischen ihr Backwerk.

Zimt.

Ich schob ihr Hemd nach oben und suchte mit dem Mund die Stelle, wo der Bäcker die Füllung in die

Pfannkuchen spritzt. Zumindest stellte ich mir vor, dass die Dinger so gefüllt wurden, die richtigen Pfannkuchen.

Die, die ich jetzt untersuchte, hatten Nippel. Ich saugte daran und drückte mein Gesicht zwischen das warme Gebäck, atmete tief den Zimtgeruch ein und rieb mit den Daumen über die Spitzen der Krapfen.

Jo löste meinen Gürtel und die Hose fiel nach unten. Sie befreite noch meine Schillerlocke von der lästigen Unterhose und wog meine Marzipankugeln mit ihrer freien Hand.

„Ganz schön schwer", lachte sie.

Wir standen an den Tisch gelehnt, und ich ließ mich an Jo nach unten gleiten, küsste ihren Nabel und roch ihn ab.

„Und?", fragte Jo.

„Zimt", sagte ich.

Ich ließ mich weiter nach unten gleiten, schnupperte an ihrer Zuckerwatte und presste Mund und Nase hinein.

„Na?"

„Frische Zimtschnecke", antwortete ich, „heiß und weich."

Jo zog mich nach oben und glitt selbst nach unten. Ihre Lippen streiften über die Spitze meiner Schillerlocke, und ihre warme Hand griff meine Marzipankügelchen.

Langsam Felix, du wolltest es genießen.

Ich zog Jo nach oben und goss uns beiden einen Korn ein.

„Prost!", sagte ich. „Mögen alle Bäckermeister dieser

Welt von der Cholera oder der Pest dahingerafft werden."

„Prost!", erwiderte Jo. „Mögen alle Bäckerinnen dieser Welt einen Liebhaber von Zimtschnecken finden."

Ich nahm noch einen Schluck Bier, bog Jo mit dem Oberkörper auf die Tischplatte, kniete mich hin und begann die Innenseiten ihrer Oberschenkel zu küssen.

Sie musste ihren ganzen Körper mit diesem Zimtparfüm abgerieben haben.

Jo hatte die Augen geschlossen und ihr Atem ging pfeifend. Plötzlich richtete sie sich auf, packte meinen Kopf, küsste mich wild und schob ihre Zungenspitze fordernd in meinen Mund.

Unsere Zungen spielten Krieg: Vorstoß, Rückzug. Es war ein Krieg, bei dem keiner zu Schaden kam und beide Seiten zu den Gewinnern zählten.

Dann zog sie mich zur Couch und ihre Zimtschnecke und meine Schillerlocke gerieten dabei so heftig aneinander, dass nach kurzem Gefecht die Waffen ruhten.

Wir hatten beide gesiegt.

***

Die anfängliche Entfremdung zwischen Helene und mir hatte sich vertieft. Helene nahm am Abend Schlaftabletten, und ich hatte das Gefühl, dass die Dinger auch noch am Tag wirkten. Wir hatten zweimal versucht, miteinander zu schlafen, aber sie hatte es ohne jede Regung über sich ergehen lassen. Ich war dabei das Gefühl nicht losgeworden, dass Helene aufatmete, wenn es vorüber war.

Sonntag, beim Frühstück, teilte sie mir mit, dass sie eine Woche zu ihrer Tante nach Dresden fahren würde. Ich wusste, dass sie in Dresden eine Tante hatte, die in einer großen Gärtnerei arbeitete.

„Gut", sagte ich, „wird dich auf andere Gedanken bringen. Wann fährst du?

„Morgen."

„Oh", sagte ich.

„Ich kann auch nächste Woche fahren, wenn dir das lieber ist."

„Ach wo", sagte ich, „kam nur etwas überraschend.

In dieser Nacht kam Helene in mein Bett, und es war wie früher.

Am Dienstag rief sie mich aus Dresden an und fragte, ob es mir was ausmachen würde, wenn sie eine Woche länger blieb, sie könne in der Gärtnerei so eine Art Praktikum machen.

„Mach das", sagte ich, aber wohl war mir dabei nicht. Ich vermisste sie, die letzte Nacht hatte mir gezeigt, wie sehr ich Helene liebte. Aber vielleicht war es gut für sie. Dort kannte sie keiner und Arbeit in einer Großgärtnerei für Blumen machte ihr bestimmt Spaß.

Wobei Dresden für uns beide sicher nicht die schlechteste Wahl wäre.

Mittwoch war Dienstberatung.

Sockentrude verwies noch einmal auf die Bedeutung der Pionier-und FDJ-Nachmittage zur Erziehung sozialistischer Persönlichkeiten , kritisierte die schlampige Führung der Klassenbücher durch einige Kollegen und schlug vor, dass in Zukunft auch bei Facharbeiten die Rechtschreibung korrigiert werden sollte.

Heftiges Gemurmel, aber keiner widersprach. Im Grunde genommen hatte sie Recht. Was da von manchen Schülern abgeliefert wurde, war oft mehr zu ahnen als zu lesen. Dieses Jahr musste es in den Aufsätzen katastrophal ausgesehen haben.

Dann erhob sich Knochentussi Irene. Es wurde auch Zeit, dass uns der neue Parteisekretär endlich die Rolle der Bedeutung vor Augen hielt.

„Die Parteigruppe unserer Schule hat beschlossen, die bisher äußerst lasch betriebene Werbung zur Gewinnung des militärischen Nachwuchses zu verbessern. Unserer Nationale Volksarmee, der Garant für den Frieden in Europa, braucht zur Erfüllung ihrer nationalen und internationalen Aufgaben Offiziere und Unteroffiziere, die bereit sind, mit ihrer ganzen Persönlichkeit den Frieden in Europa und die Sicherheit unserer Deutschen Demokratischen Republik zu gewährleisten ...“

Klar dachte ich, da könnte man im Falle eines Volksaufstandes, wie 56 in Ungarn, mit verlässlichen Leuten einmarschieren.

Das Gesülze ging weiter. Die meisten hörten nicht mehr zu, aber dann kam der Hammer.

„... habe ich für nächsten Mittwoch für alle Schüler der

siebenten bis zehnten Klassen einen Offizier der NVA eingeladen, der den Schülern die Bedeutung des Dienstes in den bewaffneten Organen nahebringen wird. Die Teilnahme aller Klassenleiter ist selbstverständlich."

Knochentussi holte Luft und sah sich beifallheischend im Kollegium um. Die Genossen, ungefähr ein Drittel des Kollegiums, nickten, Eichinger, unser Exparteisekretär, sah gedankenverloren aus dem Fenster, der Rest döste vor sich hin.

Genosse Brettschneider, der neue Pilei, erhob sich.

Sein schwammiges Gesicht mit den stechenden, hellgrauen Wodkaugen und der rot geäderten Nase, nahm Haltung an. Er war aus gesundheitlichen Gründen aus der Armee ausgemustert worden.

Wir vermuteten Leberschaden.

Brettschneider rückte sein imaginäres Koppel zurecht, holte tief Luft und hielt die zweite Grundsatzrede des Tages: „Im unerschütterlichen Zusammenwirken mit der Sowjetarmee und den anderen sozialistischen Bruderarmeen ist die Nationale Volksarmee für den Aufbau des Sozialismus und Kommunismus, die dauerhafte Sicherung unserer Staatsgrenze ..."

Klick.

Ich dachte an Neumann, unseren verstorbenen Pilei. Schade, dass der sich totgesoffen hatte, beziehungsweise durch einen Sturz im Vollrausch ums Leben gekommen war. Er war in der letzten Zeit bereits am Mittag so zu, dass er wirres Zeug quasselte und immer häufiger krank geschrieben wurde. Eines Tages hatte er einen Pioniernachmittag für eine Klasse anberaumt, war zur Schulleitung gegangen und hatte sich darüber beklagt, dass die Schüler nicht erschienen waren.

Sockentrude war daraufhin mit ihm zum Klassenzimmer marschiert und musste feststellen, dass die Klasse fast vollständig anwesend war.

Neumann hatte behauptet, die Schüler hätten sich vor ihm versteckt.

Sockentrude verständigte den Amtsarzt, aber es war zu spät gewesen. Neumann hatte im obersten Stockwerk der Schule in einem Gerümpelraum etwas gesucht, hatte das Fenster geöffnet und war rausgefallen.

Er war sofort tot gewesen. Offizielle Version: Unfall. Wir vermuteten Suizid, denn hin und wieder ...

„ ... und so erachte ich es als die vordringlichste Aufgabe unserer sozialistischen Pädagogen ihre Verbundenheit mit unserem sozialistischen Staat dadurch zum Ausdruck zu bringen, dass sich am Ende der zehnten Klasse ein Teil unserer Schüler für die Laufbahn als Offizier der Nationalen Volksarmee entscheidet. Wer wie ich unsere Brüder, die Soldaten der ruhmreichen Sowjetarmee, in Moskau besuchen durfte, weiß, was Waffenbrüderschaft bedeutet. Mit blutendem Herzen haben wir uns von ihnen verabschiedet und uns ewige Freundschaft geschworen."

Ich musste schwer schlucken, sonst hätte ich unter die Bank gekotzt.

„Und es wird nicht zuletzt", fuhr Brettschneider fort, „auch an der Erfüllung dieser Aufgabe die Einstellung unserer Pädagogen zu unserem sozialistischen Staat gemessen werden können."

„Amen!", sagte ich leise vor mich hin, aber die vor mir sitzenden Kollegen hatten es gehört und lachten leise, was Brettschneider verunsicherte. Er zog wieder sein imagineres Koppel zurecht und setzte sich mit der Miene eines siegreichen Feldherrn.

Meisner schob mir einen Zettel zu: *Es gibt Tage, wo nur noch die Sonne helfen kann.*

Ich sah aus dem Fenster.

Es regnete.

In der „Sonne" schien nach dem dritten Wodka dann doch die Sonne, obwohl unter der dunklen Holzdecke schwere Tabakwolken hingen.

„Hört endlich mit dem Scheiß auf", Meisner schlug mit der Hand auf den Tisch. „Ich sehe nur noch aufge-platzte Herzen, aus denen Blut spritzt. Soll der Idiot doch an einem Blutsturz krepieren. Das Zweit-schlimmste auf dieser Welt sind Fanatiker."

„Und das Schlimmste?", fragte Müller.

„Sind Leute, die glauben, dass der Sozialismus die allein seelig machende Gesellschaftsordnung ist, und wer das nicht akzeptiert, ist ein Klassenfeind. Los Müller, erzähl `n Witz!"

Müller kannte massenhaft Witze.

„In der DDR gibt's `ne neue Zeitschrift."

„Und wie heißt die?", fragte Edda.

`Die Schnauze`,17 Millionen halten die schon."

„Erzähl vielleicht etwas leiser," meinte Meisner.

„Ein Stasi-Mann fragt seinen Kollegen", fuhr Müller

fort, „was er von der DDR halte?"

„Dasselbe wie du", antwortet der.

„Tut mir leid, dann muss ich dich verhaften."

Ein Wodka, ein Witz.

Als wir dann vor der Kneipe standen und uns voneinander verabschiedeten, sah mich Edda an. „Bringst du mich ein Stück?"

Ich nickte.

„Muss dir was erzählen, Felix," sagte Edda, als die Anderen außer Hörweite waren.

Pause.

„Red schon", sagte ich.

„Ich heirate."

„Was machst du?" Mir fiel vor Überraschung die Zigarette aus der Hand.

„Ich heirate", sagte Edda.

„Bist du besoffen?"

„Ich heirate, Felix, bald."

„Du willst mich verarschen, Edda."

„Ich heirate wirklich." Sie war stehengeblieben und kramte in ihrer Tasche, zog ein Bild raus und hielt es mir unter einer Laterne vor die Augen. Ich hatte selten ein so unglaublich nichtssagendes, farbloses Männergesicht gesehen. Das einzig Interessante war die Uniform. Sah nach Marine aus.

„Rolf will Korvettenkapitän werden."

„Woher kennst du den?"

„Ist eine komplizierte Geschichte, Felix. Wie die auf mich gekommen sind, ist mir selbst schleierhaft. Ich vermute, mein Schwager hat da die Finger im Spiel.

Rolf's Beförderung zum Korvettenkapitän ist daran gebunden, dass er verheiratet ist."

„Das ist doch der blanke Schwachsinn", entfuhr es mir.

„Ist es nicht, Rolf ist schwul."

„Ach du Scheiße!"

Edda sah mich etwas pikiert an.

„Entschuldige, ist mir nur so rausgerutscht, aber das musst du mir erklären."

„Wenn Rolf verheiratet ist, gibt es kein Gerede mehr, kein offizielles jedenfalls. Wenn er dann irgendwo, irgendwann mit irgendwem was anfängt, geht das keinen was an. Er ist verheiratet und Ausrutscher kommen überall vor. Unsere Seestreitkräfte müssen sauber sein, Felix. Ein verheirateter Korvettenkapitän bietet weniger Angriffsfläche."

„Und was hast du davon?"

„Wenn eine verheiratete Frau mit einer anderen Frau befreundet ist, ist das weniger anrüchig."

„Und wie soll das zwischen dir und diesem Rolf funktionieren?" Mir schwante jetzt, dass unser Thüringenurlaub ein Versuch und ich das Versuchskaninchen war.

„Rolf kommt nur hin und wieder zu Besuch, ansonsten leben wir getrennt, und jeder tut, was er will."

„Wann soll die Hochzeit sein?"

„Nächsten Monat."

„Bin ich eingeladen?"

„Bist du. Hab Rolf erzählt, dass du mein bester Kumpel bist."

„War er eifersüchtig?"

Edda lachte. „Kindskopf."

Sie gab mir einen Kuss auf die Wange und verschwand im Haus.

***

Helene war zurück aus Dresden. Sie sah fantastisch aus. Ihr Gesicht war leicht gebräunt, ihr Haar glänzte, nur in ihren Augen sah ich etwas, was ich nicht deuten konnte.

Wir hatten uns heftig geliebt. Jetzt lagen wir nebeneinander im Bett und hielten uns an den Händen.

„Woran denkst du?", fragte ich nach einer Weile.

„An nichts", sagte Helene.

„Du lügst, man denkt immer an was." Ich redete schon wie Jo.

„Ich habe an Berge gedacht", sagte sie leise.

„An Berge denke ich immer." Ich legte meine Hand auf ihre warme Brust.

„An richtige", sagte Helene, „an die Alpen."

„Wie kommst du darauf?"

„Meine Tante hat mir Postkarten aus Österreich gezeigt."

„Solche bunten Kitschpostkarten mit verschneiten Bergspitzen, blauen Seen und azurblauem Himmel, und unten im Tal blüh`n die Narzissen.?"

„Genau solche."

„So was gibt's doch nur auf Postkarten, oder glaubst

du das etwa?"

„Die Karten hat Wolfgang, ihr Sohn, geschickt."

„Ihr Sohn?" In mir regten sich die ersten Anzeichen von Eifersucht.

„Wolfgang ist kurz nach dem 17. Juni rüber. Die hätten ihn hier eingebuchtet. Hat sich zu weit aus dem Fenster gelehnt. Soll Steine gegen einen Russenpanzer geworfen haben. Ist noch in derselben Nacht abgehauen."

„Und was macht er drüben."

„Irgendwas bei Siemens."

„Hast du jemals daran gedacht, rüberzugehen?"

„Vorher nie."

Wir umgingen die Jahre ihrer Abwesenheit.

„Und jetzt?" Ich richtete mich leicht auf und sah Helene an.

„Manchmal schon", sagte sie, „aber das bringt nichts."

Ich nahm sie in die Arme, drückte sie an mich und küsste sie.

***

Es war was passiert. Ich spürte es sofort beim Betreten des Lehrerzimmers. Meisner zog mich zum Fenster.

„Die Frau von Grabbe ist tot."

Ich sah Meisner völlig verdattert an.

„Hat sich mit Schlaftabletten und Alkohol umgebracht."

„Oh", sagte ich. Grabbe gab Musik und Werken, seit

260

Berger verschwunden war. Ich wusste, dass Grabbes Frau unter starker Migräne litt, weshalb er immer allein zu den obligatorischen Festen wie Lehrertag und erste Mai-Feiern kam und stets einer der ersten war, der wieder ging. Er war vor zwei Jahren Vater von Zwillingen geworden. Die Frau kannten wir nicht. Sie verließ nur selten die Wohnung.

In letzter Zeit gab es Gemunkel, sie hätte einen Gehirntumor.

Grabbe selbst äußerte sich nie dazu. Er war streng gläubiger Katholik, was er jedoch, so gut es ging, für sich behielt.

„Sie hat die Schmerzen wahrscheinlich nicht mehr ausgehalten", sagte Meisner. „Grabbe hat mir vor längerer Zeit erzählt, dass sie nur noch mit Morphium leben konnte."

Die Beerdigung war Freitag.

Grabbe war so gefasst, dass es mir kalt über den Rücken lief.

„War Grabbe froh, dass sie gestorben ist?" Ich sah Meisner an. Wir waren auf dem Weg in die"Sonne".

„Quatsch, Felix, Grabbe ist katholisch, und da sieht man den Tod nicht als das Ende an. Wer glaubt, stirbt leichter. Die Seligen kommen in den Himmel, und dort gibt es weder Schmerz noch Leid."

„Also ist es die Erlösung", sagte ich.

„Wenn du glaubst, ja, nur vermute ich, dass dein Glaube nicht ins Himmelreich führt", grinste Meisner.

„Prost, Felix!"

„Prost, Klaus!"

Gegen Mitternacht war ich zu Hause. Helene schlief tief und fest. Ich zog mich leise aus und kroch unter das Deckbett.

Am Morgen zogen dunkle Wolken auf.

„Ich fahr noch mal für eine Woche nach Dresden", sagte Helene beim Frühstück.

Ich sah sie völlig verblüfft an.

„Für eine Woche oder kürzer, Felix. Meine Tante hat angerufen. Ich könnte eventuell dort in der Gärtnerei anfangen."

„Hm", machte ich. „Und ich könnte mir eine Stelle in Dresden suchen." Ich sah Helene nachdenklich an.

Helene sagte nichts.

„Wann willst du fahren?"

„Morgen."

„Du kannst ja mal recherchieren, ob die in Dresden Lehrer brauchen."

***

Drei Tage später rief Helene an.

„Ich liebe dich, Felix."

Ich … „

Aufgelegt.

Mir wurde schlagartig schlecht. Ich rief in Dresden an. Niemand nahm ab. Ich überlegte, ob ich hinfahren sollte. Warte noch einen Tag. Vielleicht war Helene mit ihrer Tante ausgegangen. Spiel also nicht gleich verrückt, Felix.

Am nächsten Tag rief ich nach 17 Uhr an. Ließ es zehn Minuten klingeln, dann gab ich auf. Hier war was faul. Ich würde fahren. Lass dich nicht verarschen, Junge, hier stank was zum Himmel.

Gegen 20 Uhr klingelte es. Hätt ich mir denken können. Helene war zurück. Hatte also mit der Stelle in der Gärtnerei wahrscheinlich nicht geklappt.

Ich öffnete die Tür.

Glatze und Lederjacke.

Scheiße, was war das denn jetzt?

Glatze schob mich zur Seite, und die beiden Sicherheitsnadeln marschierten ins Wohnzimmer.

Glatze baute sich vor mir auf. „Wie geht's deiner Ische, Steißbeintrommler?"

Ich sah den Idioten an und sah dabei wahrscheinlich selbst wie einer aus.

„Was geht`s dich an?" Wenn der Heini mich duzt, konnte ich das schon lange.

„Hast du ihr geholfen?"

Wovon spricht die Knalltüte eigentlich?, dachte ich.

„Ob du ihr geholfen hast, wollen wir wissen."

Ich sah völlig benommen zu, wie Lederjacke sämtliche Schranktüren und Schubkästen öffnete und darin herumwühlte.

„Verdammt Hohndorf, mach endlich das Maul auf!"

„Was?" Ich wusste nicht, was der Kerl von mir wollte.

„Ob du deiner Kirsche bei der Flucht geholfen hast oder ob du davon wusstest, will ich wissen?"

„Flucht, was für eine Flucht?" Ich spürte, wie meine

Gesichtszüge entgleisten.

„Deine Alte ist getürmt, abgehauen, hängt jetzt irgendwo in Dortmund rum."

Ich verstand kein Wort.

„Setz dich!" Er drückte mich in einen Sessel und setzte sich mir gegenüber.

„Fräulein Helene Heinemann hat illegal die DDR verlassen."

Ich sah Glatze nur verständnislos an.

„Republikflucht, sagt dir das was, du debiler Paukerknochen?"

„A... abgehauen?", stotterte ich.

„So ist es, hat die Republik verraten."

„Ihr wollt mich verarschen."

„Mit so was machen wir keine Scherze, Kleiner. Hör mir jetzt gut zu. Deine Madam ist mit ihrer Tante abgehauen. Die Gärtnerei, in der das Weib arbeitete, Spezialbetrieb für Azaleenzucht, beliefert vorwiegend westdeutsche Pflanzenzuchtbetriebe. Die Abholung hier erfolgt durch deren LKW`s. Die beiden Weiber haben in einem Hohlraum zwischen den Azaleen die Mücke gemacht. Solltest du davon gewusst haben ... Du hast jetzt die Möglichkeit, dein Gewissen zu erleichtern."

„Woher wollt ihr das alles wissen?" Ich fing an, zu begreifen, was passiert war.

„Einer der Gärtnerburschen, der den Weibern geholfen hat, hat gestanden. Also überleg dir gut, ob du uns was zu sagen hast?"

Glatze stand auf und half Lederjacke dabei, die

Wohnung auf den Kopf zu stellen. Ich blieb wie erschlagen sitzen.

Helene im Westen.

Sie hatte nicht die Republik, sondern mich verraten.

Wir würden uns nie wiedersehen.

Ich sprang auf, stürzte ins Bad und kotzte in die Kloschüssel.

Als ich wieder Luft bekam, hörte ich wie Lederjacke zu Glatze sagte: „Der scheint tatsächlich nichts geahnt zu haben! Weiber!"

Ich spülte mir den Mund aus, aber der bittere Geschmack blieb.

Was war aus diesem Land geworden, dachte ich, und ließ mich wieder in den Sessel fallen. Schneidet dieser Spitzbart das Land einfach in zwei Teile wie einen Käsekuchen und die Welt interessiert das nicht die Bohne. Eltern werden von ihren Kindern getrennt, Frauen von ihren Männern, Großmütter von den Enkeln, Verliebte werden auseinandergerissen, und das alles nur, weil in den letzten Jahren eine Völkerwanderung von Ost nach West stattgefunden hatte. Es sollen auch welche die umgekehrte Richtung eingeschlagen haben, aber davon hörte man kaum was.

Wen geht es denn was an, wo ich leben will? Ist doch meine Sache, wenn ich mit dem faulenden und sterbenden Kapitalismus untergehen will. Wer gibt diesem Ulbricht und seinen Steigbügelhaltern das Recht, die Leute, die ihn nicht mögen, hinter Mauern und Stacheldraht einzusperren?

Wer abhaut, wird erschossen. Wen sie noch lebend er-

wischen, wird den Geiern vorgeworfen, die Leder-
jacken tragen oder glatzköpfig durch fremde
Wohnungen tigern. Wieso will diese rote Suppe in
Berlin mich daran hindern, dass ich mir Rom, Paris,
London oder New York ansehen, in die Alpen oder
nach Bielefeld fahren will?

Sollten doch der Dicke mit der dampfenden Zigarre
und der Spitzbauch mit der Kastratenstimme sich am
Brandenburger Tor aufstellen, der eine mit dem Arsch
nach Osten und der andere mit dem Arsch nach
Westen, und jeder Deutsche sucht sich den Arsch aus,
dessen Furz er atmen will.

Ich spürte, wie mir das Blut in den Schläfen pochte.
Eine heiße Welle der Wut stieg mir vom Bauch in den
Kopf. Ich stand auf, schaltete meinen Verstand ab und
brüllte wie ein Wahnsinniger durch die Wohnung.

Glatze kam aus dem Schlafzimmer, sah mich an und
kam auf mich zu. Ich hob den Arm, aber bevor ich
zuschlagen konnte, knallte er mir ein Ding vor den
Brustkorb, dass ich zurück in meinen Sessel flog. Er
grinste mich an und wedelte mit dem Briefumschlag
vor meiner Nase herum, den ich unter der Platte des
Nachttisches festgeklebt hatte. Meine Wut ebbte
schlagartig ab. Er zog die Bilder heraus, warf einen
Blick darauf und grinste.

„Ganz schöner Bock, der Herr Pädagoge, fickst wohl
alles, was Haare und `n Schlitz zwischen den Beinen
hat, he? Aber das hier könnte man unter Umständen als
versuchte Vergewaltigung einer Genossin auslegen.
Mannomann, in was für einer Scheiße sitzt du bloß,

Hohndorf?

Glatze machte eine Pause und sah mich lange an. „Das Beste für dich wäre, du arbeitest mit uns zusammen. Überleg dir mein Angebot, aber warte nicht zu lange damit. Vergewaltigung ist kein Kavaliersdelikt." Er drehte sich um und rief zum Bad: „Reicht für heute, Manfred, wir machen Schluss hier."

Ich ballte in ohnmächtiger Wut die Fäuste, aber da waren die Schweinebacken bereits verschwunden.

Helene war abgehauen, ohne mir was zu sagen. Ich war fassungslos. Entweder wollte sie mich loswerden oder sie wollte mich schützen, aber vielleicht wäre ich mitgekommen. Nein, Felix, sei ehrlich, du wärst nicht mit rübergemacht, hast viel zu viel Schiss vor radikalen Veränderungen. Außerdem hast du hier nichts Gravierendes auszustehen. Das dämliche politische Gequatsche geht dir doch längst am Arsch vorbei, der Beruf macht dir inzwischen Spaß, und dass die hiesigen Verwaltungen den Mangel verwalten, daran hat sich doch längst jeder gewöhnt.

Einfach deine Schüler sitzenlassen, ist nicht dein Ding, Felix Hohndorf. Wahrscheinlich hatte mich Helene besser gekannt, als ich mich selbst.

Ich stand auf, ging zum Kühlschrank und griff mir die Kornflasche.

Nach dem dritten Doppelkorn begann mein Gehirn wieder normal zu arbeiten. Woher wusste Glatze, dass Knochentussi Genossin war? Die kannten sich. Prost Mahlzeit, Felix Hohndorf. Vergewaltigung, die hatten wohl `ne Meise. Das Weib war rattenscharf, die hätte doch am liebsten mich vergewaltigt.

Nach dem fünften Korn war klar, dass ich die Mitgliedschaft in der DSF der Mitarbeit bei den Sicherheitsnadeln vorziehen würde.

Irgendwann wurde es Nacht um mich herum, obwohl das Licht brannte.

***

Das Leben ging weiter. Ein Schuljahr ging zu Ende, ein neues begann. Ich flog aus Helenes Wohnung und zog wieder in meinen Adlerhorst hoch oben in der stillgelegten Grundschule.

Der Unteroffizier Egon Schultz, der im Zivilleben als Lehrer gearbeitet hatte, war bei einem Schusswechsel mit Fluchthelfern in einem Berliner Hinterhof erschossen worden. Gerüchten zufolge war er von den eigenen Leuten aus Versehen getroffen worden.

Die DDR hatte einen neuen Volkshelden.

Ich hätte ebenso an seiner Stelle sterben können.

Aber ich lebte. Es dauerte, bis ich wieder meinen Rhythmus fand, aber irgendwann lebt jeder Schmerz nur noch von der Erinnerung.

Eddas Hochzeit hatte sich verschoben, fand aber dann doch noch Ende September statt. Der Bräutigam war einen halben Kopf kleiner als die Braut, trug aber eine wunderschöne Uniform und war schon vor der Trauung blau.

Leonid Breschnew wurde neuer Chef im Kreml.

Rentner durften Verwandte im Westen besuchen.

Herrlich, da brauchte ich nur noch knapp 40 Jahre zu warten, dann konnte ich mir die Alpen in Natura ansehen.

Helene hatte unter falschem Absender mehrfach an meine Eltern geschrieben, aber ich hatte die Briefe ungelesen verbrannt.

Knochentussi Irene hatte es wieder bei mir versucht. Sie deutete an, dass ihr ein gewisser Fotograf, der unzüchtige, pornografische Bilder mache, bekannt geworden sei und dass es besser wäre, wir würden über bestimmte Vorkommnisse noch einmal in Ruhe miteinander reden.

Ich wusste, dass ich Meisner nicht hängen lassen durfte. Er hatte mir geholfen, jetzt war ich dran.

Am Samstag stand sie vor meiner Tür. Sie stellte eine Flasche armenischen Kognak auf den Tisch. Es gibt keine hässlichen Weiber, dachte ich, nur zu wenig Schnaps.

Als die Flasche halb leer war, zog sich Irene aus und legte sich auf mein Bett. Ich brannte drei Kerzen an und machte das Deckenlicht aus.

So ging es einigermaßen.

Ich legte mich zu ihr.

Dann ging alles sehr schnell. Allerdings hatte ich das Gefühl, dass der Stängel das Gefäß nicht ausfüllte. Entweder war die Vase zu groß oder der Stängel zu klein. Egal, ich tat mein Bestes.

Nachdem es vorbei war stand ich auf, ging in die

Küche und machte mich frisch. Als ich zurückkam, waren die Schnapsgläser wieder gefüllt und zwei Bierflaschen geöffnet.

„Prost", sagte Irene, die sich in eine Decke gehüllt hatte und kippte den Kognak in einem Zug runter.

„Prost", erwiderte ich.

Irene erzählte, das Sockentrude endgültig zum neuen Schuljahr zur Abteilung gehen würde, dass Hartmann wiederholt angedeutet hatte, dass sie Schulleiterin werden sollte und dass ich als Stellvertreter noch immer im Gespräch war.

Dann wechselte sie abrupt das Thema.

„Wirst du Mitglied der DSF?

„Was?"

„Ob du unterschreibst?"

Ach du Scheiße, dachte ich und war fast wieder nüchtern.

Dann dachte ich an Meisner.

Irene goss die Gläser wieder voll.

„Was hältst du eigentlich von Brettschneider?", fragte sie plötzlich.

„Dem Pilei?"

„Dem Pilei."

„Is`n Ar.. Arschloch", stotterte ich.

Irene goss noch einmal ein. Die Flasche war fast leer. Verdammt, konnte das Weib saufen. Ich sah sie jetzt doppelt. Mit Zwillingen haste `s noch nicht gemacht, Felix, das is` was Neues.

Ich stand auf und fiel auf Irene.

Als ich am Sonntag gegen Mittag erwachte, war ich Gott sei Dank allein, hatte furchtbaren Durst und wusste, dass ich jetzt Mitglied der DSF war. In meinem Suff hatte ich den Antrag unterschrieben.

Scheiß drauf, es gibt Schlimmeres, Felix. Was mich wirklich beunruhigte war, dass ich Helene im Traum so nah bei mir gesehen hatte, so nah wie nie, seit sie mich verlassen hatte.

***

Die Weihnachtsfeiertage bis einschließlich Silvester verbrachte ich mit Jo in Ilmenau. Jo hatte ein Zimmer in einer kleinen Pension mit Frühstück gebucht, und wir ließen es uns gutgehen, wanderten auf Goethes Fußspuren zum Kickelhahn und standen mit gemischten Gefühlen vor den Versen: Über allen Gipfeln ist Ruh`, in allen Wipfeln spürest du kaum einen Hauch; Die Vögelein schweigen im Walde. Warte nur, balde, ruhest du auch.

Ich stellte mir vor, in dieser einfachen Bretterhütte zu übernachten, und mir lief ein kalter Schauer über den Rücken. Jo las das Gedicht zweimal, und sie drückte sich dabei an mich. Ein seltsames Gefühl von Wehmut und Bedauern erfasste mich. Wie schnell geht ein Leben vorbei, auch wenn es achtzig Jahre währt. Und was blieb? Vor allem von uns Nichtsnutzen auf dieser Welt.

Was hast du denn aus dem Stroh gebracht, Felix Hohndorf? Säufst und vögelst dich durchs Leben und bist nichts weiter als ein fader Furz im Weltengetriebe.

Irgendwo hatte ich gelesen, dass Goethe am Vorabend seines 82. Geburtstages nochmals den Kickelhahn erklommen, seine Verse gelesen und leise unter Tränen gemurmelt hatte: „Ja warte nur, balde ruhest du auch!"

Ein halbes Jahr später begab er sich auf den Weg in den Dichterhimmel.

Ich murmelte die Verse noch einmal leise vor mich hin und beendete sie mit dem Gedanken: Mach was aus deinem Leben, Felix, denn es wird schneller vorbei sein als ein Wetterleuchten.

Schwöre!

Ich hob die Hand.

Jo sah mich fragend an.

Ich schüttelte nur den Kopf. „Später."

Sie gab mir einen Kuss.

Wir wanderten weiter in Richtung Auerhahn. In der verqualmten Gaststube war es warm und gemütlich. Der Auerhahn über der Tür hatte leicht verstaubte Flügel und schien mit seinen Glasaugen jeden neuen Gast unter die Lupe zu nehmen.

War vielleicht bei der Stasi, das Federvieh.

Wir bestellten Grog und zwei mal Bockwurst mit Salat.

„Tut mir leid, Bockwurst ist alle, aber ich könnte ihnen Kartoffelsalat mit Spiegelei bringen", lächelte die Kellnerin, wobei sie mit dem einen Auge mich und mit dem anderen den Auerhahn ansah.

„Kein Problem", sagte ich. Das tat unserer guten

Stimmung keinen Abbruch, das war normal. Das liegt daran, hatte unser Pilei Neumann beim Schlachtfest erzählt, dass die Schweine nicht mehr geschlachtet, sondern gesprengt wurden. Das Fleisch und die Därme flogen dabei nach dem Westen, die Scheiße blieb hier. Wenn man drüber lachen konnte, war es kein Problem mehr.

„Eier tun`s auch", ich grinste fröhlich in das linke Auge der jungen Frau, „und bringen Sie mir bitte noch einen Weinbrand."

Der Grog schmeckte wie eingeschlafene Füße.

Ich goss den Weinbrand in den Grog, zog meine Marlboro aus der Tasche und brannte mir eine an. Jos Weihnachtsgeschenk für mich. Eine ganze Stange Marlboro. Ich hatte über Edda, beziehungsweise ihren Korvettenkapitän, eine Flasche 4711 organisiert.

Die Freude über die Geschenke war groß und ehrlich.

Marlboro, da ging nichts drüber.

Und 4711 am Ohr, holt Männer hinter`m Ofen vor.

Nach dem Essen machten wir uns auf den Rückweg.

Als wir Ilmenau erreichten, war es bereits dunkel und mir brannten die Fußsohlen wie Feuer.

Jo holte die große Büchse Ananas vom Fensterbrett, legte drei Scheiben auf einen Teller und schob ihn mir zu. Ich hatte zum Frühstück schon Ananas verspeist, und sie war für mich die Marlboro unter den Früchten.

Bei Meisner hatte ich das erste Mal Ananas gegessen.

Mir fiel Meisners Spruch ein, als er mein misstrauisches Gesicht beim Anblick dieser blassgelben Ringe sah, die es bei ihm Ostern zum Nachtisch gab.

Meisner hatte gegrinst: „Hast du im Westen keine Tante, lebst du im Osten auf der Kante."

Jo ging unter die Dusche und ich machte mich über die Früchte her. Dann ging ich unter die Dusche.

Jo hatte inzwischen die Flasche Weißwein, die sie am Morgen außen auf das Fensterbrett gestellt hatte, geöffnet, die Gläser gefüllt und eines auf jeden Nachttisch gestellt. Ich wollte zu ihr unter das Deckbett kriechen, aber Jo wies mit dem Daumen auf meine Seite.

„Prost, Felix!"

„Prost, Jo!"

Der Wein war herrlich kalt.

„Erzähle!"

„Was?"

„Was dir bei `Wanderers Nachtlied` durch den Kopf gegangen ist."

„Blödsinn", sagte ich verlegen.

„Erzähle!"

Ich erzählte die Geschichte von Nanuk, dem Eskimojungen, und seinem Freund, dem Karibu Kaja. Dass ich daran gedacht hatte, Nanuks Vater als Eskimoparteisekretär einer Lappenkolchose zu etablieren, verschwieg ich.

„Lies` Pippi Langstrumpf!, dann weißt du, was Kinder mögen, Felix. Es muss lustig zugehen, Kinder wollen lachen, sich gruseln, Abenteuer erleben und Kinder wollen Helden verehren und sich mit ihnen freuen, mit ihnen leiden, und sie müssen so beschaffen sein, dass es sie geben könnte."

„Ohne blaues oder rotes Halstuch, ohne Pioniernachmittag mit dem Klassenleiter im FDJ-Hemd und der Oma mit der roten Nelke am Revers, die zum 1. Mai unserem hochverehrten Genossen Walter Ulbricht zuwinkt, hast du keine Chance, jemals gedruckt zu werden."

„Du übertreibst, Felix. Ich denke, wenn die Geschichte wirklich gut ist, findet sich schon ein Verlag. Du lebst hier, mittendrin im Sozialismus, ob dir das passt oder nicht. Es ist, wie es ist, und das gilt es zu akzeptieren. Du lebst nicht in Lappland oder Grönland, du lebst in der DDR und ich denke, dass Kinder überall auf der Welt Kinder sind und dass es ihnen egal ist, ob ihr Vater Genosse der Sozialistischen Einheitspartei Deutschlands oder Mitglied der Christlich Demokratischen Union ist. Der junge Pfadfinder wird genauso wie der Junge Pionier die Abenteuer des Huckleberry Finn verschlingen und mit den Helden leiden und sich mit ihnen identifizieren.

Ich sah Jo mit offenem Mund an.

Sie lachte. „Schreib für dich und verbieg dich nicht dabei. Wenn es dein Traum ist, zu schreiben, dann lebe ihn, Felix. War es das, was dich am Kickelhahn bewegt hat?"

Ich nickte. „Es ist so trostlos, Jo, am Morgen aufzustehen, zur Arbeit zu gehen, sich abends wieder ins Bett zu legen, und am Morgen geht der ganze Mist wieder von vorne los. Und mit 70 oder 80 fährst du in die Grube, und was bleibt von dir? Wenn das der Sinn des Lebens ist, sollte man sich spätestens mit dreißig erschießen.“

„Du hast doch `Im Westen nichts Neues` gelesen? Was glaubst du, was ein Junge von achtzehn Jahren mit Bauchschuss, der seine Därme in den Händen vor sich herträgt, alles dafür gegeben hätte, am Leben bleiben zu dürfen. Oder denk an Stalingrad. Jedes Leben ist kostbar, man muss nur das Beste daraus machen. Jammern hat noch keinen Fallada oder Remarque hervorgebracht. Schreib so, wie es dir gefällt, und versuche nicht, damit zu Ruhm und Geld zu kommen. Das schaffen die wenigsten. Wenn es dir Freude macht, dann schreib, Felix, und lass dich durch nichts und niemand davon abhalten.“

Sie griff ihr Weinglas. „Das reicht aber jetzt.“ Jo hob ihr Deckbett leicht an, und ich kroch zu ihr. Sie war warm und der Duft von 4711 drang in meine Nase und von da ins Gehirn, was daraufhin die bekannten, eindeutigen Befehle erteilte.

„Wusstest du, dass dein Nektar nach Kastanienblüten riecht?“, fragte Jo und nahm Hänschenklein in ihre warme Hand.

„Hab noch nicht daran gerochen“, sagte ich.

„Hab es neulich bei Fallada gelesen.“ Ihre Hand spielte jetzt mit meinen Kastanien.

„Und wonach schmeckt er?“ Das interessierte mich, denn allgemein wurde von einem leicht salzigen Geschmack gesprochen. Ich legte meine Hand auf ihre Brust.

„Wird heute untersucht, mein Herr.“

Sie küsste mich und drang mit ihrer Zunge in meinen

Mund ein. Ich schob mein Knie zwischen ihre Schenkel. Meine Hände umfassten ihre Dolden, und ich presste mein Gesicht dazwischen. Der Duft nach 4711 wurde intensiver und Klein-Hänschen wurde zum strammen Max.

Ich fuhr abwechselnd mit der Zunge über ihre Spitzen, nahm sie dann in den Mund, begann daran du saugen und sie zu umkreisen. Jo erschauerte und presste sich gegen mein Knie. Ganz langsam ließ sie sich nach unten gleiten, fuhr mit ihrer Zunge über meinen Bauch, verharrte am Nabel, bohrte ihre Zungenspitze hinein und wanderte dann weiter.

Dabei streiften ihre Dolden über meinen Bauch.

Als ihre Knospen Max streiften, stöhnte ich: „Klemm ihn dazwischen."

Jo nahm beide Hände, drückte ihn dazwischen und begann ihn zu rollen.

Irgendwo in meiner Nähe stöhnte ein Sterbender. Dann signalisierte mein strammer Max, dass sich weiche Lippen an seinem Köpfchen zu schaffen machten, und ich wusste, dass ich mich nicht mehr lange beherrschen konnte. Als Jo dann noch mit der Hand meine Kastanien leicht zu rollen begann, war alles zu spät. Mein Nektar schoss aus mir heraus, ohne das ich es hätte verhindern können.

Jo kam nach oben, presste ihre Lippen auf meine und drückte den Nektar in meinem Mund. Es schmeckte ganz leicht süßlich. Wir wiederholten das Spiel, bis der Nektar sich in Schaum verwandelt hatte, dann bekam jeder die Hälfte.

„Schmeckt süß", sagte ich.

„Macht die Ananas", sagte Jo.

Dann lagen wir lange still nebeneinander. Ich hing meinen Gedanken über den Geschlechtstrieb des Menschen nach. Mich interessierte, welcher Trieb der stärkste war, der nach Macht, der nach Reichtum oder der nach Sex. Bei mir war das klar, obwohl ich, was Macht und Reichtum betraf, noch keine Erfahrungen hatte. Eins war sicher: Hätte ich mich zwischen zehn kalten Hundertmarkscheinen und einer heißen Nacht mit Jo entscheiden müssen, wäre die Entscheidung eindeutig gewesen. Wahrscheinlich war das auch altersabhängig.

Ich musste wieder mal Freud lesen. Sexualtrieb und Selbsterhaltungstrieb war …

„Woran denkst du?", fragte Jo.

„An Sigmund Freud und den Sexual-und Selbsterhaltungstrieb", lachte ich.

„Bei dir wird sicher der Selbsterhaltungstrieb überwiegen, Felix."

„Na, he!"

„Danach, meine ich", grinste Jo.

***

Es war erschreckend, wie die Zeit verging, wenn man zurückblickte, und es war schockierend, wenn man in meinem Alter in die Zukunft sah. Da lagen die Jahrzehnte in den Schubkästen, und wenn du einen der Kästen herausziehst und einen Blick hineinwirfst, gähnt dich eine Zukunft an, auf die du möglicherweise auch verzichten könntest.

Was hat denn dieser Hohndorf bisher geleistet?

Hat er die Welt verbessert?

Hat er was Bleibendes geschaffen?

Wird sein Name je in den Geschichtsbüchern genannt werden?

Hat er was erfunden?

Hat er ein Buch geschrieben?

Hat er einen Baum gepflanzt?

Hat er ein Haus gebaut?

Hat er einen Sohn gezeugt?

Nichts hat er, der Versager!

Rumgevögelt hat er, der geile Bock!

Gesoffen hat er, der Loser!

Als Sozialismuserbauer ist er außerdem ein Versager!

Meine Klasse hatte die Jugendweihe hinter sich gebracht, und ich war wieder einmal in Ungnade gefallen. Zwei meiner Schüler hatten den sozialistischen Ritterschlag verweigert und sich konfirmieren lassen. Ich musste bei Sockentrude, die es trotz aller Bemühungen noch nicht bis in die Abteilung geschafft hatte, zum Rapport antreten.

„Nicht einmal in der FDJ sind diese beiden Schüler, Kollege Hohndorf, dabei gehören sie zu den Besten ihrer Klasse. Dieser Frank hat sogar den ersten Platz bei der Bezirksolympiade in Mathematik belegt. Unser einheitliches sozialistisches Bildungssystem verlangt von uns, sozialistisch bewusste, hochqualifizierte und leistungsfähige Menschen zu erziehen, die die historischen Aufgaben unserer Zeit erfüllen. Wie, Kollege Hohndorf, sollen ihre Schüler dieser Aufgabe gerecht werden, wenn sie als sozialistischer Pädagoge nicht ihre ganze Kraft einsetzten, diese jungen Menschen vom Sieg des Sozialismus zu überzeugen."

Diesmal war ich vorbereitet. Ich sah Sockentrude, ohne mit der Wimper zu zucken, an, schlug das Gesetz über das einheitliche sozialistische Bildungssystem der DDR (das ich jetzt immer in der Tasche hatte) auf und zitierte: „Alle Bürger unseres Staates, unabhängig von ihrem Geschlecht, von ihrer weltanschaulichen Überzeugung, ihrem Glaubensbekenntnis und ihrer Rasse, besitzen gleiche ..."

„Herr Hohndorf (aus dem Kollegen war wieder der Herr geworden), ihre vordringlichste Aufgabe als sozialistische Lehrerpersönlichkeit, wobei ich immer noch davon ausgehe, dass sie eine solche sind oder sich zumindest darum bemühen, eine zu werden, ist es, eine qualifizierte sozialistische Bildungs- und Erziehungsarbeit zu leisten. Und dazu gehört nun einmal, den Schülern klarzumachen, dass man seine Wertschätzung für unseren sozialistischen Staat auch nach außen dokumentiert."

„Amen!" Dann war ich aus dem Zimmer, hatte aber noch gesehen, wie sich ein knallroter Fleck an ihrem Truthahnhals bildete.

Dieses gottverdammte sozialistische Scheißgequatsche brachte mein Blut in Wallung. Klar, es ging langsam aufwärts, alle hatten Arbeit, ein Dach über dem Kopf, wenn auch oft ein löchriges, alle Kinder gingen kostenlos zur Schule, niemand musste mehr hungern, Beziehungen zu irgendetwas, was es gerade nicht gab (und das war verdammt viel), hatten die meisten. Aber dieses ständige Gefasel vom Sozialismus machte mich wahnsinnig.

Sollten die doch die Mauer wieder abbauen und die Leute selbst entscheiden lassen, wo sie leben wollten. Wer mit dem sterbenden Imperialismus untergehen wollte, sollte das doch tun.

Überall stand, der Sozialismus siegt, und da er theoretisch eindeutig die bessere Alternative war, brauchten die Genossen doch keine Angst haben und sich ein-mauern. Wenn selbst unser Kulturminister gegen die Zerstörung des Johanniskirchturms und der Universi-tätskirche in Leipzig war, sollte es doch Sockentrude am Arsch vorbei gehen, wenn zwei Schüler die kirchliche Weihe der sozialistischen vorzogen.

Vor allem, wenn der Sozialismus sowieso siegte.

Aber wenn selbst ein Kulturminister, der gegen den Strom schwimmt, ersäuft, dann sollte sich ein kleiner Steißbeintrommler wie ich besser in Acht nehmen.

Jeder Mensch ist zu ersetzen, auch ein Minister. Und es findet sich immer einer, der das macht, was sein Vorgänger nicht machen wollte.

Später, im Mai 68, wurde der Kirchturm doch ge-sprengt. Ulbricht hatte gesiegt und der liebe Gott hatte es nicht verhindern können.

Jedenfalls hat dieser Hohndorf bisher weder die Welt verbessert, noch etwas Bleibendes geschaffen. Sein bester Kumpel war der Zeitfresser und der saß in allen Kneipen seiner kleinen Welt und hockte in allen Betten, in denen es nach warmen Weiberfleisch roch.

Ab sofort wurde dem Zeitfresser der Krieg erklärt. Ich hatte mich entschlossen, einen gewaltigen Familienroman zu schreiben. Mindesten drei Bände.

Beginnend mit einem Großvater, der 1881 das Licht der Welt erblickte, genau in dem Jahr, in dem Werner von Siemens die erste elektrische Straßenbahnlinie der Welt in Groß-Lichterfelde eröffnete. Ich entwarf in groben Zügen einen Lebenslauf für Paul Otto Hofmann, der sich an das abenteuerliche Leben meines Großvaters mütterlicherseits anlehnen würde.

Paul Otto hatte als einfacher Soldat mit 83,33 Mark, freier Verpflegung, Unterkunft, 2 Unterhosen, 6 Paar Socken, einem Karabiner 71, einem Revolver 79 und einem Bowiemesser bei der deutschen Schutztruppe in Deutsch-Südwestafrika gegen die Hereros und die Hottentotten gekämpft, war zum Unteroffizier befördert und verwundet worden, hatte, nach Deutschland zurückgekehrt, die kleine Lederbude seines Vaters übernommen und zu einem stattlichen Unternehmen ausgebaut. Der 1. Weltkrieg mit seinem Bedarf an lederner Fußbekleidung für Soldaten und Offiziere hatte ihn reich gemacht.

Ich hatte Fieber! Schreibfieber! Ich schrieb wie von Furien gehetzt, entwarf, verwarf, lebte in Afrika und Kuhkaff und gab Jo einzelne Kapitel zum Lesen. Jo hatte die Idee, dass Paul Otto sich in ein wunderschönes, schokoladenbraunes Hereromädchen verlieben sollte. Und so geschah es. Paul Otto entbrannte in großer Liebe zu der Häuptlingstochter, die nach kurzer Zeit schwanger wurde.

Kurz darauf erhoben sich die Hereros gegen die deutsche Kolonialmacht. Bei Ausbruch des Aufstandes verloren über 120 Deutsche ihr Leben. Paul Otto geriet in die Zwickmühle, entschied sich gegen seine schwangere Geliebte und nahm an der Vernichtungsschlacht unter Generalleutnant Lothar von Trotha am Waterberg teil.

Ich recherchierte und schrieb wie vom wilden Affen gebissen. Paul Otto wird bei der Verfolgung einzelner Herero-Gruppen in der Halbwüste Omaheke verwundet, von seiner Geliebten gerettet und gelangt mit einem versteiften Kniegelenk zurück nach Deutschland.

Er wird im Dritten Reich Großlieferant für alles, was aus Leder ist. Die Familiensaga behauptete, dass er persönlich Schuhe für Hermann Göring angefertigt haben soll, dessen Vater, Heinrich Ernst Göring, bis 1913 als erster Reichskommissar in Deutsch- Südwest agiert hatte.

Jo gefiel, was ich schrieb. Sie war unermüdlich dabei, die Liebesszenen zwischen dem schönen Hereromädchen und Paul Otto zu vervollkommnen.

Sie schmierte sich ihre Brüste mit warm gemachter Schokolade ein, und ich durfte davon kosten, klebte sich Schokoladenstückchen auf die Brustwarzen (sie war überzeugt davon, dass afrikanische Frauen sehr große Brustwarzen hatten), die ich abknabbern durfte.

Sie färbte sich ihr rotgoldenes Delta schwarz ein, und wenn ich meinen Mund dagegen presste, roch es nach heißem Sand und Kameldorn.

Wir spielten jede Liebesszene mehrfach durch, bis ich sie so, wie es Jo gefiel, niedergeschrieben hatte. Die Szene, wo Paul Otto das erste Mal mit seiner braunen Jungfrau schläft, wiederholten wir wieder und wieder. Jo rührte extra rote Lebensmittelfarbe an und präparierte das Bettlaken damit.

Der Zeitfresser saß jetzt nicht mehr in den Kneipen und in irgendwelchen fremden Betten, sondern in meiner luftigen Bude unterm Dach.

Das reale Leben und der real existierende Sozialismus streiften nur noch mein Unterbewusstsein.

Meisner sorgte dafür, dass ich zumindest Bruchstücke meiner Umwelt wahrnahm. Biermann, Heym und Havemann wurden vom Politbüro als Gegner des Sozialismus abgestempelt, das erste Atomkraftwerk der DDR ging in Rheinsberg ans Netz, der VII. Parteitag der SED überrollte das Land, und bei einem Eisenbahnunglück in Langenwedding gab es über 90 Tote.

Über den Buschfunk kamen interessante Nachrichten aus der CSSR. Alexander Dubcek wurde Erster Sekretär.

Es roch nach Frühling, obwohl noch Winter war.

Prager Frühling!

Die Tschechen wollten einen Sozialismus mit menschlichem Antlitz.

„Mag ja sein, dass bei den Tschechen nicht alles so gelaufen ist wie in der DDR", argumentierte unser Parteinik

Die Tschechen wollten eine Wirtschaftsreform und autonome Gewerkschaften.

„Haben wir doch alles. Unsere Werktätigen arbeiten z.B. nur noch 5 Tage in der Woche, und unsere Gewerkschaft heißt nicht nur Freier Deutscher Gewerkschaftsbund, er ist es auch."

Vereinzelte, leise Lacher im Kollegium.

Dank Meisner nahm ich wieder am Leben teil. Er hatte einen Fernseher und seine Antenne stand Richtung Westen unterm Dach.

„Das kann ein heißer Sommer werden", sagte Meisner.

„Vielleicht schaffen es die Tschechen", sagte ich.

„Denk an Ungarn und den 17. Juni", sagte Meisner.

„Das traun sich die Russen bestimmt nicht wieder."

Ich stellte ein Bild von Dubcek, das ich aus einer Westzeitschrift ausgeschnitten hatte, in mein Fach im Lehrerzimmer.

Ulbricht traf sich mit Dubcek in Karlsbad.

Acht Tage später marschierten die Truppen des Warschauer Paktes in der CSSR ein. Russenpanzer rollten durch Prag, und es gab die ersten Toten. Die Tschechen leisteten passiven Widerstand, Straßenschilder wurden in die entgegengesetzte Richtung gedreht und Ortsschilder übermalt oder abmontiert.

Die Zahl der Toten erhöhte sich auf über 70.

Dubcek und sein gesamtes Politbüro wurde verhaftet und nach Moskau gebracht.

„Auf einen heißen Sommer folgt meist ein sehr kalter Winter", sagte Meisner.

Ich band eine schwarze Schleife an Dubceks Konterfei.

Knochentussi verlas gegen Ende August eine TASS-Meldung, in der klipp und klar mitgeteilt wurde, dass Partei und Staat der Sozialistischen Tschechischen Republik die befreundete Sowjetunion um Hilfe – auch durch bewaffnete Kräfte – zur Niederschlagung der durch imperialistische Kräfte angeheizten Konter-revolution gebeten hatte.

„Wer den Mist glaubt, sollte mal zum Arzt gehen." Ich war überzeugt davon, dass ich das nur gedacht hatte, aber Meisner sagte mir später, dass ich es gesagt hatte und zwar ziemlich laut.

***

Das neue Schuljahr begann ohne einen gewissen Felix Hohndorf. Dieses indifferente Individuum würde man vorübergehend aus dem Prozess der Verwirklichung der Beschlüsse des VII Parteitages herausnehmen.

Als sozialistische Lehrerpersönlichkeit war der Kerl ein Schuss in den Ofen.

Vielleicht sogar Schlimmeres.

Ich bekam zwei Jahre.

Zur Bewährung in der sozialistischen Produktion.

Die Arbeiterklasse würde diesen hitzköpfigen, jungen Mann schon auf den rechten Weg zurückführen.

Glatze hatte mir erneut ein Angebot gemacht.
Ich hatte abgelehnt.